光文社文庫

新選組颯爽録

門井慶喜

光　文　社

目次

新選組颯爽録

戦いを避ける

元治《げんじ》元年（一八六四）六月五日、亥《い》の刻《こく》（午後十時）すぎ。

新選組局長・近藤勇《こんどういさみ》は、先斗町《ぽんとちょう》から三条通《さんじょうどおり》へ出て、左へまがり、道の北側に立つ旅籠《はたご》・池田屋《いけだや》の戸をほとほとと叩いた。

戸がひらき、

「へえ、なんぞ」

顔を出した四十がらみの男は、池田屋のあるじ、惣兵衛《そうべえ》だろう。近藤はゆっくりと左右を見てから、

「御用改《ごようあらた》めじゃ。そのほう、ここへ不逞《ふてい》の浪士をかくまってはおらぬだろうな」

「…………」

あるじの顔、ありありと血の気が引いた。

（えっ）

近藤は、かえって目をぱちぱちさせて、

「まことか?」

思わず、うしろを見た。

あしたは祇園祭《ぎおんまつり》の宵山《よいやま》というのに、通りには人の往来はほとんどない。最近とみに頻発《ひんぱつ》している辻斬り、強盗、悪質な客引きをおそれて家にひっこんでいるのだろう。近藤の目に入ったのは、沖田総司《おきたそうじ》、永倉新八《ながくらしんぱち》、藤堂平助《とうどうへいすけ》、武田観柳斎《たけだかんりゅうさい》たち九名の隊士。

全員、目を光らせている。

――功名の、絶好の機会。

と言わんばかりの、ほとんど歓喜の顔をしている。近藤は、

(こまる)

狼狽《ろうばい》して、あるじのほうへ向きなおり、

「いや、失礼した。まさかこの旅籠にはおらぬであろう。わしらは去る。火の始末に気をつけろ」

とか何とか言って戸を閉めようとした。

が。

あるじはもう錯乱《さくらん》している。顔をひっこめて、屋内へ、

「みなさま、御用改めでございます。はよう、はようお逃げなさいまし」

割れんばかりの大声である。近藤は、

「ば、ばか」

あるじの襟《えり》をつかんで引きずり出し、こちらへ体を向かせて、ぶん殴った。あるじは白目をむいて路上にのびたが、時すでに遅し。ばたばたと二階から男どもが下りてくる。なかには月代《さかやき》を剃《そ》らぬ者もあり、むやみと長い刀をさしている者もあり、どうみても不逞の浪士だった。

背後でシャシャと小気味いい音が立つ。九名の隊士が刀を抜いたのだ。

(やむを得ぬ)

近藤はため息をつき、部下のほうを向いて、

「総司、新八、平助はわしとともに屋内へふみこむ。ほかの六名はここを固めよ。こぼれ出てくる敵をのがすな」

「生け捕りですか？　斬りますか？」

聞いたのは、武田観柳斎。いまだ入隊半年の新参者ながら、年をくっていて、はやくも態度が幹部同然なので評判の男だった。近藤はみじかく、

「斬れ」

命じるや否や、まっさきに戸のなかへ飛びこんだ。

戸のなかは、炊事場である。

左の壁にそって竈《かまど》がならび、右のほうに流しがある。そのあいだの土間へ浪士どもが正

面からなだれ落ちてくる。近藤は刀を抜き、こちらからも階段を二、三段のぼり、最初の敵と対峙《たいじ》した。

敵は足をとめ、腰を落とした。下段ふうにかまえつつ近藤を見おろしている。

頬《ほお》がふっくりと童《わらべ》じみているあたり、どこかで見た顔だと近藤は思った。京都所司代《きょうとしょしだい》の出した人相書のなかの、そう、

(土佐《とさ》脱藩、北添佶摩《きたぞえきつま》か)

北添は、農家の出身。生家の庄屋を継いだものの時勢にめざめ、脱藩して、おもしろいことに蝦夷《えぞ》(北海道)を周遊した。

外国船の攻撃から日本をまもる、いわゆる攘夷《じょうい》海防の実際をまのあたりにするためという。帰国後は京にひそんで過激派志士とまじわりを持ち、武力蜂起の機をうかがっている。

要するに、大物中の大物である。ここで討ち取れば、まちがいなく手柄《てがら》としては、

(第一等)

かりに北添その人でなかったとしても、この土壇場でまっさきに階段を下りてくるほどの剛《ごう》の者《もの》なら、その首は、やはり狩るに値する。

「来い」

そう言って、近藤は待った。刀は片手でぶらさげている。

「やっ」

という気合いの声とともに、敵は、下段のまま突きおろして来た。近藤はやすやすと刃を合わせる。膂力《りょりょく》がちがう。敵の体勢がみだれたところへ二段とびに駆けあがり、敵のひざもとへ身を入れた。

横腹が、目の前である。これを一突きすればもう、

（こいつは、死ぬ）

いつもなら突くところだった。がしかし近藤は、綿毛《わたげ》でもなでるように鍔元《つばもと》でふれるのみ。敵が、

「あっ」

顔をゆがめ、身をねじる隙《すき》にさらに二段はねあがり、背中を蹴った。

だだだっという太鼓を連打するような音とともに敵の体がすべり落ちる。落ちる先には沖田総司がいたけれども、ちょっと脇へどいたため、敵はさらに転落して階段の下でようやく止まった。土間の上に、なかばあおむけになっている。

沖田がふりかえり、とどめを刺しに行こうとするのへ、

「よせ、総司」

声をかけると、沖田はこちらを見て、信じられないという顔をして、

「なぜです」

「来いっ」

近藤は、ふたたび階段の上を見た。

上がった先には、廊下が左右にのびている。近藤がそこへ片足をかけたとたん、左右から同時に、白刃《はくじん》がふりおろされた。

（ふん）

むろん、予想している。のけぞるだけで白刃はかんたんに目標をうしない、おたがい衝突して火花を散らした。あたりがうすぐらいので、火花はほとんど炎に見える。

廊下には四、五人の浪士がかたまっている。事前の情報によればこの宿にはぜんぶで二十数名が集合しているはずだけれども、あとの連中は、

（どこにいるのか）

視覚というより、嗅覚《きゅうかく》でさがした。おそらく閉められている襖《ふすま》のむこう、部屋のなかにいるのだろう。どちらにしろ、近藤の体が完全に二階へ上がったとき、敵は左にふたり、右に三人。

全員、こんどは仕掛けてこない。

うっかりしたら同士討ちになりかねぬことを先ほどの一動作で知ったからだろう。近藤がおもむろに左右へ視線をくばる。そのつど敵の体がかすかにゆれる。その場の空気は、あっというまに近藤ひとりが支配してしまった恰好だった。

近藤には、日常のこと。

ちょっと左へ体をずらした。あいた空間へそっと沖田が上がってきて、体を右に向ける。

近藤は左に向けて、

「浪人。名を名乗れ」

敵のひとりは、中段のかまえのまま、

「松田重助《まつだじゅうすけ》」

（また大物か）

近藤は、ため息をつきたくなった。厳密には、これは浪人ではない。

松田重助は、れっきとした熊本藩士なのである。藩士でありながら十一年前、浦賀《うらが》沖での黒船来航に感じるところあり、尊攘運動に身を投じた。

その活動は放縦《ほうじゅう》をきわめ、幕府を愚弄《ぐろう》するところが大きかった。事実上、一介の浪人にひとしいのだが、そこはそれ、やはり正式な藩士を処分したというのは世間の受ける衝撃がちがう。ひとり熊本のみならず、長州《ちょうしゅう》や薩摩《さつま》をふくむ西国諸藩全体の政局にも大きな影響をあたえるだろう。

その松田。

微動だにしない。石になったように中段のかまえを持している。そういう戦法をえらんだのではなく、ただ単に、おのれの剣技に、

（自信が、ないのだ）

近藤は足をふみだし、むぞうさに両腕を前にのばした。切っ先がコツリとのどぼとけにぶつかった。これであとほんの少し、米粒をころがすほどの力を加えれば、それで松田はくたりと死体になるのである。

が、引いた。

「またですか近藤さん」

背後の沖田が、声を高くした。この男にはめずらしい、極度に興奮した調子で、

「何してるんです、さっきから。なぜ仕留めない」

「…………」

近藤は、返事しなかった。

あるいは、できなかった。雑魚《ざこ》はともかく、大物は、

(斬りたくない)

などという本心をこの戦場であかせるはずもないのである。

むろん、斬るべきことはわかっている。尽忠報国《じんちゆうほうこく》、尊王攘夷の美名のもとに幕政批判をくりかえし、要人を暗殺し、それだけならまだしも彼らはさらに大胆な計画を立てている。京の街に火をかけ、混乱に乗じて天子を拉致《らち》して、

——長州に動座したてまつる。

斬殺の上、首級《しゆきゆう》を三条河原《さんじようがわら》にさらしてもなお足りぬ。敵はそんな連中だった。近藤がこ

こで気にしているのは、斬ること自体の可否ではない。

誰が斬るか、その一事にほかならなかった。自分や、沖田や、ほかの隊士ではなく、（周平《しゅうへい》）

近藤は、わが子の名を内心で呼んだ。この新選組はじまって以来の大捕物、日本政治史そのものの切所《せっしょ》において、ぜひとも彼に手柄を立てさせたかったのだ。

私情ではない。それが幕府のためであり、ひいては、

（皇国《こうこく》の、ためになる）

その周平は、いま。

まだ鴨川《かもがわ》の向こうにいるだろうか。副長・土方歳三《ひじかたとしぞう》ひきいる二十四名の別部隊の一員として、祇園の茶屋、旅籠、貸座敷などをしらみつぶしに当たっているはずだった。事前に得た情報によれば、今回の敵は、ほぼまちがいなく、

——そちらのほうに、潜伏している。

ということだったのである。実際、これまで、ことに長州系の浪士たちは祇園の越房《えつぼう》、井筒《いづつ》、嶋田屋《しまだや》といったような店で密会をくりかえしていた。

ところが、あにはからんや。

今回にかぎり、この池田屋にいた。敵も裏をかいたのだろうか、あるいは祇園へ出る余裕すらなかったのか。土方隊に手柄をやろうという配慮はぜんぶ、

(無駄になった)

むろん、土方たちも鈍感ではない。空籤《からくじ》を引いたと知ればただちにこちらへ来るだろう。しかし来るには鴨川を西へわたり、四条通を北に折れ、まっすぐ三条通へ出なければならず、へたをしたら四半刻(三十分)もかかってしまう。京の街路はこんなとき不便だった。碁盤《ごばん》の目《め》状でわかりやすいが、それだけに、ななめに道をつっきって近道することができない。つねに最長距離を強いられるのである。

「はやく来い。周平!」

近藤は、つい口に出した。

目の前には、松田重助がいる。びくりと肩をはねさせたのは、あるいは二の太刀が来ると思ったのか。

いまだ中段のかまえを持したまま、うさぎのような目で近藤の動きを待っている。近藤は近藤で、

(斬りたくないが、逃がしたくない)

進退に窮している。

†

周平は、近藤勇の実子ではない。

養子だった。出会ったのは去年の秋。ちょうど新選組結成以来の局長である芹沢鴨《せりざわかも》とその一派をまとめて暗殺した直後で、近藤は、欠員補充の必要があった。

——よき人材あらば、申し出るように。

と隊内に通達したところ、副長助勤のうちのひとり、原田左之助《はらださのすけ》という種田流の槍の使い手が、

「若先生」

近藤の部屋に来て、

「俺の師匠たちは、どうかな。槍はもちろん剣もつかう。戦力になると思う」

「師匠、たち？」

「兄弟なんだ。谷三十郎《たにさんじゅうろう》、万太郎《まんたろう》っていう。兄者のほうが数が小さい。ともに大坂で道場をひらいている」

近藤は、腰がかるい。

「見に行こう」

はやくも立って歩きだした。

谷道場は、南堀江町《みなみほりえちょう》にある。

この町は大坂湾のちかく、日本中の物資の集散地で、荷受問屋、炭問屋、船具問屋などの

巨大な蔵が道の両側にならんでいる。そのなかのひとつ、酒問屋の蔵の二階にその道場はあった。

近藤が原田とともに梯子段《はしごだん》をのぼり、なかへ入ると、長兄の谷三十郎が、

「やあやあ、左之助はん。ひさしぶりやな。こちらが近藤はんですか。ええ、ええ、おうわさはかねがね聞いとります。大した稽古《けいこ》もしてまへんが、ほなら、ゆっくり見とくなはれ」

年は近藤のひとつ下、ちょうど三十という。いかにも大坂者らしく、武士なのに町人的に愛想がよかった。

「かたじけない」

近藤は、道場へ足をふみいれた。幅三間、長さ六間ほどの空間で、五、六人ほどの男たちが防具をつけ、竹刀《しない》をかまえ、元気よく声をあげつつ打ちあっている。近藤は即座に、

(だめだ)

来たことを後悔した。

ほんとうに大したことがない。大坂というのは地震がなく、豪雪がなく、飢饉《ききん》の年でも諸国の物産がふんだんに買える土地だから、そこに住む人々は、

――気が、ゆるゆるじゃ。

などという評判はかねてから耳にしていたけれども、それは正しいらしかった。どいつもこいつも元気いいのは声だけで、かんじんの足の踏み音は、猫にも劣るやわらかさ。

谷三十郎は近藤の横に立ち、門人たちへ慈愛の目を向けながら、

「わしはもともと、大坂やあらへん。備中松山《びっちゅうまつやま》の出でしてな」

自己紹介をはじめた。近藤の返事は、

「はあ」

われながら曖昧《あいまい》である。

近藤自身は武蔵国上石原村《むさしのくにかみいしはらむら》の生まれ育ちで、じつのところ、西国の地名はぴんと来ないのだ。あとで思うと滑稽なのだが、

「ああ、伊予国《いよのくに》の」

と言ってしまった。三十郎は苦笑いして、

「そっちやあらへん。備中松山や。お城もあります。臥牛山《がぎゅうざん》のいただきに立ちます故、真冬の朝はやくなど、天守の下に雲がいちめん広がるのは天下の奇勝。ぜひいちど見に来たらよろしい。もっとも」

と、にわかに三十郎の顔がくもった。近藤がつづきを待っていると、

「もっともわしは、道案内はでけへんが」

「なぜです」

「わしはそこの藩士やったが、お役目の上のちょっとした行きちがいで、おとりつぶしに遭《あ》いましてな。それで弟ふたりとともに国を出て、この大坂へ来たしだいです」

「それはそれは」

「幸いにも、わしは直心流《じきしんりゆう》の剣術が、上の弟の万太郎は種田流の槍術が、それぞれ得手《えて》なものやから、こうして道場をひらいて何とか食っておりますよ。ははは」

最後の笑いは、屈託がない。むしろ快事と言わんばかりである。藩士時代よりも生活がゆたかになったということなのだろう。

原田左之助が口をはさんで、

「俺もはじめは、ここで万太郎さんに槍をならったんだ。しかし一度は江戸に出たいなあと思ってね、出たら小石川小日向柳町《こいしかわこびなたやなぎちよう》に天然理心流《てんねんりしんりゆう》・試衛館《しえいかん》の道場があったってわけさ。あんたの道場がね、若先生」

「なるほど」

返事しつつ、近藤は、なかば上の空である。彼らの身の上ばなしなど、

(どうでもいい)

そんな気になっている。三十郎のほうを向き、ずばりと言った。

「その得手の剣を拝見したい」

「いや、ちょっと」

三十郎は顔をしかめ、右の腰をさすりながら、

「あいにくと、ここを痛めておりましてな。二、三日で癒《い》える思うが、いまは不本意や」

「ふうん」

近藤が鼻白《はなじろ》んだのと、背後から、

「御免」

声が来たのが同時だった。

ふりむくと、戸口のところに男がふたり立っている。三十郎はそちらへ行き、うれしそうに、

「こら、ええ塩梅《あんばい》や。わしの弟たちです。阿波座《あわざ》まで出稽古に行っとったんですわ。こっちが、上の弟の万太郎。兄の口から言うのも何やが、槍の腕は、千石《せんごく》ものと評判です」

「よろしく」

万太郎が頭をさげた。千石ものとは、それだけ出して召し抱えるに値するという意味なのだろうが、見たところ強そうでもない。下ぶくれの頬はどちらかというと商家の番頭ふうである。

近藤も点頭《てんとう》して、

「よろしく」

「そして、これが」

長兄はもうひとりの男の横へ行くと、ぽんぽん肩をたたきながら、

「下の弟の喬太郎《きようたろう》、まだ十七歳やが、剣をつかいます。さあさあ、お前たち、お客はんへ

の馳走《ちそう》じゃ、ひとつ立ち合《お》うてみせとくれ」

「おいおい。槍と刀で？」

近藤が眉をひそめると、長兄はあっさり、

「はい」

（まいったな）

近藤は、いよいよ京へかえりたくなった。なるほど実戦でもあり得ることだが、いま近藤が見たいのは槍なら槍の、剣なら剣の、まじりっけのない実力なのだ。

あるいはこれも、大坂流の歓待なのか。とにかく原田左之助が審判役を買って出て、道場の中央にすすみ、

「勝負、五本」

と宣言した。

つまり一本勝負にはしなかった。近藤がじっくり見られるようにとの配慮だろう。

宣言に応じ、左右から万太郎と喬太郎がそれぞれ進み出る。どちらも胴、小手の防具をつけ、面金《めんがね》をつけているため表情はわからない。ほかの門人は、みな壁ぎわに正座した。

近藤は、三十郎とともに原田のむかいがわに立った。原田が手をかざし、

「はじめっ」

兄弟は、ぱっと跳びしさった。

じゅうぶん間合いを取りつつ、次兄・万太郎はタンポをつけた槍をしごき、末弟・喬太郎は竹刀を下段にかまえている。

そのまま動くことをしない。おたがい手合わせには慣れているはずだが、そこはやはり、近藤の目が気になるのか。いっぽう近藤は近藤で、若いころ、師であり養父である天然理心流先代・近藤周助《しゅうすけ》におそわったことを思い出している。

——槍と剣との対決はな。

と、師は言ったものだった。

——最初の一太刀は、槍のほうが分《ぶ》がいい。

なぜなら、射程が長いからである。これはもう物理的な差でどうしようもない。だがそれが不発に終わったら、こんどは刀のほうが有利になる。機敏さで上まわるのはもちろんのこと、長く使っても疲れにくいからだ。

すなわち、決め手は第一撃である。この立ち合いは、

(どうかな)

最初に動いたのは、槍の万太郎だった。足の踏み音も高らかに、
突き
突き
突き

と稲妻のように繰り出した。三段とも、正確に喬太郎の心ノ臓をねらっている。

「ほう」

近藤は、唇をすぼめた。

千石ものという評判はだてではない。まるで槍そのものが伸縮しているかのようだった。

喬太郎は、ひるまない。

ふみとどまって竹刀の鍔元で左右に払う。かつかつと乾いた音がひびく。三度目に払ったとき、

「いやあっ」

と、攻撃に転じた。大またで右足をふみだしたのだ。ふところへ飛びこむことができれば、十中八九、剣が勝つ。

そこは万太郎もわかっている。うしろへ軽やかに跳躍した。喬太郎の胴打ちは空振りに終わり、ふたりの距離はふたたび長くなった。万太郎の槍、すでに四度目の突きに出ている。穂先がまっすぐ喬太郎ののどへ向かう。喬太郎は、まだ姿勢が前のめりだった。

(決まった)

と、近藤は思った。

が。

喬太郎は、信じられない行動に出た。

前のめりのまま腕をのばしたのである。つぎの瞬間、のどを突かれ、ガクリと頭をのけぞらせたかと思うと、うしろへ三間すっとんだ。

だあん
と派手な音を立てて床にあおむけになる。手足がだらりと動きを止めた。

「おいっ」

近藤は、駆け寄った。喬太郎は白目をむき、口から泡をふいている。

のどぼとけが、赤くつぶれていた。いくら槍がタンポつきでも、このまま放置したら息ができず、

(死ぬ)

近藤は頭の先へまわり、両ひざをついた。手ぎわよく面金をはずしてやり、両手を肩の下にさしこんで、ぐいっと上体を起こしてやる。

喬太郎の後頭部が、弧を描いて前へ垂れた。

近藤は、耳を鼻に近づけた。たしかに、す、す、と息をしている。審判役の原田のほうへ目をやると、原田は、たかだかと左手をあげていた。

「一本、喬太郎」

門人たちが、ざわついた。彼らの凡眼には予想外だったのだ。むろん万太郎はわかっているのだろう。のどを突く直前、一刹那《いっせつな》の差で、喬太郎の二度目の胴が入っていたことを。

だから立ったまま、槍を縦にして、

「かたじけない」

原田に一礼し、体の向きを変えて喬太郎に一礼した。近藤はそれを見とどけると、ふたたび喬太郎の処置にかかった。

「活《かつ》！」

声とともに、両肩をぐいっと引いた。

と同時に、ひざで背中を押してやる。喬太郎は首をのけぞらせ、

「がっ、ががっ」

うがいのような音を立てて薄目をひらいた。意識をとりもどしたのである。もう、

(大事ない)

近藤は、立ちあがった。

ゆっくりと長兄の谷三十郎のほうへ歩いていく。原田がいたずらっぽく、

「あと四本ありますぜ。若先生」

「もういいよ」

と苦笑いで応じてから、近藤は三十郎へ、

「立派なものを見せてもらった。礼を申す」

ふかぶかとお辞儀をした。そうして丁重きわまる口調で、

「喬太郎殿と万太郎殿、ぜひ新選組であずからせていただきたい」

「あきまへん」

「えっ」

「わしも」

三十郎が、おのれの鼻を指さした。これには近藤も目をしばたたいて、

「三人みんな？」

「ええ」

「しかし……」

「ええ、ええ」

三十郎はわざと顔をしかめ、右の腰をなでてみせつつ、

「ここさえ癒えれば、弟たちなど、わしの敵ではない」

「道場は、どうします」

「たたむ」

即答した。谷三十郎、へらへらしているようでいて、この男なりに時勢への意志があるのだろう。少なくとも単なる贅六《ぜえろく》ではない。故郷を放逐《ほうちく》されたのも、ひょっとしたら、そんなところに事情があるのかもしれなかった。

喬太郎が、立ちあがった。

長兄の横へ来て、近藤へ、

「お世話になります」

声の裏で、まだ息がひゅうひゅう鳴っている。近藤はやわらかな口調で、

「おぬしなら、御用がつとまる。技はまだまだ荒けずりじゃが、実戦で本領が出る男と見た。覚悟はよいな」

「はい！」

（いい面だ）

近藤は、あたたかな気持ちになった。よく見ると、肌が白い。京の女のようである。おそらく失神していたせいではなく、生来の色なのにちがいなかった。

†

谷三兄弟は、こうして新選組に入隊した。

しかし道場をたたむことはしなかった。京にも出なかった。幕府将軍・徳川家茂《とくがわいえもち》がにわかに江戸城を出て、

——公武合体を推進する。

という名目で、大坂城に滞在しはじめたからである。いろいろと政治的難題もあるが、要

するに、政局の中心である京に近いところで存在感を示そうというのだろう。

将軍が来れば、全国の浪士のまなざしも大坂に向く。

ことに過激な連中は、ふつうの市民をよそおって潜伏し、

——城に、火をかけよう。

だの、

——幕府要人を暗殺しよう。

だのいう地下活動に精勤《せいきん》することになる。

新選組としてはそれを未然にふせがねばならず、かといって新たな屯所《とんしょ》を設ける時間もないので、

「南堀江を、しばらく陣小屋とする」

近藤は配下にそう命じた。つまり谷道場を大坂支部としたのである。人員は三兄弟を常駐させたほか、京から数名を交替で派遣した。

近藤自身、しばしば京と大坂を往復した。その何度目かの大坂滞在時に、城から使いが来て、

——参上せよ。

という沙汰《さた》があった。呼出人は、岡崎《おかざき》某《なにがし》。城代付《じょうだいづき》の小役人である。

つまらない小言でも食らうのだろうか。

役なのだ。

（面倒な）

と思いつつ登城すると、案に相違して、岡崎はひとりで大手口で待っていた。単なる案内役なのだ。

「ついてまいれ」

ついて行くと、大手門をくぐり、お濠《ほり》をこえ、桜門《さくらもん》を抜け、御殿へと入ってしまった。この城には天守がないので、御殿がすべての中心である。ひょっとしたら、この瞬間、おなじ屋根の下に将軍家茂もいるかもしれないのだ。

ただし通されたのは、玄関ちかくの一室だった。

陽光が、奥の障子戸からさしこんでいる。向かって左には床の間があり、それを背にして、男がひとり正座していた。

顔が小さい。四十代前半といったところだろうが、うしろに小姓《こしょう》をひかえさせているあたり、どうみても大身《たいしん》の旗本《はたもと》か、

（大名）

近藤はさすがに、心ノ臓があばれ馬になった。案内の武士は、

「板倉周防守《いたくらすおうのかみ》様である」

とだけ言うと、さっさと退出してしまう。近藤はいよいよおどろいた。板倉勝静《かつきよ》、現役の老中《ろうじゅう》ではないか。

将軍家茂がわざわざ江戸から供奉《ぐぶ》させたという一事を見ても信頼の厚いことがわかる。まぎれもなく現今における国家の最高行政責任者である。

小さな顔がこちらを向き、

「近藤勇とは、そなたか」

「はい」

「まあ、すわれ」

口調は案外、気軽である。近藤はおもいきって進み入り、相手の正面、手をのばせば届く位置に正座した。

「無礼な」

とは、板倉は言わなかった。そういう性格でもあるのだろうが、それ以上に、この城はもともと拠《よ》るべき格式がないのだろう。将軍も、老中も、ほかの幕閣も、そこにいること自体が歴史の例外なのである。

「近藤よ」

板倉はパチリと扇子《せんす》を鳴らし、口をひらいた。

「呼び立てたのは、ほかでもない。浪花《なにわ》の警護はどのようになっているか、大樹様《たいじゅ》（将軍）からご下問ありし故《ゆえ》、申し聞かせよ」

「はっ」

近藤は、すらすらと口が動いた。新選組の隊士はつねに数名が滞在していること。毎夜、城のまわりを中心に巡回をおこなっていること。放火防止、辻斬り防止はもちろんながら、この街はことさら富裕の商家が多いので、強盗防止をも心がけていること。

「浮浪の徒は、とらえたか」

「いえ、まだ」

「隊士は、数名か」

板倉は、眉間にしわを寄せた。少ないと言いたいのだろう。近藤は急いで付け加える。

「そのほかに谷三兄弟という仲間があり、これは常駐しております。ふだんは南堀江町の酒蔵の二階において剣と槍の道場をひらいていますが、腕が立ち、大坂の地理や人気《じんき》にくわしい。もともとは備中松山藩の出身ながら……」

「ほう？」

板倉が、ぴくりと唇のはしを上下させた。意外に敏感な反応だが、

(ああ)

得心した。板倉勝静は、その備中松山藩五万石の藩主なのである。

伊予国ではなく備中国。その城の天守は山のいただきに立つというから、あるいはこの人は、足もとに雲の海のいちめんに広がるのを、

(見おろしたか)

想像した瞬間、近藤は、

「あっ」

思わず腰を浮かしてしまった。

いくら格式が問われぬにしても、これは唐突のふるまいである。小姓がたしなめる目つきをした。板倉はわずかに首をかしげて、

「どうした？」

近藤は、世界がきゅうに明るくなった気がしている。背すじをのばし、この大名を正視して、

「お願いの儀が」

「願い？」

「恐れながら」

平伏し、しかしすぐに身を起こして、

「いま申した谷三兄弟ですが、もともとは長兄の三十郎がご家中にあり、何らかの不始末をして放逐されたと聞いております。ここは寛大なおはからいにより、罪をゆるし、ふたたびご家中に」

「ふん」

板倉は、横を向いた。

露骨にいやな顔である。こうした嘆願は聞き飽きているのにちがいなかった。近藤はかまわず、

「長兄ではなく、三男を」

「ふん」

「喬太郎という十七歳の若者です。前途有望で」

「ならぬ」

「禄《ろく》が惜しいので？」

財政の窮乏は、どこの藩もおなじである。板倉はそっけなく、

「おぬしの口を出すことではない」

それはそうだろう。近藤はにやりとして、

「禄は、いりませぬ。それがしが面倒を見ます。殿様はいったんご家中に加えた上、あらためて、私にさしくだし願いたい。つまり養子」

「養子？」

「はい」

「何のために」

「大坂警備の人員をふやすため」

「ほう」

板倉は、ようやく興味をおぼえたらしい。こちらを向いて、

「それとこれが、どうつながる」

「拙者は、いつ死ぬか」

近藤は、堂々と述べた。自分はこの新選組局長という役目を拝している以上、いつ、どこで、誰に斬られるかわからない。闘死はもとより覚悟の上だが、死んだら、

——後事を、どうするか。

この問題が避けられないのだ。

局長職には、代わりがある。土方歳三か、沖田総司か、とにかく結党以来の同志のうちの誰かが就任すればいい。隊は動揺しないだろう。しかし近藤家はどうなるか。

これはもう、まちがいなく断絶になる。

自分は男子がいないからだ。師であり養父である近藤周助は高齢で、最近、卒中でたおれていて、彼にいまさら後継者さがしを託すわけにもいかないのである。

近藤家が断絶すれば、それはすなわち、天然理心流という剣の一派の断絶になる。そうなる前に、

「養子を取りたい。いちはやく家督《かとく》を継がせたいのです」

「それは、私《わたくし》じゃ」

板倉は言い返した。単なる個人の事情にすぎぬ、と言いたいのだろう。近藤は、

「いかにも」

うなずいた。天然理心流などしょせん田舎《いなか》剣法である。柳生流《やぎゅうりゅう》のような将軍家御流儀でもなく、北辰一刀流《ほくしんいっとうりゅう》のごとき大流行の徒党でもない。ぐっと身をのりだして、

「されどこの私事は、公儀への奉仕になるのです。晴れて家督を継がせれば、その養子は、むろん天然理心流宗家になる。そうしておいて江戸および武蔵国に下向させ、隊士募集をやらせるのです。たちどころに優れた人材があつまりましょう」

「それほど名高いのか。その流派は」

「武蔵国の一部の地域においては、ですが。板倉様の名前と合わせれば、二枚看板です」

これは、お世辞でも何でもなかった。何しろこの板倉勝静という男は、八代将軍・徳川吉宗《よしむね》の玄孫《やしやご》にあたり、徳川御三卿《ごさんきょう》のひとつ田安《たやす》家の初代当主・田安宗武《むねたけ》の曽孫《ひまご》にあたり、寛政《かんせい》の改革で有名な老中・松平定信《まつだいらさだのぶ》の孫にあたる。

つまり日本一の貴種なのである。その板倉勝静の由来となれば、訴求力ははかり知れない。

「人材があつまれば大坂警備の人員はふえ、京のそれもふえ、さらに余れば江戸へもまわせましょう」

近藤がぴたりと言い終えると、板倉は、扇子をひろげて顔に風をおくりつつ、

「そのほう、手妻師《てづまし》のような頭のよさじゃ。歩兵には惜しい」

絶讃であるだけに、板倉がしょせん新選組など単なる歩兵としか見ていないことがかえっ

て如実にわかる言いかただった。

近藤は、

「過分なおことば、かたじけのうございます」

点頭し、しかし首をかしげてみせて、

「ひとつ問題が」

「何だ」

「喬太郎はまだ入隊して日があさく、実績がありません。誰にもわかる手柄がなければ、二枚看板も画餅《がべい》に終わりましょう。だいいち隊内が納得しない」

「ふむ」

と、板倉はもう興味をうしなったらしい。新選組のことは新選組でやれ、ということだろう。

（しょせん、貴種じゃ）

と思いつつも、近藤は、表情を変えず、

「よろしいか」

「やってみろ」

こうして谷喬太郎は、板倉勝静の家来になった。それから近藤の養子となり、姓名も変わった。あたらしい姓名は、

近藤周平

である。

本人は、平然としている。連日、南堀江町の谷道場でおこたらず稽古をかさねている。

†

結局のところ。

将軍・家茂は、五か月の滞在ののち江戸へ帰った。

浪士たちの目はふたたび大坂をはなれ、京にあつまったようである。それが証拠にというべきか、京において、あの世の人々を震撼《しんかん》させた池田屋事件が発生したのは元治元年（一八六四）六月五日。家茂帰東の翌月だった。

もっとも。

近藤勇は池田屋に、

――浪士がいる。

と思わなかったことは前述した。

鴨川の向こう、祇園にいると確信していた。だからこそ副長・土方歳三ひきいる二十四名もの精鋭をそちらへ派遣し、茶屋、旅籠、貸座敷などをしらみつぶしに当たらせたのだ。養

子の周平も、もちろん、

「手柄を立てろ」

言いふくめた上、そちらへ組み入れた。そうして意外にも、近藤隊のほうが敵に遭遇したのである。

†

近藤勇は、

（まだか。まだか）

心をこがしつつ、池田屋の二階の廊下に立っている。

沖田総司と背中あわせになり、浪人たちと対峙している。近藤の相手はふたり。そのひとりは松田重助だった。

厳密には浪士ではなく、れっきとした熊本藩士。世間の反応を考えれば、この場でいちばん、

（周平に、討ち取らせたい）

そんな重要分子のひとりだった。いまだ中段のかまえを持したまま、うさぎのような目で近藤のつぎの動きを待っている。

近藤が、

「はやく来い。周平！」

口に出したとたん、びくりと肩をはねさせる。二の太刀が来ると思ったのだろう。近藤は腕をのばし、

「おっ」

「やっ」

剣先を、小出しに出した。児戯《じぎ》に類する攻撃だが、松田は必死で打ち合わせる。それほど技倆《ぎりよう》に差がある。

斬らぬよう、逃がさぬよう。われながらほとんど、

（出来試合《できじあい》だな）

苦笑したとき、うしろで、

「がっ」

異様な声がした。

近藤は、ちらりとふりむいた。沖田の背中が、猫のように丸まっている。その両足のあいだへ黒い水がしたたっているのは、

（血か）

沖田が、がっ、がっと音を立てるたび、びしゃりと水たまりが大きくなる。口から血を吐

いているのだ。かつて土方歳三は、その天才的というべき観察眼で、

「総司のやつ、労咳《ろうがい》じゃねえか」

と首をひねったことがあったけれども、この土壇場で、あるいはその発作が出たものか。

沖田の相手は、たったひとり。

もともと三人いたはずだが、ふたりはすでに斬られたのだろう。のこりのひとりもじゅうぶん間合いを取ったまま、咳《せ》きこむ沖田へ近づこうともしない。

(好都合だ)

近藤は反射的にそう思った。これ以上、沖田に好きにやらせたら、周平の獲物が、

(尽きる)

とにかく、近藤には近藤の相手がある。ふたたび前をにらみ、松田重助のほうへ左足を擦り出したとき、こんどは階下で、
ぱあん
という音がした。

「砲弾かっ」

という声が聞こえたけれども、火薬のにおいがしない。つづいて戸外から足音がなだれこんで来る。

近藤は、また松田から目をそらした。階段の下をのぞいたところ、案の定、おびただしい

数の味方が乱入している。だんだら羽織の隊服を身につけた者もあり、単衣《ひとえ》の白い着物すがたの者もあるけれども、いずれも服の下にずっしりと竹胴を着こんでいるのでそれとわかった。砲弾の音と聞こえたのは、戸のやぶられる音だったのだ。

近藤は刀を松田へ向けたまま、二、三段、階段をおりて、

「歳さんっ」

階下のひとりが、

「おうっ。若先生」

やはり土方歳三だった。これで敵味方の頭数が逆転した。近藤は声を大にして、

「斬るな、斬るな、生け捕りにせよ」

こっちの目的はあくまでも決闘ではなく、警察権の行使にある。のちのち拷問《ごうもん》にでもかけて仲間の姓名や出身地、潜伏先など、あらゆるへどを吐かせたいのだ。

ふたたび二階へ上がったら、松田は戦意をうしなっている。なりふりかまわず背を向け、襖をひらき、手近な部屋へ駆けこもうとする。近藤は身をかがめ、

「それっ」

右のふくらはぎを横に裂いた。

「うわあっ」

松田は、部屋の畳におおいかぶさるよう転倒した。大した傷ではないはずだった。部屋には、ほかの浪士もいる。

奥の欄干《てすり》をひらひらと越え、夜空に消えている。裏庭へとびおりて逃げる気なのだろう。なかにはさっきまで沖田の相手をしていた者もあったようだが、近藤は追わない。ただ、

「行け。行け」

つぶやきつつ、見送るのみ。

とびおりたところで裏庭に木戸はないのだから、彼らは高塀をのりこえるか、表口へまわるかしか方法がない。高塀のほうは土方が人をまわしているにちがいないし、表口は近藤があらかじめ武田観柳斎ほか五名にしっかりと固めさせている。どっちにしても近藤の興味は、ひとつしかない。

「来い」

松田の襟首をつかみ、ずるずる引っぱって廊下へ出た。

階下に周平の姿をさがす。いた。階段の右手、竈のならぶあたりに立っていた若者がこちらを見あげて、

「父上！」

その顔は、やはり抜けるような白さだった。そのくせ唇がぷっくりと赤く、牡丹《ぼたん》のつぼみを思わせるのは端正というより凄艶《せいえん》である。

近藤は、

「斬れ！」

松田重助をほうり投げた。階段には欄干がないので、どさりと周平の前に落ちる。

周平、斬らない。

下段にかまえたまま、松田が身を起こすのを待っている。それでいいと近藤は思った。立ち合って斬るのでなければ手柄にならぬ。

松田は、立った。

周平のほうに体を向けた。片足がひょっこり浮いているのは近藤のさっきの一撃のせいだが、それはこのさい、勝利の価値をそこなわぬだろう。どのみち周平と松田のあいだには、天地ほどの腕の差がある。

(私ではない)

と、近藤は、みずからへ言い聞かせている。

(私事ではない。公のためだ)

あのとき老中・板倉勝静に、

――手妻師のような頭のよさじゃ。歩兵には惜しい。

と言われたことが、いまや想像以上に自信になっている。じつを言うと近藤自身、もともと、

（歩兵以上の男に、なる）

その決意が強かったのである。

なるほど新選組は有名になった。京の街では、泣く子があると、

——新選組が来るよ。

と言って叱りつける母親もあるほどになったが、しかしその有名さは、しょせん警察のそれにすぎぬ。

あるいは軍隊のそれにすぎぬ。けれども近藤は、土方や沖田やその他の同志もそうだが、もともと警察や軍隊をやるために京へ来たわけではないのだ。

みんなみんな、思想のために来た。

時勢に参加し、政治を動かし、そのことによって、

——この皇国を、革《あらた》めよう。

その意味では、新選組も志士の集団なのだ。そうしてこの衷心《ちゅうしん》を実現するためには、まず近藤みずからが警察や軍隊たることを脱しなければならぬ。剣客から政治家へ転身するのだ。

そのためにこそ、養子周平には活躍してもらわなければならぬ。活躍すれば板倉勝静も得意だろう、いよいよ近藤に注目するだろう。近藤としては政治家への恰好の足がかりになるのである。

むろん、あのとき板倉に言ったことは嘘ではない。隊士募集もやるつもりである。しかし究極の目的は、

(その先に、ある)

さて、周平。

まだ手を出さない。

松田重助をにらんだまま、刀をぴくりと動かすこともしない。膠着《こうちゃく》状態が長くつづいた。

近藤が、

(おや)

眉をひそめたのは、周平の唇を見たときである。

さっきまで牡丹のつぼみのように赤くふくらんでいた。いまは白い肌と見わけがつかない。色をうしなってしまったのだ。

こんどは、足を見た。まずいと思った。両足がべたりと地に貼《は》りついている。これではどんな攻撃もできないし、どんな攻撃にも対応できない。

松田が、忍耐をあきらめた。

周平の頭上へ、

「きゃあっ」

と悲鳴をあげつつ刀をおろしたのである。茶の一杯も飲めそうなほど緩慢な動作だったけ

れども、周平は目をつぶり、その場にしゃがみこんでしまった。

ここにおいて、ようやく近藤も、

（怯懦《きょうだ》）

さとらざるを得なかった。あの谷道場で見せた痛快な度胸、勝利への執念は、道場という箱庭のなかでしか見られぬものだったのだ。竹刀やら、タンポのついた槍やらにのみ有効な剛胆さ。

おそらく周平自身、この瞬間、はじめてわが性を知ったのではないか。人というのはつくづく、

（わからぬ）

気がつけば、松田が土間にころがっている。

首がなかば胴から離れている。かたわらには周平がまだしゃがみこんでいるが、その横には、沖田総司が立っていた。

二階から、おりていたのだ。背をまるめ、

「ごっ、ごほっ」

といやな咳をして、竈の焚《た》き口に血痰《けったん》を吐いている。顔が土色だった。やはり労咳なのだろう。あとで医者に見せなければと近藤はつかのま思ったが、逆にいえば、周平は、そういう困難な状態にあった沖田に助けられた。沖田はさっと横から来て、松田の首を薙《な》いだので

ある。

手柄どころか、これひとつで一生の恥。沖田はその場を去り、べつの相手をさがしはじめた。

周平は、ようやく立ちあがった。

刀を持った手をだらりとさげ、こちらを見あげた。その目は、仔犬のようにうるんでいる。口のかたちで、

「父上」

と言っていることがわかったが、近藤はひややかに、

「ご苦労」

つぶやいて、みずからも階下におり、手あたりしだいに敵を斬りはじめた。新選組の局長がいつまでも見物ばかりしているわけにはいかない。

(大物よ、来い)

みっちりと切り刻んでやる。そんな思いが心に湧いた。

戸の外で、さらに人の声がした。

援軍が到着したのだろう。近藤はこの捕物のため、あらかじめ会津藩兵百五十人、京都所司代兵百人ほかの応援を要請していたのだ。何しろ役人の大組織だから、

——すぐには、来ないだろう。

とは予想していたが、それにしても、これほど遅いとは思わなかった。

†

事件の三日後、六月八日。
近藤勇は、ふるさとへ手紙を書いた。
近況報告の長いものだった。宛先は、師であり養父である近藤周助。おおよそ以下の文面がふくまれている。

当節柄、私も、死生のほどが測り知れぬため、先日、板倉周防守殿家来より養子をもらい受けました。名は周平とつけおきました。……池田屋の動乱では最初に討ちこんだのは私はじめ沖田、永倉、藤堂、倅《せがれ》周平、右五人でした。……兵は、東国にかぎります。こころざしある者は早々に上洛《じょうらく》してもらいたく存じます。

一番乗りの隊士のなかに「倅周平」を加えたのは、もちろん嘘である。いまだ養子の件に未練があったか、あるいは隊士募集に利用する気だったか。いずれにしても近藤は、まもなく、周平との養子縁組を解消した。

周平は谷姓に復し、平隊士《ひら》となった。近藤はのちに京や大坂での警察活動がみとめられ、ときに幕閣へ意見を言うこともあったが、板倉勝静との接点はついになかった。谷三兄弟の長兄・三十郎は隊内で七番組組頭にまで昇進し、次兄・万太郎はひきつづき南堀江町で道場にとどまっている。大坂支部でありつづけたのだろう。

馬術師範

慶応《けいおう》元年（一八六五）五月、隊士の増加にともなう組織再編がおこなわれたとき、安富才《やすとみさい》助《すけ》は、

馬術師範

に任ぜられた。

これは隊内では、

「異例の出世じゃ」

と、どよめきをもって迎えられた。才助はまだ二十七歳だし、京の街での浪士狩りで大手柄を立てたわけでもない。何より新選組に入隊してから七か月しか経《た》っておらず、新入りに毛が生えたような存在にすぎなかった。隊士たちのおどろきは、むしろ当然のことだっただろう。

もっとも、当の才助は、

（まあ、順当なところか）

けろっとしている。

才助はもともと備中足守藩《びっちゅうあしもり》の藩士だったころから、大坪流《おおつぼりゅう》という、徳川《とくがわ》三百年をつうじて最大かつ最強とされる流儀の馬術にうちこんでいて、成績つねに最優秀、他の追随をゆるさなかったからだ。おのれのなかに自信があれば、まわりの評判は気にならない。

人事とは、おかしなものだ。

馬術師範になったその日から、まわりに人があつまった。これまでろくろく口もきいたことのないやつが、

「安富先生、安富先生」

などと平然と寄ってきたのは手始めにすぎず、

「拙者、かねてより安富先生には畏敬の念を抱いておりました。遠慮して遠ざかっておりましたが」

と見えすいた追従口《ついしょうぐち》をきく者もある。甘いものに蟻《あり》がたかるようなものだった。

才助はべつだん、こだわりがない。

「なるほど、なるほど」

とうなずいてやったから、隊内の人気はうなぎのぼりに高まった。もちろん馬術の生徒も

ふえ、十指《じつし》にあるようになる。こういう安富派の成長には、

「安富は、あれはいずれ近藤《こんどう》局長や土方《ひじかた》副長へ顔をきかせるつもりなのだ。だから勢力扶植《ふしょく》に余念がない。すずしい顔して、けっこうな野心家ではないか」

などと陰口をきく者もあらわれた。その最たる者が、

阿部十郎《あべじゆうろう》

という二歳年上の隊士なのだということも、或《あ》る時期から、ちらほら才助の耳に入るようになった。

翌月は、閏《うるう》五月。

才助は、生徒とともに二条通《にじようどおり》を西へ西へと向かっている。馬術の調練は屯所《とんしょ》の外でおこなっているので、その帰り道なのだ。生徒のひとりが、

「安富先生」

馬上の才助を見あげ、声をひそめた。洛中のこと故《ゆえ》、あたりにはまだ人の往来がある。才助は、

「何でしょう」

「阿部十郎殿を、ご存じですか。近ごろ再入隊されたそうですが」

「何ですって？」

才助が思わず馬の足をとめたのは、その名を知っていたからではない。

「再入隊、と言いましたか？」

「はい、先生」

「そんなことが、新選組にあり得るのですか」

新選組には、局中法度《きょくちゅうはっと》というものがある。いわゆる隊規に相当する。その成文化された文書《ぶんしょ》をどこかで見たことがあると言う者もあり、いやいや成文化などされるはずがないと言う者もあるけれど、どっちにしても新選組の隊士はひとりのこらずその内容をくっきり心骨《しんこつ》にきざみこんでいる。次のような五か条だった。

一、士道に背くまじき事
一、局を脱するを許さず
一、勝手に金策いたすべからず
一、勝手に訴訟を取り扱うべからず
一、私《わたくし》の闘争を許さず

問題は第二条「局を脱するを許さず」だった。脱隊禁止。違反したら切腹か斬首。

これは新選組という過酷きわまる武装組織を組織たらしめるため絶対まもられるべき一条で、たとえば山南敬助《さんなんけいすけ》という仙台《せんだい》藩出身の男のごときは、結党以来の大幹部であり、いっときは局中第二位にあたる総長の地位にまでのぼったにもかかわらず、局長・近藤勇《いさみ》との意見の相違がもとで、置き手紙をして脱走した。

故郷仙台に帰るつもりだったのかもしれないが、仙台どころか京からたった三里（約一二キロ）の大津《おおつ》の街であっさりと一番組組頭《くみがしら》・沖田総司《おきたそうじ》に追いつかれ、連れもどされ、衆人環視のなか詰め腹を切らされている。大幹部である山南でさえそうだったのなら、その阿部十郎とかという無名の隊士がどうして円満に脱隊し、あまつさえ、

「再入隊できるのでしょう」

才助は、馬上で首をかしげた。よほど特殊な事情があったのだろうか。生徒は、当惑顔のまま、

「わかりません、安富先生。ただ……」

「ただ？」

「阿部十郎殿は、癖《くせ》のある人です。あの人が帰参して、また良からぬことが起きぬといいが」

最後のほうは、ほとんど自分へのつぶやきだった。才助はぴしっと馬に鞭《むち》をくれ、ふたたび前へ歩ましめたが、もう口をひらくことはしなかった。

正面には、西山《にしやま》のみどりの山なみが見える。

だらだらと水飴をのばしたように左右にのびる、京以外では見られない山のかたち。その

上空ではさっきから夕陽《ゆうひ》がおなじところに浮かんでいて、しずむ気配がない。もう梅雨《つゆ》も終わりなのだ、と才助はぼんやり思った。

†

阿部十郎にかかずらう日は、案外、はやく来た。

六月の或る日のこと。屯所の道場で剣術の稽古をしているとき、阿部がとつぜん、

「安富才助先生と、ぜひお手合わせしたい」

と言いだしたのだという。かたわらの誰かが、

「先生はおられぬ。ふだんは馬術教授のため、黒谷《くろだに》に行っておられる」

と告げた。新選組の屯所は、この当時、西本願寺《にしほんがんじ》にあるのだが、何しろ京の街中であるだけに境内は手狭で、とても馬術の調練などはおこなえない。才助はふだんは生徒をつれて北東へ二里もはなれた東山《ひがしやま》のふもと、黒谷と呼ばれる、
金戒光明寺《こんかいこうみょうじ》
という浄土宗の大本山まで出向いているのだ。ここには四万坪という広大な土地があるし、何より立派な馬場《ばば》がある。新選組の上部組織というべき会津《あいづ》藩が本陣を置いているからだ。

ところが運命の皮肉だったのは、才助がこの日、たまたま屯所内にいたことだった。

会津藩のほうの都合で馬場が使えなかったため、厩舎《きゅうしゃ》にこもり、久吉《きゅうきち》という下僕にいろいろと馬の世話のしかたを教えていたのだ。

「安富先生」

と、隊士のひとりが飛んでくる。道場でのできごとを告げる。才助は腕を組んで、

「阿部殿が、この私と？」

「はい」

（こまった）

正直、あまり剣術が得意ではないのだ。

むろん藩士時代にひととおりのことは習っているし、新選組に入ることのできる程度の技はもちあわせている。が、馬術師範に任ぜられてからというもの、道場から足が遠のいていたことは事実だった。勝負感覚がうすれている。

「……やれやれ。仕方ない」

武士である以上、こばむわけにもいかないのだ。才助は厩舎をはなれ、その足でひょいと道場にあがった。阿部十郎はただ待っていたのではなく、よほど心に期するところがあるのか、声をあげつつ激しい素振《すぶ》りをくりかえしていた。

「お待たせ申した」

と才助が声をかけると、阿部は素振りの手をとめ、頭をさげて、

「お呼び立てして申し訳ありませぬ。拙者、阿部十郎と申す」

のちに命のやりとりをする相手との、これが初対面だった。才助も会釈を返して、

「お名乗り、いたみ入る。こちらは安富才助」

「以後、ご好誼《こうぎ》を」

「どうして私との立ち合いを?」

「なに、若い隊士の口からちょくちょくお名前を聞く。それで心ひかれたまでです」

「私は馬乗りだ。剣は大したことはありません」

「ご謙遜を」

阿部十郎は、そうとうな異相のもちぬしだった。顔ぜんたいが木肌《きはだ》をけずったように細長く、そのくせ目はピッと水平方向に切れている。鼻すじはわりあい通っているけれど、がさがさに荒れた唇のはしに何もしないうちから白い泡がたまっているあたり、どう見ても尋常の精神のもちぬしではない。心の糸がぷつっと切れたら何をしでかすかわからない、そんな感じの男だった。

才助は、防具をつけなければならない。

ふと見おろすと、

「おっ。いかん」

袴《はかま》のすそに泥や藁《わら》がついている。さっきまで厩舎のなかで久吉に飼い葉《かいば》切りの仕事をさ

せていたためだろう。才助は、むぞうさに袴をぬいだ。とたんに、

「おおっ」

隊士どもの声があがる。袴をぬいだ勢いで着物のすそが割れ、太ももがむき出しになったのだ。ふだんから、あぶみを踏んだり馬の腹をしめつけたりで筋肉がつき、はち切れんばかりになっている。

「すごい脚じゃ」

阿部十郎が、やや呆然《ぼうぜん》としたふうに、

「まるで丸太ん棒のようだ。さすがは馬術師範であらせられる。ますます手合わせがたのしみになり申した」

「いやいや」

才助は竹刀《しない》をとりながら、

(蹴ろう)

そんなふうに算段している。

こっちの足でおもいっきり相手の脇腹を蹴り、機先を制するのだ。もちろん蹴りそのものは決まり手にはならないが、その後に面《めん》なり小手《こて》なりを取れば決着はつく。従来の道場剣術の風儀からすれば品がないことはなはだしいが、型よりも実戦をおもんじる新選組にあってはこういう奇手《きしゅ》も黙認されており、文句を言う者はないはずだった。

審判役は、五番組組頭・武田観柳斎《たけだかんりゆうさい》。

「勝負一本」

の声とともに、才助はするすると間合いをつめ、相手のふところに飛びこもうとした。と同時に左足を浮かせ、相手の脇腹へねらいをさだめる。いまだ、と足を出したとたん、

（あっ）

阿部が意外な行動に出た。どすんと体ごとぶつかってきたのだ。才助はトットッと右足だけで後退し、ようやく左足をついて転倒をまぬかれたが、そのときには阿部の竹刀の先が鞭のようにのびてきて才助の面を激しく打つ。ぱーんという乾いた音がこだまして、才助の視界に赤い星が散った。

「勝負あり！」

武田の手があがったが、なおも阿部は動きをやめない。才助を壁ぎわまで追いつめて胴を突き、のどを突き、さらに足をかけて突っころばした。そうして才助の内ももを竹刀の先でぱんぱん打ったものだから、才助は思わず、

「いてっ」

道場は、失笑につつまれた。阿部が竹刀をおさめ、唇を細くひらいて、

「ほっほっほ、みなの衆。馬乗りが馬脚をあらわしましたぞ」

失笑は、爆笑に変わった。ころげまわるやつもあった。

†

才助の評判は、地に墜《お》ちた。

もはや、

「安富先生」

などと呼んでくれる若者はなく、

「安富先生には、かねてから畏敬の念を」

などと追従口をきいていたおなじ男が、手のひらを返したように、

「だから俺ははじめから言っておったのだ。入隊わずか七か月で師範に任じるのは危うすぎると」

などと吹聴《ふいちよう》してまわるようになった。馬術の生徒もひとり、ふたりと減ったため、黒谷への出張調練も毎日から二日に一度、さらには三日に一度になってしまった。

当の才助は、くさらない。

あいかわらず馬場での仕事を淡々とこなしたし、のこりの日は久吉に馬の世話を教えたり、大坪鞍《ぐら》とよばれる大坪流独自の規矩《きく》による山高《やまだか》の鞍をとりだして丹念にみがいたりした。おのれの天職をだいじにする気持ちには少しも変わりはなかったが、それはそれとして、ああ

いう醜態をさらしてしまえば内心のくやしさは抑えがたい。

（この俺としたことが。馬術師範に抜擢《ばってき》されて慢心したか）

才助は道場へ足しげく顔を出し、竹刀をにぎり、自分をいじめた。

感覚がもどれば元来がそうそう弱いわけではないから、稽古試合で勝つこともあるし、藤《とう》堂平助《どうへいすけ》のような隊中きっての使い手に対してもいい勝負をしたりする。斎藤一《さいとうはじめ》ひきいる四番組とともに夜間巡察へ出たときに衣棚《ころものたな》二条の呉服商・箱屋善兵衛《はこやぜんべえ》方へおしいったばかりの盗賊二名と遭遇し、斬りあいになったことがあったが、これも足手まといになることなく、相手のひとりの手首を落とす手柄を立てた。才助は自信をとりもどし、まわりの人間の信頼をとりもどした。

隊士たちも、ひまではない。

新選組には大事件が日常茶飯事のごとくある。才助の醜聞はわすれられ、ふた月後にはもう、ただのなつかしい思い出ばなしにすぎなくなった。

阿部十郎は、それが気に入らなかったらしい。

（おとしめてくれる）

と思ったのかどうか、こんどは厩舎の馬に目をつけたようだった。

或る日、才助が他行《たぎよう》から帰ると、四頭のうちの一頭がいない。さては逃げ出したかと周囲を見まわしていると、久吉がはあはあ息をきらして駆けてきて、

「安富先生。うまが。うまが」

「どこにいる?」

「長屋に」

案内されて行ってみると、その馬は、平《ひら》隊士たちが住む長屋の二階のあき部屋にいた。よほど腹がへったのだろう、長い歯をむき出しにして、畳のけばをぶちぶち抜いている。

「誰が、こんなことを」

さすがに才助は暗然とした。馬というのは人間が綱をひいてやれば階段はかんたんにのぼれるのだが、下へおろすのは不可能にちかい。才助は、このときばかりは泣きたくなった。

結局。

才助がぶじにそいつを厩舎におさめたのは、二刻《ふたとき》（四時間）もあとのことだった。しょせんはいたずらにすぎないが、それにしても何という悪意にみちたいたずらだろう。隊内では、

「やったのは、阿部十郎だ」

という噂がもっぱらだったが、かといって阿部がそれで人望をうしなうようなことはなかった。むしろ才助がいっそう評判を落とした。あの道場での醜態がひさしぶりに思い出されたのかもしれないが、要するに、落ち目のときは何をやっても落ち目なのだ。馬術の生徒はとうとうひとりもいなくなり、黒谷への調練出張もまったく絶えるやに思われた或る日、

「本日より、教えを乞いたし」

と、才助に頭をさげた男がいる。才助は、

(おいおい)

呆然とするしかなかったが、相手は愉快そうに、

「そんなに恐縮せずともよい。安富先生」

「そ、そんな。先生などと」

才助はあわてて両手をつきだすが、

「気にするな」

そう言って巨岩のような顔を笑みくずしたのは、局長・近藤勇だった。

†

新選組は、志士根絶のために存在する。

攘夷をとなえて京にあつまり、公然と幕府の政道を批判しては人心を動揺させる不穏分子どもをあるいは屠《ほふ》り去り、あるいは捕縛して市中の治安を維持するのが新選組の目的である。

それがこんにちの私たちの常識であり、なおかつ慶応当時の日本人の常識でもあったが、しかし近藤勇がもともと幕府の募集に応じて浪士組《ろうしぐみ》二百五十人の同志とともに上洛《じょうらく》することを決意したのは、攘夷派志士を斬るためでは決してなかった。

攘夷のためだった。近藤の心をつねに大きく占めているのは、

(日本を、まもる)

この一事だったのだ。

嘉永《かえい》六年(一八五三)のペリー来航からこのかた、日本国はイギリス、フランス、アメリカ、ロシアその他の連中にやりたい放題やられている。不利な条約をむすばされ、横浜などの開港を強要され、あまつさえ自由貿易の名のもとに国内の商品市場をめちゃくちゃにされ物価の騰貴《とうき》まで引き起こされた。このまま行けば日本はあたかも一枚の肉のように狼どもに食いちぎられることはまちがいなく、それがいやなら日本人は、

(みずからの手で、あの連中を打ち払う)

近藤はつまり、最初から政治をやるつもりで京に来たのだった。なるほど浪士組には治安維持の仕事もあたえられていたけれど、そんなものは近藤にとっては、

(片手間の仕事じゃ。大事の前の小事にすぎん)

結果的に、近藤のこころざしは現実のものとなった。その「片手間の仕事」が近藤を政治のひのき舞台におしあげたのだ。

きっかけは文久《ぶんきゅう》三年(一八六三)夏の、いわゆる、
八月十八日の政変
だった。これは薩摩《さつま》藩、会津藩という穏健な公武合体派の連合体が、過激な攘夷論の急《きゅう》

先鋒《せんぽう》というべき長州《ちょうしゅう》藩の勢力をとつぜん京から一掃したクーデターだが、このとき会津藩の支配下にあった近藤らひきいる浪士組は、

「それっ」

とばかり、この政変に積極的に参加した。孝明《こうめい》天皇ましますの御所《ごしょ》の警備をがっちりかため、長州の連中をただの一歩もふみこませることをしなかったのだ。長州藩兵がすごすごと一発の銃弾も撃たぬまま国もとへ退去したのは、この浪士組のはたらきが大きかった。

浪士組は、たよりになる。

という観念が、幕府側の政治家すべての脳髄にしっかり注入された瞬間だった。近藤たちは、この直後、

新選組

という生きのいい隊名をあたえられたが、この事実ほど会津藩からの信頼の大きさを端的に証明するものはないだろう。

局長・近藤勇の存在感は、にわかに高まった。

あるいは近藤は、このときから、ひとかどの政治家になりあがった。彼は幕府高官とじかに会うことをゆるされるようになり、在京諸藩の代表者の前で演説することを求められるようになった。元来は多摩《たま》の農家の三男坊にすぎない男がだ。ほんの二十年前ならばとうてい考えられない出世であり、近藤としても望む仕事ができたことになるのだが、しかしそうな

ると、こんどはべつの問題が出る。近藤がしばしば、
二条城《じょう》
へのぼるようになったことだった。

このころの二条城は江戸幕府の京都出張所である以上に、日本国そのものの内政外交の最前線だった。自然、ぶらりと歩いて行くわけにはいかない。麻かみしもに仙台平《せんだいひら》の襠高袴《まちだかばかま》というような旗本《はたもと》か小藩の藩主くらいの恰好《かっこう》はしなければならず、それに若党ふたりをしたがえて、騎馬で登城しなければならない。

「騎馬で、だ」

近藤は、そう念を押した。

ちょっと照れくさそうな顔をしている。才助はようやく事情をのみこんで、

「よくわかりました、近藤先生。つまり実戦のしかたというよりは、威儀の正しかたを身につけたいとおっしゃるのですな」

「いかにも。教えてくれるか」

「相勤《あいつと》めます」

こうしたわけで、近藤勇は、才助の馬術の生徒になった。近藤はしばしば政治むきの用事のため、黒谷の会津藩本陣へおもむいたが、そういうときは才助もかならず同行し、用事がすむのを待って練習をはじめた。

近藤は、もともと心得があるらしい。乗りざまは決して無様《ぶざま》ではなかったが、そこはやはり武蔵国《むさしのくに》多摩郡《ごおり》のいなか剣士あがりであるだけに馬の気分をかえりみず、むりやり操作をおしつけようとする。これでは貫禄あるように見えないばかりか、馬を傷つける恐れすらある。才助は或る日、

「近藤先生。なおざりの馬を、おためしになりませぬか」

と提案した。近藤は、

「なおざりの馬？」

鞍の上で首をかしげた。才助は地に立ったまま、近藤を見あげて、

「はい。大坪流で、元気のよすぎる馬をいいます。一種の荒馬《あらうま》です。乗りこなすには、馬の気分に添うしかありませぬ」

「なるほど。よし、やろう」

才助はさっそく、一頭の馬をひいてきた。近藤が目をまんまるにして、

「おいおい。これに乗るのか」

ためらいの色を見せたほど、そいつは異様な体つきをしていた。日本産の馬よりも首が長く、胴がみじかく、筋肉や血管がありありと浮き彫りになっている。目玉がまるで西洋人のように青くきょろきょろ動いているのもぶきみだった。近藤はあきれて、

「これは、アラビア馬《うま》ではないか」

二年前の文久三年（一八六三）、フランス皇帝ナポレオン三世から将軍・徳川家茂《いえもち》へ友好のしるしに二十六頭のアラビア馬（アラブ種）が贈られた。もっとも、幕府としては年若い将軍を乗せることもできず、ましてや桜鍋にするわけにもいかないので、旗本や諸大名に分配した。ありていに言えば、おしつけたわけだ。

そのうちの一頭が会津藩にも来ていることを、才助は、かねて馬房を見て知っていた。どうやら飼い殺しになっているらしいが、

（練習には、使える）

このことを、頭にたたきこんでおいたのだった。

才助は、アラビア馬へ、ひらっとまたがった。

そのまま輪乗《わの》りをしてみせた。輪乗りといっても遠輪、近輪、急輪、静輪などいろんな種類があり、めいめい手綱の引きかたがちがう。馬はごく従順だった。ひととおり実演してみせたあと、

「どうぞ」

才助は馬をおりた。かわりに近藤が鞍に乗る。

そのとたん、馬が大あばれにあばれだした。さっきまでとは雲泥の差だった。いやいやをするかのごとくたてがみを振り立て、前脚《まえあし》を、後脚《あとあし》を、ぴょんぴょん跳ねさせるばかり。鞍の上の近藤は、

「おっ、おわっ」

必死で馬の首にしがみついて、

「何とかしろ、安富君。これはいかん」

と声をはりあげたが、その様子はむしろ楽しそうだった。近藤の目は、まるで新しいおもちゃをもらった子供のように輝いている。才助も分《ぶん》をわすれ、

「何の何の、局長！　馬の心に添いなされ」

自然と、はしゃぎ声になった。

†

翌年は、慶応二年（一八六六）。

正月の松が取れると、才助はとつぜん、新たな人事の内示を受けた。呼び出されて副長・土方歳三《としぞう》の居室へ出頭するや、

「安富君。きょうから君は、馬の世話をする必要はない」

「は？」

「勘定方《がた》に入ってもらう」

氷のような声でそう告げられたのだった。

「勘定方」

才助は、しばし呆然とした。それから、顔から火が出るような思いで、

「そ、それは、私に、帳簿つけをしろということで？」

「不向きとは思わぬ。風のうわさに聞いたことがある。ご尊父はかつて足守藩定府《じょうふ》（江戸常住）の勘定方をつとめておられたという」

そのとおりだった。才助の父である安富正之進は、はじめ国もとの川場方、ついで年貢の収納役に就き、そこでのはたらきが認められて江戸藩邸に登用された。藩内随一の事務能力者だったのだ。

土方はおそらく腹心である諸士《しょし》調役《しらべやく》兼監察方・山崎烝《やまざきすすむ》あたりに調査させ、じゅうぶん裏も取った上でこの新人事を決めたのだろう。いかにも完璧主義のこの男らしい、陰湿なやりくちだった。

（何が、風のうわさだ）

才助は不快感を抱いたが、それはそれとして最大の心配は、

「それで、近藤先生は？」

土方はにこりともせず、その秀麗すぎる顔を横に向けて、

「もちろん、今回の措置はご存じだ。すでに私から伝えておいた。わずか三月《みつき》のあいだだったが、懇切な指導に感謝すると言っておられた。よろこびたまえ」

才助は、土方がこわい。

土方が人の命など虫けらほどにも感じていない男だから、ではなかった。そんなのは新選組にあっては当たり前、土方ひとりの話ではないのだ。才助の恐怖はべつのところにあった。だだっぴろい野原のそこかしこに地雷火《じらいか》がうめこまれている。どこで足の踏み場をまちがえて爆発に遭《あ》うかわからない。そういう恐怖だ。土方があの快活な近藤勇とおさななじみだということは隊でもよく知られているが、才助としては、

(ほんとうなのか)

と思うほかなかった。そもそも土方の子供時代を想像するのがむつかしかった。

とにかく才助は、土方がこわい。が、このときばかりは、ひざを進めて、

「お言葉を返すようですが、副長」

「何だ」

「い、いや」

才助は、ひたいを汗がながれ落ちるのを感じつつ、

「近藤先生は最近ようやく進境をお示しになったところ。荒馬も馴《な》らせるようになり、鞍《あん》上《じょう》で手紙すら書けるように。さあいざ、これからというところで稽古を中止されるのは……」

「これはめずらしい。安富君ともあろう者が、未練かな」

「未練ではありません。はばかりながら私は師。師にとって、前途有望の生徒をもつほどのよろこびはない。近藤先生もきっと続けたがっておられるはず」

（しまった）

才助は、口をつぐんだ。最後のひとことは余計だった。案の定、土方は、かみそりを一閃《いっせん》させるようなしぐさで才助をにらんで、

「この私が、近藤先生の意に添わぬことをするとでも？」

才助は、背すじがぞっとした。地雷火をふんでしまったのだ。これ以上さからったら、

（斬られる）

才助はいまや、土方の真意がわかっている。

土方はもともと、近藤の二条城登城をこころよく思っていないのだ。幕閣相手の政治談議にうつつを抜かすひまがあったらもっと隊務に集中してほしい、市中の志士を斬ってほしいと考えているにちがいなく、当然、登城のための騎乗の訓練なども、

――しょせん、形式ではないか。

と、不快だったにちがいない。土方は政治的人間であるよりは、むしろ軍事的人間だったのだ。

もっとも、それなら近藤へじかに、

「馬は、やめてくれ」

と言えばいいだけの話ではある。わざわざ才助にまで側杖《そばづえ》を食わせる必要はなかったのだ。それをあえて側杖を食わし、勘定方へ左遷したのは、はたして土方ひとりの判断なのか。それとも、

（土方先生の耳に、誰かが何か吹きこんだか）

疑ったところで口に出せるはずもない。土方はまだ銃口のような目でじっと才助をにらんでいるのだ。

土方は、ふいに視線をそらした。

部屋への出入口となる障子戸のほうへ顔を向けて、おだやかな口調で、

「ご足労でした」

そっけなく手をふった。この話はもう終わりだという通告だった。才助は立ちあがり、挨《あい》拶《さつ》もせず退出した。

†

その後の展開は、才助のおそれたとおりになった。

いちおう馬術師範の肩書そのものは外されず、勘定方との兼任というかたちになったけれども、やはりと言うべきか、馬のほうは開店休業同様になった。

もっぱら屋内での事務仕事に忙殺された。帳簿つけをしたり、備品の点検をしたり、掛け取りにやってくる商人どもに応対したりしていると、あっというまに一日が終わってしまう。兼任どころか、事実上の専任だった。むろん土方はこうなることを前もって期待していたにちがいない。

（陰険な）

心の底に、しだいに鬱屈《うっくつ》の泥がたまりだしたが、かといって目の前の仕事はたしかに才助を必要としている。放置するのは気分がわるい。春が来て、夏がすぎ、秋が終わり、あっというまに一年が経ってしまった。

一年も経つと、もはや誰もが才助が馬術師範だったことを忘れている。

厩舎の馬も、なかば飼い殺しのようになった。もちろん近藤、土方ら上級幹部はしばしば騎馬で外出するのだが、ただそれだけなら馬などしょせん荷車とおなじ、

（ただの運び道具にすぎん）

才助の不満はつのるいっぽうだった。ただ、例の久吉だけは、

「安富先生。安富先生」

とときどき勘定方の部屋に顔を出しては馬の様子をそっと知らせてくれる。才助にとっては、自分が馬の人間であることを思い出させてくれるほとんど唯一の機会だった。

才助には、気晴らしが必要だった。

ときどきふらっと屯所を出て、南のほうへ足を向け、
不動堂村《ふどうどうむら》
という名の集落にひろがる野菜畑をながめるのが、気がつけば小さな習慣になっていた。

もとより畑などに興味はない。才助は、その広大な平地《ひらち》の一画にいま新しい建物群がぞくぞくと建設されつつある、その建設ぶりを見にくるのだった。

（いいながめだ）

新選組の新屯所だった。完成すれば全隊士、全備品がまるごと西本願寺から引っ越すことになる。才助はその日が待ち遠しかった。新屯所には馬場こそ設けられないが、これまで以上に大きく使いやすい厩舎が設けられる予定なのだ。

或る一月の寒い朝も、才助はそんなふうに突っ立っていた。と、背後から、

「安富先生。ねえ」

必要以上に甘い声。才助はふりむいて、

「あっ」

阿部十郎だった。あの道場での立ち合いから一年半。ふところ手をして、何がおかしいのか顔をにやにやさせながら、

「机のお仕事に飽きたのですか。こんなところを見られたら、土方先生に叱られますよ」

「これも仕事の一環のつもりですよ。いずれこの新屯所への引っ越しには、莫大な金がかか

りましょうからな。勘定方としての下検分です」

「どうせ厩舎がたのしみなのでしょう」

(見すかされている)

才助が苦笑いすると、阿部はへらへら笑いつつ、おどろくべきことを告げた。

「じつを言うとね。あなたを勘定方へ配置換えするよう土方先生に進言したのは、拙者なのです」

「何！」

才助は、顔色を変えた。阿部はつづけた。

「鎌倉武士の世でもあるまいに、もはや弓馬の術など何の役にも立たぬ。単なる古い儀式にすぎぬのだ。安富先生のごとき有能きわまる人材はそんなところにかかずらわず、ほかの分野で活躍すべきではありませんかと、こう申し上げたのですよ。土方先生は名案だと言ってくださいました」

勝ち誇ったようにしゃべりつづける阿部十郎の顔をじっと見ながら、才助は、

(この男が、俺から馬を)

はじめて殺意を抱いた。が、口調はあくまでも平静に、

「馬を長屋の二階にあげたのも？」

「いかにも拙者です。いたずらが過ぎたかな」

「わかりませぬ。貴殿はなぜそこまで私を目のかたきに？　私のほうは、ご不興を買うようなことはしていないつもりだが」

と言ってから、才助はふと思いついて、

「ねたみですか」

「な、何を」

阿部の顔から笑みが消えた。才助はぽんと手を打って、

「わかった。貴殿はたしか隊の砲術師範を拝命しておられましたな。それならば、なるほど馬術師範をねたむ気持ちもわからんでもない」

「ちがうっ」

阿部は、目をつりあげた。そのとおりと認めたにひとしかった。

いまはもう、鎌倉武士の世ではない。

徳川幕府も末期《まつき》の世なのだ。馬などよりも大砲や小銃をあやつる技能のほうが軍事的に有用であることは才助ですらわきまえている。阿部十郎は、おのれに与えられた役職をもっと誇っていいはずだった。

ところが阿部という男は、こういう点、ふしぎなくらい歴史にとらわれる男だった。「鎌倉武士の世でもあるまいに」などとうそぶいている当人がいちばん鎌倉以来の武家の伝統にこだわっていた。伝統的な序列意識では馬に乗れるのは身分ある武士のみであり、反対に、

火器銃砲などという飛び道具は下級武士が使うものと決まっていたのだ。

実際、戦国時代の軍制では、鉄砲隊はたいてい足軽《あしがる》によって構成されている。おそらく阿部の目には、馬術師範という肩書はあたかも武者人形のように謹厳な、正統的な価値をまとったものだったろうし、砲術師範は三段も四段も劣るものだったのだろう。道場剣術でことさら才助にはずかしめを与えたのも、馬をわざわざ長屋の二階にあげたのも、

（みな、ねたみから出たことなのだ）

阿部はもういちど、

「ちがうっ」

と叫んだ。声がひよどりのように甲高い。才助は首をかしげて、

「ちがいますかな」

「貴様がどのように邪推しようと、とにかく土方先生が拙者の案を採《と》られたのは事実。この勝負、拙者の勝ちじゃ」

「勝ち負けの問題ではないでしょう。だいいち貴殿の案が容《い》れられたのは、たまたま土方先生にとって都合がよかったから。貴殿の人物が買われたのではない」

「言うたな」

「申しました」

「抜け」

阿部はふところから手を出し、刀の柄《つか》に置いた。唇がかさかさに乾いている。

（危うい）

才助は警戒しつつ、しかし冷静に一歩さがって、

「局中法度をご存じないか。隊士どうしの私闘は禁じられている」

「隊士どうしでなければよかろう」

「どういう意味です？」

聞き返すと、阿部ははっとした。刀から手をはなし、そっぽを向いて、

「い、いや。何でもない」

「隊士どうしでなければ、とは……」

才助はつぶやいてから、ふと思いついて、

「ひょっとして、阿部殿。貴殿はまたしても脱隊さわぎを起こすつもりでは？」

阿部は、答えない。そっぽを向いたまま、ぺっと畑の黒土《くろつち》へつばを吐いて、

「貴様とは、いずれ決着をつける」

足早に歩いて行ってしまう。阿部がふたたび新選組を脱隊したのは、それから二か月後だった。

†

才助も、入隊後、二年以上が経っている。

阿部十郎の最初の脱隊のあらましについては、古参の隊士から話を聞いていた。そもそもの原因は、どうやら阿部が強烈すぎる攘夷思想のもちぬしだということにあるらしかった。

文久三年（一八六三）五月、長州藩が馬関《ばかん》海峡でオランダ、アメリカ、フランスなどの船を砲撃し、複数の水兵を死亡せしめたときも、阿部は、

「壮挙なり。大膳大夫《だいぜんだいぶ》（長州藩主・毛利敬親《もうりたかちか》）の壮挙なり」

と手をたたいて屯所中を走りまわったほどだったけれど、新選組はその後、その長州をむしろ京から排除する幕府＝会津藩の勢力へ加担していった。阿部とすれば意想外のことで、不満はつのるいっぽうだった。例の八月十八日の政変以後になると、新選組はほとんど毎晩のように長州系、およびそれに同情的な浪士どもを治安維持の名のもとに斬殺、捕殺、刑殺することになるが、これがまた阿部をいよいよ幻滅させたことはいうまでもない。

とうとう、

（耐えられぬ）

と思ったのだろう。阿部は、

「新選組はもはや天下の心ある人士《じんし》から攘夷派の怨敵《おんてき》と見られております。脱隊したい」

という旨を、局長・近藤勇に向かって陳訴した。ほかにも十名程度の同調者がいたという。

「断じて許さぬ。隊規により全員斬首」

と主張したのは、近藤ではなく、副長・土方歳三だった。それを近藤が、

「待つんだ、歳《とし》さん」

なだめるように言ったのだった。

「歳さんの怒りもよくわかるが、阿部たちの気持ちもわからんでもない。もともと新選組だって究極の目的は攘夷なんだ。ただその方法がちがうだけだ」

「あんたは甘すぎる、近藤さん。こういう重要な時期に隊規違反を見のがすのは……」

「人数が多すぎる。十名だ」

「こっちも討手《うって》を十名用意すればいい。指揮は総司のやつにさせよう」

「そういうことを言ってるんじゃない。俺が言うのはな、歳さん。十名もの連中が叛意《はんい》をあらわにしたってことは、潜在的には、脱隊希望者はもっと大勢いるってことだ。阿部たちの処分を強行したら新選組はまっぷたつになる。血で血をあらうことになるぞ」

「………」

「脱隊は、みとめざるを得んだろう。これで生じた欠員は、そうさな、俺はこんど江戸へ行く。新人を募集してこよう」

「あんたは手ぬるい、近藤さん。いつかその手ぬるさが命とりになる」

こういうわけで、阿部は五体満足のまま隊を去ることを得た。近藤は、阿部にとって文字どおり命の恩人だったわけだ。

しかしその後、阿部には行きどころがなかったらしい。

どこでどうしていたのか誰も知らないし、いっときは大和国十津川郷《やまとのくにとつがわごう》へもぐりこむ算段もしていたというが、おそらく食えなかったのだろう。或る時期から大坂へ出て、南堀江《みなみほりえ》の直心流《じきしんりゅう》剣術道場主・谷万太郎《たにまんたろう》の客分になっている。

この道場はおもてむきは数ある剣術道場のひとつにすぎないが、じつは新選組の、大坂支部ともいうべき警察組織の根拠地であり、新選組の手のとどかない大坂三郷《さんごう》における治安維持、要人警護を担当していた。そこの食客《しょっかく》になったということは、阿部十郎、どうやらこのあたりから新選組への復隊を考えていたものらしい。案の定、ほどなくして京洛《けいらく》の地にふたたび入り、西本願寺の新選組の屯所の門をたたき、

「周囲の人間があまりに説得するので、余儀なく」

という体裁をとりつくろった上、再入隊を申し出た。

かつてはあれほど隊の方針を批判しておきながら、給金ほしさに出戻《でもど》ってきたことになる。阿部はこういうことができる男だった。土方はやはり反対したけれど、近藤はいたって大らかに、

「誰だって、腹はへるさ」

再入隊をみとめたという。

†

その阿部十郎が、わずか一年半ほどののちに再脱隊したのだ。

「だから、言わぬことではない」

と土方が渋《しぶ》っ面《つら》をすると、近藤は、耳のうしろを手の甲でごしごしこすりながら、

「口惜《くちお》しいなあ、歳さん。あんたの目のほうが確かだった」

「いくら何でも、これでは隊中にしめしがつかない。まさか捨ておけとは言わぬだろう?」

「うーん」

近藤は腕を組み、目をつぶった。

ふたりはいま、屯所にはいない。重要な密談をおこなうときは概してそうであるように、醒ケ井木津屋橋下ル《さめがいきづやばしさがる》、近藤の休息所の座敷にいた。休息所というのは幹部のみに認められる自宅ないし妾宅《しょうたく》だが、近藤の場合、なかば役宅《やくたく》も兼ねている。土方などはふだんから自分の家のように出入りしているのだ。

(しかたがねえ)

近藤は腕組みをとき、目をひらいた。

「しかたがねえよ、歳さん。あんたの好きにしてくれ」

「じゃあ斬ろう。もっとも、こんどの脱隊者は十六人だ。いっぺんにやるのは骨が折れる」

「どうする、歳さん」

「なに、まず彼らの領袖《りょうしゅう》を消せばいい。のこりは将棋だおし式にたおせるだろう」

領袖とは、阿部十郎ではない。

そもそも近藤も土方も、阿部などは眼中にない。あるのは、
伊東甲子太郎《いとうかしたろう》
という男だった。

新選組史上、この男ほど文武両道に秀でた者はいない。もともとは筑波山《つくばさん》のふもと、常陸《ひたちの》国志筑《くにしづく》の出身で、学問をこのみ、難解な水戸学の理論にも精通していたが、長じて江戸に出たあとは、深川佐賀町《ふかがわさがちょう》の北辰一刀流《ほくしんいっとうりゅう》・伊東誠一郎《せいいちろう》の道場に入門し、たちまち師範代に抜擢された。新選組入隊後まもなく文学師範に任ぜられたのも、その圧倒的な教養のしからしむるところだった。

この教養は、しかし新選組にとっては癌《がん》になった。

伊東甲子太郎はもともとの学問的基礎が水戸学にあるだけに尊王攘夷のこころざしが厚く、時勢に敏感で、なおかつ弁舌の才があった。こういうさわやかな知性派はこの組織にはこれ

までひとりもいなかったから、隊士たちは彼のまわりに集まるようになり、話に聞きほれるようになった。

気がつけば、伊東派とでも呼ぶべき一大人脈ができている。阿部十郎もこの心酔組のひとりだった。彼らが近藤、土方らの主導する佐幕《さばく》化路線への隠然たる反対勢力になりつつあることは、もはや誰の目にもあきらかだった。土方はどうやら、このころから、

「めざわりだ」

と思うようになったらしい。

伊東は、だんだん図に乗った。仲間どうしの会合で長州藩への同情をはっきり口に出すようになり、それればかりか、

「新選組は、時勢にとりのこされている。世の人心はもはや徳川家から離れきっているのだ」

などと公言して、新選組からの分離独立まで画策しだした。この計画は実現した。伊東は京の朝廷から、

「なくなった孝明天皇のみささぎ（陵）をまもる、御陵衛士《ごりようえじ》」

を命じるという沙汰書《さたがき》を拝領することに成功したのだ。さすがの近藤、土方も、こんな名目を立てられては手が出せない。伊東甲子太郎とその一党は、おもてむき円満離脱というかたちで屯所を去った。慶応三年（一八六七）三月、伊東の入隊から二年半後のことだった。

いまは東山高台寺塔頭《こうだいじたっちゅう》・月真院《げっしんいん》に滞営して尊王攘夷派のための地下活動を開始しているという。土方歳三としては、

「消す」

と言わざるを得ない相手だった。近藤勇は首をひねって、

「消すといっても、具体的にはどうするんだ。伊東はただの口上手《くち》じゃない。北辰一刀流の名手なんだぜ」

「ふむ」

土方は、しばらく思案して、

「この休息所へ招待しよう。たっぷり飲ませて酔いつぶし、帰りの路上で」

「よくある手だ。うまくいくかな」

近藤は懸念したが、結果として、近藤自身がいちばんおどろいたほどうまくいった。伊東はあっさりと招待に応じて近藤の休息所へたったひとりで来たばかりか、酒席になれば、近藤や土方、それに原田左之助《はらださのすけ》や吉村貫一郎《よしむらかんいちろう》といった新選組の幹部どころが、

「いや伊東殿、これはご高見」

「現今の時勢は、そこまで来ておりますか」

などとひざを打って傾聴したのに気をよくしてしゃべりまくり、杯をつぎつぎと干した。局中法度という鉄の掟《おきて》をすりぬけて高台寺に陣をかまえてから半年たらず、伊東はよほど

慢心していたのだろう。帰るころには深夜になっている。もはや草履もひとりでは履けぬほど酔っていた。

伊東甲子太郎は、母親おもいで有名だった。和歌を詠んでは、

　ふるさとの母のお袖に宿るかと
　思へば月の影ぞ恋しき

と恋歌《こいか》じみた歌をぬけぬけと吟じ、その母こよが病気で寝ついたと聞いたときには、

「帰りたいのはやまやまながら、京の情況がそれを許してくれません。どうかこれを私だと思って、はやく良くなってください」

という意味の手紙とともに小さな観音像をおくってやったほどだった。

その観音像をおくってから、まだ幾日も経っていなかったという。伊東は、近藤が、

「駕籠《かご》を使われよ。ご用意いたす」

と申し出たのをことわり、

「いい酔いざましです。ぶらぶら歩いて帰りましょう」

ひとりで木津屋橋通を東へ向かった。おそろしく底冷えのする、月光の冴えかえった夜だった。

伊東はほどなく、四つ辻へさしかかった。

そこで閃光の列におそわれた。南の板塀に隠れていた大石鍬次郎《おおいしくわじろう》をはじめとする新選組の隊士五、六名がいっせいにすがたをあらわし、槍《やり》を突き出したのだ。酒の酔いのせいだろう、伊東はろくな抵抗もできず死骸となった。享年三十三。才子の才子らしい最期だった。

もっとも、これはほんの手始めにすぎない。

暗殺者たちは前もって命じられていたとおり、伊東の遺体をずるずると砂袋か何かのように北へひきずっていき、七条油小路《しちじょうあぶらのこうじ》にどさっと捨てた。おとりにしたのだ。はたして高台寺からは篠原泰之進《しのはらたいのしん》、毛内有之助《もうないありのすけ》をはじめとする伊東の仲間七人が急行してくる。伊東の実弟である鈴木三樹三郎《すずきみきさぶろう》もいた。これはもと新選組九番組組頭。

到着するや否や、ふわり、ふわりと四十名の討手のかげが彼らをとりかこんだ。

「それっ」

という誰かの声とともに乱闘がはじまったが、やはり人数の差は大きかった。伊東派のうち服部武雄《はっとりたけお》、毛内有之助、藤堂平助が絶命、ほかの四人はどうにか血路をひらいてのがれたが、この一夜かぎりで御陵衛士なる尊王集団は活動を停止して、事実上、雲散霧消してしまった。翌朝、うわさを聞きつけた京の町衆が見物に来てみると、現場となった四つ辻には、折れた刀、血だまりの跡《あと》などとともに指がぱらぱら落ちていたという。

†

阿部十郎は、難をのがれた。

というより、そもそも油小路の現場にいなかった。たまたま泊まりがけで鳥打ちをしに伏《ふし》見《み》巨《お》椋《ぐら》池《がいけ》へ行っていたからだ。夜半、すっかり熟睡しているところを高台寺からの使者にたたき起こされ、同志遭難の速報を聞かされて、

「すわっ」

つばめの舞うようにして高台寺にもどり、刀をとって油小路の現場へ向かった。

夜は、とっくに明けている。

そこにはもはや新選組の刺客はなく、同志たちの死骸もなく、ただ町衆がこそこそ何か耳打ちしつつ、折れた刀、血だまりの跡、ぱらぱら落ちた指などを見物しているばかりだった。

阿部はその場に立ちつくし、つぶやいた。

「伊東殿の、とむらい合戦じゃ。この俺が近藤を討つ」

討つと言っても剣の腕では歯が立たない。まともにやったら返り討ちに遭うだけだろう。

(どうしたものか)

と思案しつつ、伏見《ふしみ》の薩摩藩邸で日々をすごした。薩摩藩はこのころにはもう秘密裡に長

州藩と同盟をむすんでいて、幕府との決戦を決意していたから、阿部たち御陵衛士の残党をかくまうことには何の躊躇《ちゆうちよ》もなかった。藩邸内にはフランス式の前装式施条砲《ぜんそうしきしじようほう》、いわゆる四斤山砲《よんきんさんぽう》が多数あったけれど、阿部はさほどの興味を示さなかった。新選組砲術師範であったことは、彼の精神にはどういう影響もあたえなかったのだ。

事件から、一か月ほどが経った。

そろそろほとぼりもさめたかと思い、阿部は仲間とともに洛中に入った。寺町《てらまち》の武具屋へ立ち寄って小手やら鉢巻やらを見ていると、おもての往来がさわがしい。何気なくふりかえると、

「うっ」

阿部は、息がとまった。

近藤勇が目の前を通過している。馬に乗り、若党《わかとう》をしたがえ、さながら一藩の大名のごとき行進ぶりだった。街道を南に向かっているところからすると、近藤の行き先は、

(伏見じゃ。伏見奉行所)

阿部はそう直感した。子供でもわかることだった。新選組の屯営は、このときはもう伏見奉行所にあったからだ。

日本中が、激動の時期をむかえていた。ほんの数日前には京の朝廷により王政復古《おうせいふつこ》の大号令が発せられ、幕府将軍・徳川慶喜《よしのぶ》はやむなく大坂城へ立ち退《の》いている。当然、新選組も、

将軍の護衛のために大坂に滞陣しなければならぬところ、軍略上の必要から、伏見の地に配備されることとなったのだった。京・大坂間《かん》の最大の要所。または京の大玄関《おおげんかん》。もし京を支配する薩長兵との武力衝突が発生するとしたら、最前線はきっとこの伏見の地になるだろう。

阿部十郎は、近藤をやりすごした。

近藤とは別の街道（竹田《たけだ》街道）へ入り、いっさんに南へ駆けて近藤を追いぬいた。伏見の薩摩藩邸にもどるや否や、

「機会到来！」

油小路いきのこりの篠原泰之進、加納鷲雄《かのうわしお》、富山弥兵衛《とみやまやへえ》をあつめてまわり、ふたたび街道（伏見街道）を北上した。おりよく丹波橋筋《たんばばしすじ》との四つ辻のへんに一軒の空き家があったため、富山弥兵衛とともに入りこんで二階へあがる。往来を見おろし、銃をひきよせつつ近藤を待つ。冬だから日暮れが早い。だいぶん夕闇が深くなり、道ゆく人の顔もわからなくなったとき、富山弥兵衛が、

「来た来た来たっ」

と言うなり一発いきなり撃ってしまった。

「あ、ばか」

阿部は腰を浮かしたが、馬上の近藤はぐらっと体がかたむいている。肩の下から爆発したように鮮血がふき出し、あごの下半分をまっ赤にした。命中したのだ。阿部も撃ってみた。これは外れたが、

(討ち取れる)

阿部はそう確信した。銃声を合図に、道のむこう側から加納鷲雄と篠原泰之進がとびだしてきたからだ。ふたりとも槍をかまえつつ、まっすぐ近藤のもとへ走っていく。

近藤のまわりには、二十人ほどの若党がいる。

ほとんどが銃声とともにあわてふためき、蜘蛛《くも》の子を散らすように逃げてしまっていた。彼らは近藤と主従関係にはなく、個人的に恩義を感じているわけでもない。ただ行列の威儀をととのえるため金でやとわれたにすぎず、時間があればほかの旗本や大名などにも奉仕するフリーアルバイターのような連中だった。命をかけて近藤をまもるはずもない。近藤のまわりに残ったのは、たった三人の隊士のみだった。

もっとも、この三人はいずれも手練《てだ》れだった。島田魁《しまだかい》、横倉甚五郎《よこくらじんごろう》、石井清之進《いしいせいのしん》、阿部も顔を知っている。正真正銘の新選組隊士。しかし彼らはみな顔をこちらのほうへ向け、きょろきょろしていた。どんなに実戦経験が豊富でも、とっさの場合にはつい銃声のみなもとを探してしまうのが人間ののがれられぬ本能なのだ。槍をもった阿部の仲間は、彼らを背後から襲いつつある。

「首をとるぞ、首を」

わめきつつ阿部は刀をとり、富山とともに階段をおりた。いまならきっとやれるだろう。

が。

往来に出るや、阿部は、信じられないものを見た。近藤が馬上で背すじをのばし、がばっと体を伏せたのだ。

と同時に、地上にあった新選組の島田魁が刀を抜き、峰打ちで馬の尻をおもうさま殴る。馬はヒッと短くいななくと、猛然と前へ走りだした。阿部はこのとき、

（しめた）

と思った。落馬は確実だと見たのだ。しかし重傷のはずの近藤は必死に馬の首にしがみつき、なおかつ片手で手綱をひきしぼって馬の挙動をあやつった。おそろしいほどの膂力《りょりょく》であり、技術であり、精神力だった。阿部はとうとう一太刀《ひとたち》もあびせられぬまま、近藤の背中が街道のはるか向こうに消えてしまうのを見おくったのだった。

阿部十郎は、千載一遇の機会をのがした。

こんどは襲われる番だった。敵方の島田魁がするすると近づいてくる。阿部は気配を察知して、がつんと刃《やいば》を刃で受けたが、何しろ島田は隊内随一の巨漢であり、五斗俵《ごとだわら》を三つも持ちあげるほどの強力《ごうりき》だった。阿部は跳びしさり、きびすを返して逃げ出した。逃げながら、

「おのれ、安富才助えっ！」

天に向かって絶叫したという。もしも近藤勇がいっとき馬術師範・安富才助の「生徒」でなかったら、そうしてもしも才助に荒馬を乗りこなす訓練を受けていなかったら、近藤はいまごろ鞍から落ちて、

（この俺が、首を刈れた）

阿部はこののち、北へ逃げた。

さすがに伏見の薩摩藩邸へ向かうのは危険だと感じたため、仲間とともに、長駆、洛中今《いま》出川《でがわ》の薩摩藩邸へ駆けこんだのだ。仲間は全員、無事だった。

新選組のほうは、このとき二名が死亡している。ひとりは隊士の石井清之進、馬で走り去る近藤をまもるべく、いわばしんがりをつとめて斬り死にした。

もうひとりは、下僕の久吉だった。元来は草履とりにすぎなかった男だが、才助を慕って厩舎に出入りするようになり、このときも近藤の馬のくつわを取っていたのだ。乱闘のなかでなすすべを知らず、誰かの槍の一突きでやられてしまったものらしい。近藤は馬術で助かったが、久吉は馬術で死んだのである。

†

日本は、さらに急転した。

新選組が京をはなれて伏見奉行所に移営したことは前にも述べたが、伏見の市中にはほかにも会津藩兵、桑名《くわな》藩兵などという旧幕府方の主力がぞくぞくと集まり、いまにも全軍ぞろりと押し出して、

「ふたたび、入洛《じゆらく》せん」

という気勢を示している。いっぽう朝廷方も、その中心である薩摩兵、長州兵などをやはり伏見に集結させており、本陣を御香宮《ごこうのみや》（神社）に設置した。幕府方の本陣のある伏見奉行所とは目と鼻の先だから、これはいつ何が起きてもおかしくない情況だった。

果たせるかな、武力衝突が発生した。伏見の西方、鳥羽《とば》の地に砲声がとどろいたのをきっかけに、いきなり最激戦が展開されたのだ。世にいう、

鳥羽伏見の戦い

のはじまりだった。

主戦場は、伏見だった。最初はもっぱら市街戦だったが、ほどなく銃砲の数にまさる薩長兵が優勢となり、幕府方は入洛どころか目の前に組みあげられた竹矢来《たけやらい》すらも乗り越えられぬままいたずらに射殺体を積み重ねるばかり。夜になると伏見奉行所はとうとう東の塀をやぶられ、薩摩兵の突入をゆるしてしまった。

突入したのは、中村半次郎《なかむらはんじろう》ひきいる薩摩一番隊。

この一番隊のなかには例の御陵衛士の残党も組み込まれ、兵卒ないし伍長として出動して

いた。阿部十郎もそのひとりだった。阿部は、塀のやぶれ目をとびこえるなり、

「安富才助！　新選組の安富才助はおるかあっ。いざいざ立ち合わん」

鎌倉武士のごとく呼ばわった。

才助は、いた。

勘定方の職にあることを考慮されてか、ほかの新選組隊士のように市中へ打って出たりせず、本陣のまもりを命じられていたのだ。東の塀から薩摩兵がなだれこんできたことも察知した。才助は刀を抜き、七、八名の同僚とともに急行した。

組屋敷のたちならぶ狭い通路をぬけ、きゅうに視界がひらけると、

「うおっ」

戦闘は、もうはじまっている。薩摩兵ども二、三十名と、その倍ほどのこちらの守備兵が、そこかしこで斬りあっているのだ。塀のむこうの市街では巨大な炎がうずまいているため、彼らの動きや表情は夜闇《よやみ》のなかでもくっきりとわかる。

（阿部十郎）

才助のほうが、先に見つけた。阿部は三間《けん》ほど先にいた。味方の薩摩兵を掩護《えんご》しようとせず、自分から敵にあたろうともせず、まるで総大将のような顔をしてひたすら才助をさがしつつ大またで歩きまわっている。

（こういう男なのだ）

才助は、あわれに思った。阿部はそもそも集団生活には不向きな男だったのだ。人を生かし、人に生かされるという組織の妙味がまるでわからず、ただ「組織は自分に何をしてくれるのか」ということだけを考えている。だからこそ新選組でも平気で脱隊と入隊をくりかえすのだ。そうして馬術師範だの砲術師範だのという些細《ささい》な人事に極端にこだわるのだ。おそらく阿部のなかには芯となるものがないのだろう。芯がないから自信がなく、周囲がまったく見えなくなる。

(自分には、馬術がある)

才助がそう思ったのと、阿部がこっちに気づいたのが同時だった。阿部はにやっとしてみせて、

「そこにおったか。安富」

言うなり頭上から刀をあびせてきた。才助も刀でがちっと受けたが、阿部はうしろへ一歩ひいて、小手、胴、小手とつぎつぎに攻撃してくる。大戦場にはふさわしくない小技だが、阿部はどうやら、いちど道場で勝っている思い出でいよいよ調子づいているようだった。

才助は、防戦一方。

と、そこへ一頭の馬がおどりこんで来た。全身から湯気を立て、狂ったようにいななきながら右往左往している。鞍上に人のすがたはなし。どこかの大将級の人物が落馬か討死《うちじに》でもしたのだろう。才助は、

（しめた）

くるりと阿部に背中を向け、その馬に飛び乗ろうとした。乗りさえすればこっちが勝つ。むろん阿部も、そのことはわかっている。刀をふりあげ、馬から才助をたたき落とそうとした。自然、のびあがるような恰好になる。

それが才助のねらい目だった。才助は馬から離れるや、地にうずくまり、腰をひねりざま刀を横に払った。

鮮血が、さっと散った。

阿部の胴が裂かれたのだ。ふたりの距離はやや遠く、傷は浅いはずだったが、それでも阿部は腹をおさえて地面をのたうちまわり、

「痛い、痛い」

武士にあるまじき見苦しさだった。才助は駆け寄り、とどめを刺そうとしたが、その瞬間、

「あっ」

才助は、大量の土砂に横なぐりに殴られた。びしびしびしっという音とともに体ごと吹っ飛ばされたかと思うと、濛々《もうもう》と粉塵《ふんじん》がたちこめ、まわりが何も見えなくなった。敵方の砲弾がすぐそばに着弾したのにちがいなかった。

才助はようやく立ちあがり、袖で口をおさえたが、激しい咳《せ》きこみは止まらない。粉塵が晴れると阿部のすがたは消えており、味方の死体が散乱していた。どうやら戦闘全体の趨勢《すうせい》

は決まりつつあるようだった。幕府方は負けたのだ。

才助はやむなく、生きのこった新選組隊士とともに伏見奉行所を脱出し、大坂へ落ちた。大坂からは軍艦富士山《ふじやま》に乗りこんで江戸へのがれ、以後、二度と上方《かみがた》の土をふまなかった。安富才助と阿部十郎の物語は、このとき終わった。

才助はその後、近藤勇と行動をともにした。

近藤は下総国《しもうさのくに》流山《ながれやま》の地で新政府軍に出頭したが、才助はその後も北走をつづけ、会津で土方歳三と合流し、とうとう箱館五稜郭《はこだてごりょうかく》にたどりついた。箱館戦争では土方歳三の最期を見とどけた数少ない証人として後世にその名を知られている。

維新後、才助は、ほとんど人前にすがたを見せなかった。

東京で阿部十郎に斬り殺されたというまことしやかな噂がながれたりもしたが、実際は、故郷である備中国足守へ送還され、謹慎処分を科されている。旧足守藩は新政府方についたからだ。新選組の生きのこりなど、もってのほかの厄介者だったろう。

もっとも、謹慎といっても、実兄・宮崎源之助の家で起居していたらしい。明治六年（一八七三）、才助はわずか三十五歳で没したが、前後の情況から見て、さほど冷遇はされなかったように思われる。

芹沢鴨の暗殺

文久二年（一八六二）秋から翌年にかけて、徳川幕府は、それまで決してしなかったことをした。

第十四代将軍・家茂《いえもち》の上洛時の警護のため、江戸内外に散在する、

浪士

を募集したのだった。

矛盾にみちた企画だった。そもそも浪士というのは幕府や藩によって公式に必要とされていないからこそ浪士なのであり、それを集めて認可組織とすることは、神君以来三百年の歴史をみずから否定するにひとしいだろう。幕藩体制の自殺である。

しかも。

募集といっても、めぼしい者へは幕府のほうから声をかけた。

最初のひとりは、清河八郎《きよかわはちろう》だった。出羽国《でわのくに》清川村の出身ながら若いころより全国を遊歴し、各地の志士とまじわっては異人斬りをこころみたり、尊王の挙兵を画策したりしている。

あるいは水戸藩の天狗党《てんぐとう》という過激派出身の、芹沢鴨《せりざわかも》も、水面下で勧誘を受けたひとりだったらしい。

芹沢は、ほぼ狂犬だった。

わがままで短気で乱暴で、酒癖《しゅへき》がわるく、そのくせ神道無念流《しんとうむねんりゅう》の達人だったから誰も手のつけようがない。かつて天狗党の一員だったころ、鹿島神宮《かしまじんぐう》へ参拝したことがあったが、拝殿の太鼓があまりにも大きく、

「目ざわりだ」

というので――それだけの理由で――三百匁《もんめ》（約一・一キロ）の鉄扇《てっせん》をとりだし、ただの一撃で皮をやぶってしまったことがある。短気もそうだが、膂力《りょりょく》のすさまじさは比類がなかった。

それればかりではない。潮来《いたこ》（水戸《みと》藩領）に出張していたときには、どういう気にくわぬことがあったのか、部下を三名、土壇場《どたんば》にならばせ、

「きゃっ」

すべるように一走りしたときには三人の首が落ちていたという。

いくら何でも狼藉《ろうぜき》がすぎる。藩はさすがに芹沢をとらえ、死罪を申し渡したが、芹沢は牢内でぷつりと右の小指をかみきると、したたり落ちる鮮血で、

雪霜に色よく花のさきがけて
散りてものちに匂ふ梅が香

案外うまい辞世の歌をしたためて牢格子に張り出した。水戸藩は当時、壮絶な政争のさなかにある。芹沢が同志の奔走によって大赦《たいしゃ》をさずけられ、五体満足で牢を出たのは、その後まもなくのことだった。

いずれにしても。

清河八郎にしろ芹沢鴨にしろ、札つきの反社会分子であることはまちがいなかった。幕府としては本来むしろ刑殺すべきだし、実際、三年前ならそうしただろう。しかしこの時期にはもう世間のほうが、

尊王攘夷

の論に沸いていた。日本はもはや幕府や将軍よりも朝廷や天皇のほうを重んじるべし、天皇の権威でもって汚《けが》れた異人どもを打ち払うべしという意見が大勢を占めていた、というより強迫観念になっていた。ペリーの黒船はそれほど衝撃的だったのである。こういう国民感情のなかにあっては、幕府としても清河や芹沢のごとき人材をあえて抱えることにより、

「われわれも尊王攘夷の精神を知っている。みすみす欧米人の言いなりにはならぬ」

という心がまえを示す必要があるのだった。いうなれば、幕府は、清河や芹沢を広告塔にしようとした。

逆に言うなら、こういう一部の有名人のほかは、

「まあ、来ても来なくてもよい」

というのが幕府の肚《はら》だった。しょせん浪士募集などというものは一時の思いつきにすぎなかったのだ。たとえば近藤勇《こんどういさみ》などという、小石川《こいしかわ》小日向《こびなた》柳町《やなぎちょう》にちっぽけな田舎剣法の道場をかまえる農民あがりの剣客など、その「来ても来なくてもよい」組の典型だった。

†

近藤勇が浪士募集の話を聞いたのは、ようやく文久二年（一八六二）も暮れになってからだった。

しかも当局から通達されたのではない。道場にたむろしていた松前《まつまえ》藩士の次男坊・永倉新《ながくらしん》八《ぱち》が、

「近藤さん。町のうわさでは」

と注進してきたのだった。近藤はただちに土方歳三《ひじかたとしぞう》、沖田総司《おきたそうじ》、山南敬助《さんなんけいすけ》、永倉新八というような道場内外の仲間をぞろぞろ引き連れて牛込《うしごめ》二合半坂《こなからざか》の旗本・松平忠敏《まつだいらただとし》の屋敷への

りこんだ。松平忠敏はこのたびの浪士募集の立案者であり、浪士取扱方という担当職についている。

近藤は、つばを飛ばさんばかりの口調で、

「ご公儀による浪士募集というお話、ほんとうですか」

「いかにも」

「聞けば清河八郎殿や芹沢鴨殿のごとき烈士も参じられるという。天下の名案にほかなりませぬ。松平様、われわれもぜひ一党にお加えいただきたい。時勢はますます容易ならず。われわれも尊王攘夷の大義のために一死、奮迅《ふんじん》いたしたい」

近藤勇、二十九歳。どこにでもいる一青年にすぎなかった。松平はおそらく、

（雑魚《ざこ》が）

内心あざ笑っただろう。が、そこは幕閣内をつつがなく栄進してきた経験ゆたかな中堅官僚、にこにこと如才なく、

「当今まことに奇特なおこころざし、感服いたした。それでは来年二月四日、小石川伝通院《でんづういん》にお越しなされよ。応募者一同、そこで初対面の会合をおこなう。京への出発はその三日後じゃ。いまから旅じたく、戦《いくさ》じたくをお願い申す」

結局、浪士はぜんぶで二百五十名も集まった。彼らは創意もへったくれもなく、事務的に、

「浪士組」

と名づけられ、あわただしく江戸を出発させられた。隊長職は設けられなかったが、実質的には肝煎《きもいり》の清河八郎がそれにあたることは衆目の一致するところだった。京への経路は、中仙道《なかせんどう》がえらばれた。

この道中で、近藤は、芹沢鴨と運命的な接触をもつことになる。もしも彼らが東海道《とうかいどう》を進んでいたら、のちの新選組はなかったかもしれない。

†

中仙道第一宿《しゆく》は、板橋《いたばし》宿。

以後、蕨《わらび》、浦和《うらわ》、大宮《おおみや》、上尾《あげお》、桶川《おけがわ》、鴻巣《こうのす》、熊谷《くまがや》、深谷《ふかや》とつつがなく通過ないし宿泊して、
本庄《ほんじよう》の宿《しゆく》に入ったとき、事件は起きた。

「わしの宿《やど》は、どこじゃ」

往来のまんなかで、芹沢鴨が怒号したのだ。

町中《まちじゆう》のどの本陣、どの旅籠《はたご》をたしかめさせても部屋がないのだという。芹沢はいわば隊長直属の取締付《とりしまりづき》であり、事実上の副隊長だったから、これはあってはならない事態だった。

例の鉄扇でびたびた首すじを叩きながら、

「宿割りは誰がした。即刻ここに参らっしゃい」

宿割りは、近藤勇がしたのだった。

近藤は、土方、沖田らの仲間とともに十把《じっぱ》ひとからげで六番組におしこめられている。無名の平《ひら》隊士にほかならず、芹沢とは比べるべくもない立場にあった。

「も、申し訳ありませぬ」

近藤は、路上で手をついた。顔がまっさおになっている。芹沢がかつて鉄扇一本で鹿島神宮の太鼓の皮をやぶったことは、すでに近藤も聞き知っていた。

(斬られる)

両手が、思わず土をつかんだ。それほど恐怖したのだ。芹沢はじろりと近藤を見おろして、

「申しひらきがあるなら言え」

「拙者の粗忽《そこつ》、それに相違ござりませぬ」

「それだけか?」

「はい」

「ふむ」

芹沢は鉄扇の手をとめ、少し考えて、

「よろしい。藩や幕府の小役人なら種々《しゅじゅ》むだな言い訳をするところだが、貴殿はなかなかさ

つぱりしている。正直は勇猛の第一歩じゃ。名は？」

「天然理心流《てんねんりしんりゅう》四代目宗家、近藤勇」

「てんねん……聞いたことのない流派じゃな。まあいい、近藤君。顔をあげたまえ」

近藤はようやく地から手をはなしたが、なお伏し目がちに、

「お宿は、すぐに手配いたします」

「もういい。どうせ相部屋になるのがおちじゃ。今夜はここで寝させてもらおう。もっとも、夜寒《よざむ》しのぎにかがり火だけは焚かせてもらう。近藤君、わしの火はちと大きいぞ。うろたえあるな」

芹沢はただちに、新見錦《にいみにしき》、平山五郎《ひらやまごろう》、平間重助《ひらまじゅうすけ》、野口健司《のぐちけんじ》といったような水戸天狗党以来の手下たちを呼び、付近の小屋をたたきつぶさせた。そうして木《き》ぎれを山のように積ませ、菜種油を盛大にぶっかけ、火をつける。

ごうっ。

うなりをあげて炎が身をよじり、天へのびた。火の粉《こ》が雨のように家々の屋根へふりそそぐ。家々のあるじや町役人たちは類焼をふせぐため、のこらず屋根の上に立って監視した。近藤の仲間のなかでは沖田総司がやはり旅籠の屋根にのぼったけれども、これはただ火事見物がしたかっただけかもしれない。土方歳三はひたすら寝所にとじこもり、何の反応も示さなかった。

結局。

近藤は、朝まで路上で正座していた。芹沢たちの酒の相手をしたのだった。

この事件は、いたく幕府の不興を買った。幕府方の引率責任者というべき浪士取締役・山《やま》岡鉄舟《おかてつしゅう》のごときは、

「芹沢は、いずれ何とかせねば」

ひそかに決心したという。

†

ところが近藤は、この夜から芹沢に心酔したのである。

土方歳三がそのことを知ったのは、着京《ちゃっきょう》してすぐ。きっかけは、清河八郎が、浪士組のおもだった者を中京《なかぎょう》の新徳寺《しんとくじ》という臨済宗《りんざいしゅう》の寺の本堂に集合させて、

「諸君。江戸にかえろう」

とつぜん言い出したときだった。

「大樹公《たいじゅこう》（将軍家茂）はもうじき京に到着されるであろう。そうして天子《てんし》にはっきりと攘夷断行を約束した上で、江戸へ引き上げられるだろう。われわれとしても将軍とともに関東へもどり、関東で攘夷の先兵となるのが最上の策である。京洛の治安維持などは京都守護職・

松平容保《かたもり》公およびその麾下《きか》の会津藩兵にまかせておけばいい」

鬼気せまる大演説だった。おそらく江戸を発《た》つ前から企図していたのだろう。土方などは、

(清河殿の言うとおりだ。わざわざ俺たちが京で幕府の狗《いぬ》となることはない)

と思ったが、しかしこのとき、

「同意しかねる」

まっこうから反対した者がいた。

芹沢鴨だった。端然としたまま、しかし刀だけは引きつけて、

「元禄宝永《げんろくほうえい》のころならいざ知らず、いまの会津藩兵など木っ端《こっぱ》役人にひとしい。何の役にも立ちはせぬ。われわれのごとき真の武士がこの京にとどまらねば、宸襟《しんきん》を安んじたてまつるは不可能」

思想的な主張というより、ただ単に、清河ひとりの目立つのが気に入らなかったのだろう。その場に、しらけたような空気がながれた。

と、近藤がやにわに立ちあがり、

「拙者も、芹沢殿を支持いたす」

もっとも、近藤の理由はもう少しまじめだった。

「京へ来てみてわかったことだが、ここには不逞《ふてい》の輩《やから》がずいぶん多い。おもてむき尽忠報《じんちゅうほう》国《こく》をとなえても内実はただ商家から金をゆすり取るのが目的だったり、はなはだしきは人を

殺して快をむさぼるだけが目的だったりする。われわれがこうして議論しているあいだにも、町方では無辜《むこ》の民が苦しんでいるのです。尊攘の大義は大義として、彼らを置き去りにはできぬ」

結局、結論の出ぬまま散会となった。

近藤は、屯所となっている壬生《みぶ》の八木《やぎ》源之丞《げんのじょう》方へ帰るやいなや、ぴったりと障子戸を閉《た》てて、

「不満そうだな、歳さん」

火鉢の前に端座した。もう三月の声を聞こうというのに、この年はどういうわけか暖気のおとずれる気配がない。土方はけっこう寒がりだった。まっ赤な炭にふれそうになるくらい手を近づけて、

「ああ、不満だ。正気とは思えぬ。ほんとうに京にとどまるつもりか、近藤さん」

「もちろん正気だ。いや、じつのところ私には京か江戸かなどという話はどうでもいい。私はただ、あの人について行きたいだけなのだ」

「芹沢か」

土方は、うめくように言った。近藤はうなずいて、

「あの人は、百年にひとりの逸材だ。剣の腕は立つし、教養はあるし、何といってもやることが大きい。凡夫《ぼんぷ》をはるかに超えている。たしかに歳さんの言うとおり素行には問題がある

が、そこがまた英雄の英雄たるゆえん。歴史に名をのこすのはああいう人だ」

「近藤さんは、まだ道場主の感覚がぬけないのだな」

「道場主？」

「ああ。あんたのその考えは、小石川小日向柳町の試衛館《しえいかん》のあるじとしてなら結構だ。他流だろうが不良児だろうが、大《だい》人物と見れば教えを乞う。謙虚にその技を学ばせてもらう。しかしわれわれはもはや町道場にいるのではない、浪士組という実戦集団のなかにいる。ああいう不徳の徒をいただけば統制はみだれ、人心は離れ、百戦百敗をまねくのみ」

「どうしても芹沢殿が嫌いなら、君は江戸にもどるがいい。私はひとりでもあの方を補佐する」

「目をさましてくれ、近藤さん」

ふたりは、にらみ合った。

刀に手こそかけないが、次の瞬間、何が起きるかわからない状態だった。と、無遠慮にも障子をカラリと開けて、

「ご両人。ここにおられましたか」

声をかけた若者がいる。近藤はそちらを見あげて、

「……総司か」

「すごい殺気だ。おふたりとも、ここは戦場ではありませんよ」

沖田総司。

このとき二十二歳。近藤一派の最年少のひとりだが、若いだけに先輩たちへ遠慮のない口をきいても咎《とが》められることがない。このときもそうだった。土方が、

「ちょうどよかった。いま近藤さんと意見がわれたところでな」

ため息をつくと、沖田はなぜかにこにこして、

「見ればわかります」

「お前の肚《はら》も聞いておこう。江戸へ帰るか、京にのこるか」

「どっちでもいいです」

「まじめに考えろ」

「何なら賽子《さいころ》の目で決めたらどうです」

「総司！」

土方が目をむき、爪の先でころりと炭をはじきとばす。沖田は、親に叱られた子供のように唇をとんがらかして、

「むつかしいことはわからない。私はただの剣客です。でも……」

「でも？」

「やっぱり喧嘩《けんか》はよくないですよ。われわれはみな、おなじ一門の仲間じゃありませんか」

「む。……」

土方は、だまった。

沖田はいつもこうだった。近藤と土方というしばしば対立しがちなふたりのあいだに割って入り、たくみに微風《びふう》をふきこんでしまう。そうして問題そのものを何となく解決へと向かわせてしまう。もしも沖田総司というこの無邪気な若者がいなかったら、近藤と土方の関係はもっと殺伐とした、ぎすぎすしたもので終わっていたか、もしくはいずれ斬りあっていたかにちがいなかった。

今回の場合は、土方のほうが我に返った。沖田の発言に、次のような暗示を読み取ったのだ。

「門弟というものは、こと進退に関しては、宗家に判断をゆだねるものです」

もちろん沖田としては正面から意見したつもりはなく、ただ単に、困惑をそのまま口に出しただけだったのだが。土方は、

「そうか」

苦笑して、火鉢から手をはなして、

「たしかに、近藤さんなしで帰ったら、江戸の連中に何を言われるか知れんな」

これで彼らの去就は決まった。近藤、土方、沖田、井上源三郎《いのうえげんざぶろう》、永倉新八、山南敬助、原《はら》田左之助《ださのすけ》、藤堂平助《とうどうへいすけ》という試衛館出身の八名はすべて京にとどまることとなり、水戸派とも称すべき芹沢鴨、新見錦、平間重助、平山五郎、および野口健司の五名とともに、いわば浪

士組の分隊を構成することになった。このほか上総《かずさ》出身の殿内義雄《とのうちよしお》らも加わったため、結局、二十四名の隊となった。

†

清河八郎とともに江戸へ帰還した二百名以上の「本隊」は、その後、まったくふるわなかった。

そもそも隊長役の清河にしてからが帰還直後に幕臣・佐々木只三郎《ささきただざぶろう》によって斬殺されている。享年三十四。清河のとなえる「尊王攘夷」が、じつは討幕をも視野に入れた過激な革命論であることが誰の目にも明らかになったためだった。

あるじをうしなった「本隊」の面々は、いっとき小石川伝通院にたてこもったが、結局は幕府への服従をきめ、

「新徴組《しんちょうぐみ》」

と名をあらためた。そうして庄内《しょうない》藩主・酒井忠篤《さかいただずみ》の支配下に入り、江戸市中のとりしまりにあたった。内実は、尊攘派志士の弾圧だった。清河は失敗したのである。

†

京の「分隊」は、会津藩の預かりということになった。

預かりといっても役料が出るわけではないし、ましてや正式な藩士になるわけでもない。

したがって彼らの最初の仕事は、もっぱら金策ということになった。

金策となれば、京よりも大坂のほうが手っとり早く、実《じつ》があがる。芹沢は、平山五郎、野口健司、山南敬助、原田左之助ら七名をつれて大坂へくだり、日本一の長者といわれる鴻《こうの》池《いけ》家をおとずれた。鴻池でははじめ小僧が、ついで番頭が応対に出て、

「壬生浪士組？」

首をかしげた。壬生というのは芹沢らの屯所である八木源之丞家のあった洛中の地名だが、いくら地名を冠したところで、大坂の豪商の番頭が発足直後の浪士集団など知るはずもない。

芹沢は、

「二百両」

と大きく出た。

「われらの活動は、天下国家の活動である。緊急に金二百両が入り用である。月末には返却する故、ぜひ貸してもらいたい」

「よくわかりました」

番頭は八人を玄関脇の小部屋へみちびき、声をひそめて、

「何ぶん主人は留守でして。これを」

小判五枚をたもとから出し、くるくると紙につつんで芹沢ににぎらせた。手なれている。

芹沢は顔をまっ赤にして、

「おのれ、奸商《かんしょう》。われらのごとき慷慨《こうがい》の士をそこらの小悪党といっしょにするか！　かよ
うなはした金ほしさにわざわざ淀川《よどがわ》を下《くだ》っては来ぬわ、無礼者っ」

小判を番頭の髷《まげ》にたたきつけた。番頭はあわてて奥へひっこみ、たばこや茶などでもてな
させたが、しかしやはり芹沢たちをチンピラと見ていることは変わりがない。ひそかに手代
を町奉行所へ走らせ、被害のすじを訴えさせた。ところが意外にも、奉行所の返事は、

「壬生の浪士組？　ああ、それは会津中将《ちゅうじょう》の御支配だ。なるべく丁寧に応対するように」

番頭はやむなく、芹沢らの前にふたたび姿をあらわして、

「たいへんお待たせいたしました。ご用立て申し上げます」

二百両をさしだした。数日後、これを聞いた会津藩が、

「何たる無法か。ゆすりたかりと同様ではないか。藩の名を傷つけることははなはだしい。そ
のくらいの金なら遣わすから、鴻池へは全額ただちに返すように」

芹沢に金をあたえたので、芹沢は隊へもどり、みえを切るような顔をして、

「諸君、これで資金は四百両になった。大坂へ行こう」

もとより鴻池へ返す気はさらさらないばかりか、さらに金を引き出そうというのだった。

近藤はすっかりうれしくなって、土方へ、

「見ただろう、歳さん、芹沢さんの鮮やかなお手なみ。われわれの資金はあっというまに小さな大名程度になった」

「どうかな、近藤さん」

土方は、あくまでも仏頂面で、

「その資金のつかいみち、近ごろ少し雑なようだが」

「まあ、それは」

近藤は、ばつが悪そうに口をつぐんだ。芹沢はうわさに聞いていた以上に酒好きで、腹心というべき新見錦や平間重助らとほとんど毎晩、宴を張っては馬鹿さわぎを繰り返している。壬生の屯所へいかがわしい酌婦どもを呼び入れることもしばしばで、さすがの近藤も、見て見ぬふりをするしかなかった。芹沢がしばしば下坂《げはん》をこころみるのも、半分は金策、もう半分は、

「酒は、大坂のほうがいい。きりっとしている。京のなよなよした水のような酒は口に合わぬ」

という理由からのようだった。

着京から、三か月あまり。

六月三日にも、芹沢は大坂の土をふんでいる。今橋《いまばし》一丁目の両替商・平野屋五兵衛《ひらのやごへえ》方での金の無心もそこそこに、まだ日も高いうちから、

「おい、舟すずみと行こう」

隊士たちに声をかけた。なるほど六月というのに真夏のような太陽がくわっと目を見ひらいていて、舌が出そうなくらい暑い。このとき同行したのは沖田、山南、永倉、斎藤《さいとう》、島田《しまだ》、平山、野口の七人だが、全員、芹沢にしたがうことに否やはなかった。

ところが舟をしたてて淀川に浮かんでも、船頭の手がこころもとない。まだ梅雨があけたばかりで水位が高く、ながれも速いため、制御しきれないようだった。

舟はよろよろ右へなびき、左へただよう。そのあげく、鍋島《なべしま》藩蔵屋敷の船着き場のへんに着いてしまった。

「こいつはだめだ。北の新地《しんち》へ行こう」

芹沢はまっさきに陸《おか》へあがり、北をめがけて歩きだした。

事件は、そこで起きた。

向こうから大きな角力《すもう》とりが、ひとり蹣跚《まんさん》と歩いてくる。芹沢が、

「片寄れ片寄れ」

と言ったけれども、その居丈高《いたけだか》な命令のしかたが気に入らなかったのか、

「片寄れとは何だ」

言い返し、道のまんなかで通せんぼをするような恰好をした。

つぎの瞬間、芹沢の手がわずかに動いた。

力士はまるで時間が停止したかのように体の動きをとめ、とめた姿勢のままうしろへ倒れた。すさまじい地ひびきが立ち、赤い血けむりが天へふきあがる。芹沢はまったく立ちどまらない。藪蚊《やぶか》をたたいたほどの顔もせず、すたすた歩み去ってしまう。沖田総司は、その肉塊のかたわらにしゃがみこんで、

（こいつは、すごい）

舌を巻いた。

角力とりは、両手をひろげたまま、向かって右の肩から左の脇腹にかけて斬られていた。傷はかなり深く、あばら骨をさえ数本くだかれているようだった。

芹沢はこのとき、長刀をさしていなかった。

先ほど川舟に乗りこむさい、じゃまだからというので船宿にあずけてしまっていたのだった。すなわち芹沢は、わずか二尺（約六〇センチ）たらずの脇差《わきざし》で、しかも抜き打ちの一撃だけで、この巨大な肉と脂身《あぶらみ》のかたまりを両断粉砕したことになる。その膂力、その気合い、

（すべてが、すさまじい）

沖田は、背すじが凍った。もしもこの人と真剣で立ち合ったとしたら、

（俺は、勝てるかな）

そう思うと、沖田はきゅうに胸がわくわくした。沖田自身、試衛館にいたころは、

「近藤先生をもしのぐ」

と門人たちにささやかれたものだし、それどころか近藤自身にすら、

「俺が死んだら、つぎの宗家は総司だな」

などと真顔で言われたほどの使い手だった。天才には、天才のみが持つ欲求がある。このとき沖田を支配していたのは、芹沢への悪意でも善意でもない、そもそも天下国家とも関係がない、ただひたすら、

（人間の技の、頂点を知りたい）

この一事だった。

沖田は、飛ぶようにして芹沢のあとを追った。このぶんでは、今夜はもう一波乱あるにちがいない。

†

芹沢たち八名は、北の新地の、

「住吉屋《すみよしや》」という遊郭にのぼった。まだ日が暮れて間《ま》もないので酒と料理を出させ、もちろん妓《おんな》も呼んだ上、乱痴気さわぎがはじまった。

沖田はふだん酒を飲まないが、この日ばかりは積極的だった。みずから芹沢のとなりに座を占め、しきりと酒をすすめたのだ。すすめる以上は自分も飲まなければならぬ。芹沢は、ねっちりと沖田を横目でにらみつつ、

「どうした、沖田。いつにも似ない豪傑ぶりじゃな。泥酔せねば思いを打ち明けられぬ恋の相手でもいるのかな?」

他愛もない戯《ざ》れ口《ぐち》に、きゃっきゃっと女たちの嬌声《きょうせい》があがる。沖田はにここと杯を干しながら、

「ええ、まあ」

「このあとしっぽり楽しむつもりか。沖田もようやく男になったな。こっちの剣も、使わねば錆《さ》びる」

芹沢はむんずと沖田の股間をつかむと、割れんばかりの声で大笑した。沖田はその箇所の痛みがしばらく引かなかった。

そうこうするうち、楼外がさわがしくなった。

芹沢たちは、二階にいる。平山五郎が障子戸をあけて見おろすと、路上には異様な光景が

ひろがっていた。五、六十人もあろうかと思われる巨漢どもが、鉢金《はちがね》をかぶり、諸肌《もろはだ》ぬぎで、

「やせ浪人ども、出て来《こ》んかい」

「×××のかたき取ったる」

「楼《いえ》もろとも叩きこわせ」

などとわめいていたのだ。よく聞こえないところがあるのは、どうやら芹沢に斬られた仲間の醜名《しこな》らしい。

芹沢はゆらりと立ちあがると、脇差をとり、酒くさい息で、

「沖田よ、おぬしの敵娼《あいかた》はこれなのだろう。女よりも楽しそうじゃ」

(存外、正気だ)

沖田が緊張する間もなく、芹沢はどすどす畳を歩き、たあっと叫んで路上にとびおりた。応戦する気なのだ。

沖田も、つづいて跳躍した。

考えてみれば、この情況はことごとく芹沢に不利だった。第一に、かなり酔っている。第二に、得物《えもの》が脇差しかない。長刀をあずけた淀川べりの船宿へ使いは出したが、まだ届いていなかったのだ。

第三は、相手が力士ということだった。腕力だけを比較するなら芹沢よりも優れている上、いまはみな樫《かし》の木の八角棒《はっかくぼう》をふりまわしている。こういう悪条件下で芹沢鴨という剣の名手

がどこまで使うか、それが沖田の、いわば技術的な興味だった。

落ちた先は、力士の海だ。沖田もやはり脇差一本しか持っていない。

(条件は、おなじだ)

足が地につく。力士たちが後退《あとじさ》りして、動けるだけの空間ができる。背後から八角棒がうなりをあげて襲ってきた。沖田は前へ跳んでそれをかわし、腰をしずめ、ふりむきざま脇差を横へ払った。からぶりだった。相手もうしろへ跳んだのだ。どうやら角力とりというやつ、見た目以上に敏捷《びんしょう》なものらしい。

が、しょせん沖田の敵ではなかった。もういちど八角棒をふりおろすのを、こんどは沖田はななめ前方へころがって避《よ》け、立ちあがるや、さっきの芹沢とおなじように右袈裟《みぎけさ》に斬りおろした。

「ぎゃっ」

どういう肉のつきかたによるのか、一瞬うずくまってから、ものすごい勢いであおむけに倒れた。傷口からは花火のように白い脂肪がはじけ散り、赤い血がながれ出ている。仔細《しさい》にあらためる暇はないが、どうやら、

(芹沢さんの力士より、傷が浅い)

そんな手ごたえだった。膂力で負けたのか、それとも偶然が作用したのか、とにかく沖田の満足できるような作品ではなかった。

いっぽう芹沢も、やはり力士をひとり倒している。

どういう倒しかただったかはわからないが、その死体をふみこえて、わめきながら脇差をふりまわしている。いきあたりばったりのようだけれども、沖田の目には、四、五人を同時に相手にするのに寸分もむだのない動きに見えた。一升は軽く飲ませたはずだが、その程度では、

（足も取られていない。さすがは芹沢さん）

沖田は、ほとんど拍手をおくりたくなった。もっともこの天才見物《けんぶつ》は、じきにつまらなくなった。平山、野口といった芹沢系の腹心たちが、

「隊長に、指一本ふれさせるな」

とばかり、芹沢の前後に立ちはだかって、芹沢をまもるよう立ちまわったからだ。芹沢は、動きをやめた。沖田は意欲をうしなった。

結果は、一方的だった。

力士たちは死者五名、負傷者十六名を出したあげく総くずれとなって逃げ散った。翌日になって、熊川《くまがわ》、山田川《やまだがわ》、千田川《せんだがわ》という三人の年寄がうちそろって町奉行にうったえたものの、

「いやしくも武士に対して喧嘩を売るとは不届き千万。無礼討ちにされるは当然」

と、かえって叱責を受けるしまつだった。斬られ損というほかない。

いっぽう浪士組は沖田が鬢《びん》のあたりに、永倉が左腕に、それぞれごく軽い傷を負っただけ。

乱闘ののちふたたび楼にもどり、何ごともなかったかのように夜ふけまで飲んだ。芹沢にとっては、一時の座興にすぎなかったのだろう。

†

この力士との乱闘事件は、もちろん大坂三郷の評判となったが、意外なことに、京においても浪士組の知名度をいっきに高めるはたらきをした。

　というのも、先に挙げた三人の年寄が、

「このままでは、今後の興行にさしつかえる」

とでも判断したのだろう、芹沢をまねいて一席もうけ、酒一樽と金五十両をさしだした上、

「われわれは、大坂のつぎは京で興行をおこないます。その京での興行は、特に皆様のために法楽《ほうらく》角力といたしましょう」

　法楽角力とは、一般大衆へ無料で開放されるものをいう。これがために当日の催しは数千人の見物人がおしよせる事態となり、露店や、屋台や、あるいは近隣の神社仏閣の賽銭箱《さいせんばこ》へも多額の金が落ちることとなった。それにともなって芹沢たちの大坂での所業もうわさになり、口さがない京わらべをして、

「えらい、どくしょうな（残酷な）」

と言わしめるようになったのだった。一種の悪名にはちがいないが、それでも浪士組の面々は大いに気勢があがる。それまでの無名の状態よりは、はるかにましだったのだろう。

†

もっとも、この事態を、

(気に入らん)

そう思っている隊士もいる。

土方歳三だった。土方ははじめから芹沢の暴虐酒乱をにがにがしく感じていた。生理的な嫌悪感も大きいのだが、それ以上に、

(このままでは、浪士組はつぶれる)

それはそうだろう。善良な市民たちを無法者から守ってやるために京にふみとどまったはずの自分たちが、ほかならぬその善良な市民を——この場合は力士たちを——何の理由もなく斬殺したとあっては存在意義がうたがわれる。宸襟《しんきん》をなやます以前の話なのだ。

実際、土方は、近藤とともに黒谷（金戒光明寺）の会津藩本陣へひそかに呼び出され、公用方・野村佐兵衛《のむらさへえ》じきじきに、

「芹沢は、除いてはどうか」

と言われたことがある。暗殺を示唆されたのだ。大坂での乱闘事件このかた、藩主である松平容保がひどく心証を害しているのだという。

（当然のことだ）

と土方は思ったが、近藤は満面朱《しゅ》を注いだようになって、

「そういうくだらぬ事どもを、いったい誰が藩侯のお耳に入れたのです」

「いや、もともとは大坂西町奉行所の内山彦次郎《うちやまひこじろう》という与力があの事件にたいそう固執してな。あらためて力士たちから事情を聞き、報告書をつくり、奉行へ提出したという」

「その与力、武士の風上にも置けぬ。しょせん俗吏《ぞくり》には英雄はわからんのだ」

「とにかく芹沢は何とかしろ。除けぬとあらば改心させよ。あやつをこのまま放置すれば、京都守護職としての藩侯のお名前に傷がつく」

近藤と土方はおとなしく引き下がったが、どうやら近藤の憎悪の念はよほどのものだったらしい。一年後、みずから四人の隊士をつれて大坂へくだり、天満橋《てんまばし》のたもとで勤め帰りの内山彦次郎をまちぶせて、

「灯油を買い占め庶民を困窮せしめた」

などという即席の罪をきせて首をはねた上、念入りにもその首を橋の下の川べりにさらした。芹沢を誣告《ぶこく》したからというより、俗吏の存在そのものを近藤は憎んだのだろう。

それはともかく。

土方のほうは、一にも二にも芹沢暗殺に賛成だった。除けるものなら除くべし、そう本気で考えていた。もっとも、その理由は会津藩のそれとは多少ちがう。土方はこの情況を、

「浪士組を手に入れる、千載一遇の機会」

ととらえていたのだ。

何しろ現在の浪士組はまったく芹沢の独裁下にあるとはいえ（名目上は芹沢、近藤、新見の三局長による合議制）、水戸以来の芹沢の腹心はたった四人しかいない。しかも彼らはみな大した剣の使い手ではなく、性格的にも虎の威を借《か》るきつねにすぎず、とても人をひきいるような柄ではなかった。芹沢ひとりを葬れば、あとの連中は、

（たやすく消せる）

というのが土方のかねてからの計算だったのだ。芹沢派は、芹沢ひとりで保《も》っている。

これに対して近藤派は、人材が豊富だった。近藤勇には生来そなわった大人《たいじん》の風格があるし、土方自身は剣才はないが、近藤のかげで黒幕として組織を統制することに異様な情熱をもやしている。

沖田総司や斎藤一《はじめ》あたりの気さくな性格もいまは好材料だった。このごろは芹沢派にも近藤派にも属さないいわば無所属の隊士たちもふえているが、しばしば道場で竹刀《しない》を片手に、

「沖田先生、斎藤先生。ひとつお手合わせを願います」

などと稽古をつけてもらいたがるのはその何よりのあらわれだった。そのくせいざ立ち合えば、ほかの誰よりもきびしく彼らを打ちすえるのが沖田や斎藤なのだが。土方はこういう光景を見ていると、

(あと少しで、近藤さんを一軍の将にしてやれる)

そう思うのだった。

事実、それが土方の最大のよろこびだった。もしも土方がフィクサーという英語由来のことばを知っていたら、

「そうそう、俺あ、そいつになりてえんだ」

ひざを打ったにちがいない。土方の才能は裏方の才能だった。沖田総司とはまたちがった意味で、天下国家など眼中にない男だったのだ。

そのためには、最大の障害を越えなければならない。最大の障害は、いうまでもなく、

「芹沢を、かたづける」

このことだった。何しろ神道無念流の達人なのだ。異常な膂力のもちぬしなのだ。沖田に聞いたところでは、

「芹沢さんには驚きましたよ。あんなに飲んでも刀の切っ先がまったくぶれないんですからね。あの人には、酔わせてどうこうなんて手は通用しないな」

もちろん沖田自身には芹沢暗殺の意志はなく、ただおなじ武芸者として賛嘆したにすぎな

いのだが、それだけに沖田の観察は正確なはずで、土方は、

（やはり、容易には斬れぬか）

落胆したことだった。むろん、容易に斬れるとしても、ほかならぬ近藤が心の底から芹沢を、天下無双の国士なりと信じこんでいるのだから手の出しようがないのだが。結局、あれやこれやを考え合わせれば、

（いまはまだ、機《とき》ではない）

土方が思案をかさねているうち、またしても大坂で事件が起きた。こんどは女がらみだった。

八月というから、力士との乱闘から約二か月後のこと。芹沢はよほど大坂の街が気に入ったのだろう、

「これより大坂へくだる。市中巡察をおこなう故、気をひきしめてまいれ」

と言い出し、しかし着坂《ちやくはん》するやいなや巡察などはろくにせぬまま八軒家浜《はちけんやはま》の京屋《きようや》という定宿でどんちゃん騒ぎをやらかした。翌日はさらに新町《しんまち》——大坂唯一の公認の遊女町——へくりこんだが、しかしこれは遊興が目的ではない。芹沢は、土方、斎藤、永倉、平山という四人の隊士をひきつれて吉田屋《よしだや》という由緒ある揚屋《あげや》へあがりこみ、

「小虎《ことら》を呼べ」

おそろしく甲高い声で命令した。小虎というのは、ひとりの遊女の名前だった。

「即刻これへ引き出せ。あの女、ゆうべの無礼はゆるしがたい。わしが成敗してくれる」

前の晩。

芹沢たちが八軒家浜の京屋に泊まり、どんちゃん騒ぎをやらかしたさい、芹沢は、上きげんで、

「新町から、小虎を呼べ」

小虎は来た。ほかの隊士たちには目もくれず、もっぱら芹沢にのみ酌をしたが、さて丑《うし》の刻（午前二時ころ）になると、芹沢が舌なめずりをせんばかりに、

「小虎、帯をとけ」

共寝をしろと暗示した。小虎はさっと立ちあがり、上方《かみがた》おんなに特有の、なよなよとしてしかも意志を明確につたえる口調で、

「ときまへぬ」

小虎は、ただの遊び女《め》ではない。

大坂新町という江戸の吉原《よしわら》、京の島原《しまばら》とならぶ日本三大遊郭のひとつにあって、

「太夫《たゆう》」

という遊女の最高位に君臨する才色兼備の芸能人なのだ。茶、花、書、香道、和歌、俳諧、歌舞音曲《おんぎょく》などあらゆる教養を身につけ、みずから恃《たの》むところすこぶる厚く、みずてんの女郎とは雲泥万里の相違がある。たかだか時勢に乗じてやって来たあずまえびすなど内心では

歯牙《しが》にもかけていないにちがいなかった。

　ましてや相手は芹沢鴨だ。いばり屋で、凶暴で、ほとんど風流を解さぬこの男がかねてから小虎太夫に毛嫌いされていることは、土方のような第三者の目には、

（まあ、当然のことだ）

　としか思われなかった。

　芹沢だけが、当然とは思わなかった。

「何じゃ、小虎め。なまいきな」

　明け方までわめいていた。少し眠り、朝めしを食ったが、それでもやはり腹の虫がおさまらなかったのだろう、わざわざ新町まで乗りこんで来て、吉田屋へあがりこみ、

「小虎を呼べ。わしが成敗してくれる」

　要するに、ふられたうらみを腕力で晴らすというわけで、これほど無粋《ぶすい》な話もなかったろう。吉田屋はあるじが不在だったため、あるじの友人（同業者）の忠兵衛《ちゅうべえ》というのが出たのだが、この忠兵衛がどう弁解しても芹沢はうんと言わない。忠兵衛はしかたなく階下《お》に下り、帳場の裏の、客には秘密の小部屋へ入って、

「小虎よ」

　なかば哀れむがごとく、なかば懇願するがごとく、

「芹沢は、たいへんな剣幕や。お前が座敷へ出ぬとなれば、この楼《うち》は、京の角屋《すみや》の二の舞に

なってしまう。お前を斬ることだけは何とか堪忍《かんにん》してもらうよって、たのむわ、出てくれへんやろか」

芹沢はまだ京に来たばかりのころ、京の島原の角屋というやはり伝統ある揚屋で一夜痛飲、大酔したあげく、客のあつかいが気に入らんと言いだして、とつぜん大あばれにあばれだしたことがあるのだった。

例の鉄扇でそこらじゅうの皿や汁椀をぶちこわしたあげく、階段の欄干《てすり》をひっこぬいて帳場へ下り、大酒樽の注ぎ口を叩き落としたからたまらない。あっというまに黄金色《こがねいろ》の清流がほとばしって床にあふれ、土間にながれ、楼中を酒のかおりで満たさせた。しかもなお芹沢は、浪士組の名を以て、

「角屋あるじ徳右衛門《とくえもん》、不埒《ふらち》につき謹慎七日間もうしつける」

事実上の営業停止をすら命じたのだった。

その芹沢が、いまや新町でも爆発寸前になっている。

床の間の壺《つぼ》がカタカタ音を立てるほど貧乏ゆすりを激しくしている。小虎はようやく決心して、階段をあがり、芹沢の前に姿をあらわした。

「さ、昨夜のふるまい、大きに申し訳ありませぬ」

両手をつき、鷹《たか》ににらまれたうさぎのように体をふるわせた。これにはさすがに土方も、

(無法がすぎる。浪士組の名にかかわる)

と思い、口に手を添えて、

「いかがなものでしょう、芹沢先生」

遠慮がちに申し出た。

「ん？」

「なるほど本来なら無礼討ちに値するところですが、小虎はしょせん卑《いや》しい女。太夫だの傾《けい》城《せい》だのと申したところで、世間のなぐさみものにすぎませぬ。お斬りになっては、刀のよごれになりましょう」

「土方君。君はあいかわらず、さかしらを言う男だな」

芹沢は、ぎょろりと土方を見た。

土方ははっとして、思わず顔を伏せてしまった。恐怖したのだ。芹沢は、トンと鉄扇で畳を打つと、

「ま、よかろう。今回は君の意見を容《い》れることにする。もっとも、小虎をこのまま放免するのは武士の面目にかかわるであろう。小虎よ」

「は、はい」

「即刻、この場で廃業せよ」

小虎は身を伏せたまま、

「は、廃業？」

「そうじゃ。命だけは助けてやる。尼になれ」

全員、呆然とした。芹沢はにやにや顔で土方を見て、

「土方君、君はまさか、芹沢の刀をそのような卑しい仕事でよごさせはしないであろう？」

どういう仕事を言っているのか、火を見るよりも明らかだった。土方は低い声で、

「拙者がします」

立ちあがるなり、小虎の髷をつかんで引っぱりあげた。

と同時に、右手は脇差をぬいている。土方がぶつっと刃を入れると、黒髪はばらりと傘のようにひらき、それから落ちた。小さな顔は完全にかくれた。幽鬼そのものの凄惨な姿だった。もう二度と遊郭《くるわ》づとめはできないだろう。

芹沢は呵々大笑《かかたいしょう》して、

「いやいや土方君、これは善根を積んだことだな。苦界《くがい》になやむ女性《にょしょう》ひとりの煩悩を断ち切った。どれ、お斎《とき》といこう。きょうは酒を飲みに来たのではないが、この髪を肴《さかな》に一杯やろう」

あとはもう、例によって大宴会。芹沢は、この日はことのほか土方に酒を強要した。

†

こんなことをしているあいだにも、時代はいよいよ旋回している。

そもそも浪士組が結成されたのは京での将軍・家茂の警護のためだったが、その家茂は、京では何もできなかった。

なかば朝廷に命じられるまま孝明《こうめい》天皇の賀茂社行幸《かもしやぎようこう》にともなわれ、さらに石清水八幡宮《いわしみずはちまんぐう》へも供奉《ぐぶ》させられそうになった。どちらも行幸の名目は攘夷祈願だったから、これは朝廷による、幕府への、

「はやく攘夷を実行しろ」

という有形無形のプレッシャーだったのだ。

結局、家茂は――あるいは在京幕閣は――このプレッシャーに負けた。天皇に対して、はっきりと、

「攘夷期限は五月十日」

と奉答《ほうとう》したのだ。対外的にはアメリカ、イギリス、ロシアなどを相手にはっきり成文化された和親条約をむすんだ当の政権が、国内的には公然と対外戦争を宣言したことになる。

むろん実行できるはずもなし。三か月後、家茂はようやく江戸へ帰ることを得た。ほとんど「這々《ほうほう》の体《てい》で」と形容すべきありさまだった。

逆に言うなら、京の朝廷はそれくらい政治的に強力だった。もちろん朝廷自身の力によるのではない。うしろ盾がいる。

長州藩だった。

この西国一の雄藩は前年（文久二年）あたりから有力公卿をたくみに操作し、朝意をほしいままにしていたが、この年に入って、その傾向はますます激しくなった。五月十日には、つまりあの幕府がさだめた攘夷期限日には、

「徳川もできぬことを、毛利《もうり》（長州藩主家）がやる」

とばかり、馬関海峡を通過するアメリカ、オランダなどの艦船をつぎつぎと陸から砲撃、とうとう死者まで出させたが、これがまた異人ぎらいの過激な公卿をいっそう長州びいきにさせた。この時点では、長州藩は、日本唯一の攘夷の実行機関だったのだ。

長州は、しかし調子に乗りすぎた。

八月十三日、孝明天皇に強要して、大和《やまと》行幸のみことのりを出させた。おもてむきは過日の賀茂社行幸、石清水行幸とおなじ攘夷祈願のための盛典だが、しかし今回の場合は、攘夷祈願にさらに加えて、

「親征軍議」

と明記されている。天皇みずからが最高司令官となって対外戦争を指揮するという堂々たる宣戦布告にほかならなかった。長州藩の朝廷支配は、このとき絶頂に達したのだった。

長州を野放しにしては、日本はほろびる。

幕府はもちろんそう思った。親幕勢力の最右翼たる会津藩や桑名《くわな》藩、淀《よど》藩などもそう思っ

た。そしてこのときは、もうひとつ、
「薩摩藩」
も同様に判断した。この藩はもともと藩主の実父である最高権力者・島津久光《しまづひさみつ》がいわゆる公武合体論――朝廷と幕府は協同すべしという穏健的改革論――論者だったこともあり、さらにはこの前月、ちょうど鹿児島湾でイギリス艦隊と交戦（薩英戦争）して攘夷の無謀をつくづく思い知らされたばかりということもあって、
「過激な尊攘派は、これを断固排除する」
この決意が強かったのだ。
そこで八月十八日未明、会津、淀、薩摩の各藩はあらかじめ秘密裡に相談した上、とつぜん御所の九門をがっちりと藩兵によって固めてしまった。
と同時に、廟《びょう》内では臨時の朝議がひらかれる。そうして、
長州派公卿の参内《さんだい》禁止
長州藩士の門内への立入禁止
大和行幸の延期
などが矢継早《やつぎばや》に決定された。
事態の急変を知らされた長州藩兵二千六百名はただちに河原町《かわらまち》の藩邸を出て北へはしり、御所をとりかこむ。そこかしこの門の前で、

「通せ」

「通さぬ」

という殺気にみちた押し問答がおこなわれる。武力行使は時間の問題と思われたが、結局、長州のほうが九重《ここのえ》に砲口を向けることをはばかった。くやし涙をながしつつ現場をはなれ、東へしりぞき、洛東妙法院《みょうほういん》に本陣をかまえて京のみやこをにらみおろす。すなわち後世に、

「八月十八日の政変」

と呼ばれるクーデターだった。

この日にはまた、浪士組にも、会津藩から、

「出動せよ」

という命令がくだっている。警備の地は、凝華洞《ぎょうかどう》。

すなわち御所門内にある小さな建物だ。しばしば京都守護職・松平容保の宿舎となっており、なおかつ天皇のまします紫宸殿《ししんでん》にもっとも近い（南側）建物のひとつでもある。軍事地理的には最後のとりでとも呼ぶべき位置にほかならなかった。

つい最近まで市井の浪人にすぎなかった彼らがこんな重要な場所をまかされる。名誉どころの話ではない。本来ならば足をふみいれることさえ生涯あり得ないのだ。

クーデターそのものは夜あけ前にはじまった。が、浪士組――このときはもう八十名あまりにふくれあがっている――が到着したのは正午ころだった。すでに朝議は終わり、長州兵

は撤退していて、御所の九門はすべて味方の手にある。かんたんに通してもらえるはずの情況だった。

浪士組は、蛤《はまぐり》御門《ごもん》から入ろうとした。が、

「何者だ。名乗れっ」

会津兵がいっせいに槍を突き出した。

本来ならばあり得ないことだった。浪士組はこのとき全員、合印《あいじるし》（敵味方の区別のための目印）である黄色いたすきを掛けていたからだ。

けれどもまあ、何ぶん赤地にまっしろな「誠」の字の隊旗といい、浅葱色《あさぎいろ》（あかるい青緑色）の地に白い山形をそめぬいた赤穂《あこう》浪士ふうの隊服といい、どこからどう見ても尋常正規の武士ではない。会津兵が、

「すわ不審者」

と思うのも無理はなかった。

局長・芹沢鴨は、ずいと前に出て、

「名乗れと申すか」

芹沢はこのとき小具足《こぐそく》をつけ、烏帽子《えぼし》をかぶっている。裂帛《れっぱく》の気合いで、

「ならば名乗ろう。われわれは会津侯お預かりの浪士組である。公用方・野村佐兵衛殿の急達により、御花畑《おはなばたけ》まで罷《まか》り通る！」

呼ばわるやいなや（御花畑とは凝華洞の別名）、腰から鉄扇を抜き出し、ぱっとひらいて、

「うふうふ」

笑いつつ、ずらりとならぶ槍の穂先をあおぎ立てた。

会津兵はすっかり呑《の》まれてしまって、

「これが、芹沢鴨か」

「さすがは水戸天狗党で鳴らした男だけのことはある」

ささやきあうと、

「失礼した。お役目ご苦労に存ず」

門をひらいた。こうして浪士組はぶじに持ち場につき、警護の役をなしとげたのだが、この警護役は、ほかならぬ会津藩主・松平容保のまぢかでおこなわれたこともあり、騒動終息後きわめて高い評価を受けることとなった。容保は彼らへ、

「新選組」

という新しい名をあたえ、斬捨御免《きりすてごめん》の特権をあたえ、しかも京の市中とりしまりに任じる旨、はっきり明文化した町触《まちぶれ》を出させるという厚遇をあたえた。

むろん芹沢たちはそれ以前から市中巡察はおこなっていたのだが、これにより、彼らの法的地位は正式に保証されたことになる。彼らはもはや「お預かり」などという中途半端な身分ではない。名実ともに独立した特殊警察となったのだ。

この期待に、新選組はさっそくこたえた。

五日後の八月二十三日にはもう御所をとびだし、例の「誠」の隊旗をはためかせて、大和行幸の首謀者のひとりである福岡藩出身の大物志士・平野国臣《ひらのくにおみ》をさがしまわった。

三条通周辺のうたがわしい家や宿屋へつぎつぎと押し入った。結局、平野はつかまえられなかったが、そのかわり小粒の尊攘派浪士を四、五人ばかり召し捕って牢屋へぶちこみ、泥を吐かせることに成功している。

新選組の名は、いやが上にも高まった。

†

ところがクーデターの激震がおさまるやいなや、近藤勇が激怒したのである。壬生の屯所で、

「歳さん。歳さん」

癇性《かんしょう》に土方を呼びたてると、自室の戸をぴしゃっと閉めて、

「歳さん。芹沢を殺《や》ろう」

すわりかけた姿勢のまま、土方は呆然とした。まったく話がわからない。

「なぜなのだろうな、近藤さん」

「われわれは従来、会津藩お預かりの身分だった。京大坂の市中巡察を励行し、それなりに過激派浪士の事情に通暁しているつもりでもいた。そのわれわれが、このたびの八月十八日の政変にどうして参戦し得なかったか。俺はそれが口惜しいのだ」

「参戦？　したではないか。つつがなく御花畑の警固を……」

「しておらぬ！」

近藤は、がりがりと氷塊をかみくだいた。禁裏に出入りする栗栖野《くるすの》あたりの氷室守《ひむろもり》から少しわけてもらったのだろう。

「われわれは、まったく何もしておらぬ。なぜならわれわれが御所へおもむいたのは未明の朝議の半日もあと、午《うま》の刻（正午ごろ）になってから。そのころにはもう大和行幸の偽勅《ぎちょく》は撤回され、長州兵は撤退していたのだ。遅《おく》れ馳《ば》せもはなはだしい。この国の政治がもっとも激動したその瞬間を、われわれは屯所でぐうぐう寝てすごしたのだ」

（おもしろい）

土方は、唇のはしに笑みをもらした。畳の上にすわりなおし、刀の鍔《つば》を指ではじいて、

「わかったよ、近藤さん。あんたはそれが芹沢のせいだと言いたいのだな。あの男がふだんから酒と女にうつつを抜かし、会津藩との連絡をおこたったからだと」

「そのとおりだ。いったい長州藩がアメリカ、オランダ等の船を砲撃しているときにわれわれは何をしていたか。大坂で力士どもと喧嘩していたのだ。会津藩と薩摩藩が密議をかさね

て政変の準備をしているあいだにわれわれは何をしていたか。大坂新町で遊女の髪を刈っていたのだ！」

近藤は、氷をぽんと投げすててしまうと、畳の縁《へり》をトンと打って、

「むろん私にも責任がある。いくら名目のみとはいえ、私もおなじ局長の職にあるのだからな。が、われわれはもはや浪士組ではない、新選組なのだ」

「しんせん、ぐみ……」

「正規の会津藩士と対等の立場にあると言ってもいい。われわれさえその気になれば、天下の政治の一翼をになうも夢ではないのだ。となれば、その将は、芹沢ごとき政治的無関心の徒であってはならぬ。私は新選組をただの警察屋にするつもりはない」

「つまり近藤さん、あんたは新選組の地位を高め、その力でもって政治の舞台に立ちたいのだな？」

「個人の栄華のためではない。私はこの日本の危難に対して仕事がしたいのだ」

「よし。やろう」

土方は腰を浮かし、近藤の肩を抱いた。これほど痛快なことは、

（近来、なし）

とまで思った。近藤はいまや一転して土方以上の暗殺論者になってしまった。政治家になるという目的のためにだ。むろん土方に否やはない。土方は土方で、この新選組という将来

有望な組織のフィクサー役をつとめたかった。それが天賦の才能だと信じていた。暗殺の理由はそれぞれだが、

（それはそれで、おもしろい）

ただし、近藤はすぐれた構想者ではあるけれども、実務となると不器用にすぎる。何しろ中仙道本庄宿では宿割りもろくにできなかったではないか。この暗殺の計画、

（細部をつめるのは、俺しかいないな）

土方はおそろしく高速で頭を回転させ、回転させつつ、

「決行は九月十六日の夜としよう。この夜には、隊士四十名ばかりを集めた大宴会がある。会津侯のお手当による戦勝祝いだ。芹沢はまさかと思うだろう」

「名案だ、歳さん」

「しかも幸いなことに、この宴会は、島原の角屋でおこなうことになっている。角屋は先日、芹沢にひどい目に遭わされているからな。本音ではもう二度と来てほしくないはずだ。そこで俺があらかじめ、こう知恵をつけておく。『芹沢先生は中途半端に酔わすとあばれるのだ。とことん酔いつぶせば店はかえって安全だ』と。あるじも仲居もよろこんで飲ませてくれるだろう。それがこっちのねらい目になる」

「君にまかせよう」

「問題は、新見錦、平山五郎、平間重助といった取り巻きだな。かたときも芹沢のそばを離

れぬ青蠅《あおばえ》のような連中だ。こっちも人数がいるだろう。試衛館以来の同志に声をかけよう。山南敬助、原田左之助。それにやはり、何といっても……」

「総司だな、歳さん」

「ああ」

土方は手をたたいて隊士を呼び、沖田を呼んでこいと命じた。沖田が来ると、

「総司。耳を貸せ」

土方は、計画の骨子をうちあけた。沖田はみるみる目をかがやかせて、

「悪いことを考えるなあ。ご両人」

「戯《ざ》れ言《ごと》はいい。やるのか、やらないのか？」

「やりますよ。いや、ぜひとも私にやらせてください。お金を払ってもいい」

「ばか」

「でもね」

沖田は、明敏な男だ。土方と近藤を交互に見ながら、

「念のため言っときますよ。私がそれを志願するのは、土方さんのように組織を統制したいからじゃない。近藤さんのように天下国家に馳せ参じたいからでもありません。私は私の理由でやるんです。いいですね？」

「わかっている。お前はただ、ひとりの剣客として強い相手をたおしてみたい。それだけな

のだろ」

近藤が言うと、沖田はあどけなくうなずいた。こうして近藤、土方、沖田の三人は、それぞれまったくちがう理由によって、おなじ道を歩みだした。

†

島原の角屋は、色を売る店ではない。

いや、それどころか京のみやこでも随一の教養をほこる文化施設といってよかった。それが証拠に、部屋のしつらいが高雅の気にあふれている。床柱《とこばしら》に銘木を使ったり、釘かくしに七宝《しっぽう》を使ったりといったことは当然として、襖絵《ふすまえ》に円山応挙《まるやまおうきょ》をもちいたり、床の間に岸駒《がんく》の絵をかけたりといったあたりは、近世中後期の京都画壇の精髄をきわめたような感すらある。庭には離れの茶室まで設けてあるのだ。

或る意味、これほど健全な店もないだろう。新選組より少し前の時代の文人である『日本外史』の頼山陽《らいさんよう》のごときは、おどろくことに、ここに母親を連れてきている。女遊びをするのではない、純粋に親孝行がしたいのだと聞くと、太夫はかえって喜んで、

「うちらの舞は、女の人にこそ見てほしおす」

心をこめて世話をし、老母の目をたのしませたという。

その角屋で、この夜も芹沢は乱酔した。

平山、平間、野口の取り巻きたちも、

「会津侯も、ようやくわれらが真の国士であることを認められた」

「新選組か。なかなか悪くない名前じゃ」

「まったく芹沢先生のおかげです。ようやく時代が先生に追いつきましたな」

などと自讃と阿諛《あゆ》をかさねつつ飲みに飲んでは騒ぎたてた。誰かが、

「ひとつ剣舞をお目にかける」

と言ってスラリと刀をぬき、ほんものの白刃をふりまわしはじめた。仲居がきゃあきゃあ叫んで逃げる。床柱がえぐり取られる。芹沢は、上きげんで膳をたたき、笑いころげた。左右にはつねに数人の舞妓《まいこ》がひかえ、たくみにすすめて杯を置かせない。

「いいぞ、いいぞ。もっとやれ」

ただし芹沢は鈍感な男ではない。ふいに真顔になり、土方のほうを向いて、

「土方君。あまり飲んでおらんな」

「はあ」

「しらふのままで、今夜、帰りに誰かを斬るつもりか？」

土方は、はっとした。

事実、土方は、この十日ほど前、芹沢の右腕である局長・新見錦の寝ているところを急襲

している。近藤ほか数名とともに祇園《ぎおん》の「山の緒《やまお》」なる妓楼へふみこんで、ふとんの上で詰め腹を切らせてしまったのだ。

新見錦は、あまりにも遊蕩《ゆうとう》がひどかった。民家へ押し入っては隊費借用と称して金品をまきあげるなどの悪業もひんぱんだった。或る意味、芹沢以上に芹沢だったのだ。新見の切腹は、隊内の誰もが、

「致し方なし」

とみとめるところだった。

逆に言えば、この切腹は、近藤派と芹沢派の派閥あらそいの結果とは見なされなかった。芹沢自身も、べつだん、

「わが身にも、累《るい》がおよぶ」

とは認識していなかったはずだが、それにしてもこの鋭さはどうだろう。土方はこの夜、たしかに誰かを斬るつもりだったのだ。

(あんたをだよ、芹沢)

土方は、つい黙ってしまった。

芹沢は、けげんそうな目で土方を見ている。計画崩壊の危機だった。が、沖田総司があらわれ、芹沢の膳の向かいに着座して、

「芹沢先生」

「何だ」

沖田はにこにこと、その独特のはずむような口調で、

「土方先生はね、氷の食いすぎで腹をこわしたんです。かわりに私が」

大胆にも空《から》の汁椀をとり、芹沢の鼻先へ突き出した。これには芹沢も苦笑いして、

「どれ、注《つ》いでやる」

沖田はこのとき、たてつづけに三杯要求し、三杯とも干した。芹沢は瞠目《どうもく》して、

「なかなかやるな」

「これくらいじゃなきゃあ、芹沢先生のお相手はできませんからね」

沖田はごしごし唇のしずくを拭うと、またしても汁椀を突き出してみせる。土方を助けたわけではなかったろう。剣客として、なるべく芹沢とおなじ身体的条件におのれ自身を置きたかったのだ。

結局。

芹沢は、二升は飲んだ。

しかもなお二本の足でしっかりと立ち、

「歩いて帰る」

と言いだした。

これには近藤と土方があわてた。あらかじめ練っておいた作戦では、酔いつぶした芹沢を

むりやり駕籠《かご》におしこんで屯所に向かわせ、しかし屯所に着く前に路上で駕籠ごと突き刺してしまうつもりだったのだ。安全確実にしとめられるし、なおかつ世間に対しては、

「賊にやられた」

と説明することができる。発足直後の新選組にとって、局長その人が内部抗争のえじきになったなどという話のひろまるのは極力避けたいところだった。

その作戦も、無になった。

芹沢は、堂々たる足どりで屯所への道を歩いている。天に向かって高歌放吟しつつ、足もとのぬかるみは確実に左右へよけているあたり、小憎らしいほど普段どおりだった。近藤、土方、沖田の三人は、うしろで目くばせをしつつ、

(いっそここで抜いちゃいましょうか、近藤さん)

(だめだ、総司。あの様子じゃあ、いくらお前でも苦戦する。平山や野口も相手にせねばならんのだ。なあ歳さん)

(近藤さんの言うとおりだ、総司。だいいち人目につく。賊のしわざに見せかけるどころの話じゃなくなる)

そんな会話を交わしている。

壬生への距離は、遠くない。

(やむを得ぬ。あきらめるか)

三人の意見が一致しかけたとき、奇跡が起きた。

屯所である八木源之丞方に、芹沢の愛人が待っていたのだ。

名前をおうめという。年は二十二か三で、たいへんな美人と評判だった。

もともとは四条堀川《ほりかわ》の太物《ふともの》問屋・菱屋《ひしや》の女房なのだが、或る日、菱屋の亭主が、なじみ客である芹沢の未払い金がたまったので女房を掛け取りに行かせたところ、芹沢は、

「金はいずれ払うと申しておるのだ。武士のことばが信用できぬか」

逆上した上、屯所内でおうめを犯してしまった。おうめは、声ひとつ立てなかったという。

芹沢はさらに、

「妾《めかけ》になれ」

と強要したが、最近はむしろ彼女のほうが芹沢を憎からず思いはじめたものらしい。多少は浮気な女だったのだろうか。この夜も、亭主の目をしのんで来たにちがいない。

芹沢は、留守番の隊士から報告を受けると、

「そうか。おうめが。夕方から待っておったか」

たちまち相好《そうごう》をくずし、近藤たちへ、

「気が変わった。酒はもういい。俺は寝る。お前らは勝手にしろ」

ひとり自室へひきとってしまった。情交のあと芹沢がしばしば深い眠りに落ちることは、おなじ屯所内のこと、近藤も土方もかねてから気配でわかっていた。

夜半。

八木邸の玄関の戸が、がらりと開けられた。

とどろくような足音とともに四人の男がふみこんで、玄関をあがり、廊下を直進した。土方歳三、沖田総司、山南敬助、原田左之助の四人だった。

正面に、芹沢の寝間《ねま》がある。唐紙障子をばたんと横へすべらせると、

「ちっ」

沖田は、つい舌打ちした。

十畳の部屋が、屏風《びょうぶ》で半分に仕切られている。こちらがわには平山五郎と女がひとり、向こうがわには芹沢とおうめ。いずれも左を頭にして、全裸または全裸にきわめて近い姿をさらしていた。

とりわけ芹沢は、はだかの上、あおむけに大の字になっていた。おうめは寄り添うように横たわっているが、着衣はゆかた一枚で、なかば胸がはだけている。

(ほんとうは、起こして堂々と立ち合いたいのだが)

そんな思いが、ちらりと沖田の脳裡をよぎった。もっともそれは、それだけは、土方にかたく止《と》められている。土方の策士としての特徴は、まず何よりも確実性をおもんじるところにあった。

「御免」

という声とともに、沖田が斬りつけた。

芹沢は、いちじくの実がつぶれたような異様なうめきとともに目をさましたが、さすがは何度も修羅場をくぐり抜けてきた男、反射的に枕もとへ手をのばした。鹿角《しかづの》の刀架けをまさぐったのだ。

しかしその手も、山南の刀にすぱっとやられた。あとはもう滅茶苦茶だった。芹沢は、後頭部、背中、尻、ところかまわず斬られながらも泳ぐようにして奥の障子をつきやぶり、縁側へのがれ、縁側から隣室へころがりこんだ。

隣室は、八畳間。

子供が寝ている。十四歳の為三郎《ためさぶろう》と、その弟の勇之助《ゆうのすけ》。この家のあるじである八木源之丞の息子たちだった。ふだんはべつの部屋で寝ているのだが、この夜のみ、たまたま寝床をうつしたのだという。

おそらく就寝直前まで手習いでもしていたのだろう。芹沢がころがりこんで来たとき、そこには小さな文机《ふづくえ》があった。芹沢はしたたか向こうずねを打って前のめりに転倒し、がらがらと派手な音を立てつつ子供たちのふとんに覆いかぶさった。

「うっ」

くぐもった声をあげたのが、芹沢の最後の生命活動となった。あとから来た刺客たちが芹沢をなますのように切りきざみ、絶命させた。ふとんがぬれ雑巾のように血でぬれた。子供たちは目ざめず、すやすや眠りつづけたという。

芹沢とおなじ寝間にいた平山五郎は、誰が殺したのかよくわからない。気がついたら胴から首がはなれていた。平山のとなりに寝ていた女は島原の桔梗屋《ききょうや》の小栄《こえい》という女で、こちらのほうは騒動がすむと、かげもかたちも見えなかった。もちろんこれは、土方があらかじめ、

「女たちは、殺すには及ばぬ。逃げるなら逃げるにまかせよ」

と沖田たちに言い含めておいたためでもある。無駄な血をながす気はなかったのだ。

しかしおうめは難をのがれられなかった。いわば芹沢のまきぞえを食うかたちで、皮一枚のこしただけで首をきれいに切られてしまった。土方は、沖田がやったのだろうと思った。

芹沢派の隊士は、あとふたりいる。

ひとりは、平間重助。このときは輪違屋《わちがいや》の糸里《いとさと》という女とともに八木家の離れに休んでいたが、危機を察知したのだろう。あとで土方たちが血まなこになって探しても見つからなかった。その後の消息、こんにちもなお謎である。

もうひとりは、野口健司。この男はどういう事情によるものか、この後も生きて在隊しつづけた。六番組に所属して別状なく隊務をこなしていたが、三か月後の十二月二十七日、とつぜん切腹を命じられて死んでいる。理由はよくわからない。

いずれにしても。

水戸天狗党以来の芹沢派は、こうして完全に消え去った。こののち新選組は近藤派の牛耳《ぎゅうじ》るところとなり、近藤、土方、沖田はそれぞれの野望をそれぞれに果たしていくことになる。新選組は、彼らの自己実現のためのまたとなく有効な装置でもあった。

芹沢鴨の葬儀は、仏式でおこなわれた。

弔辞は近藤勇が読んだ。その態度、その読みぶり、

「ほんま、立派なもんやった」

と京の人々はのちのちまで語りぐさにした。実際、近藤は、読みながらしばしば声をふるわせ、熱い涙すらながした。誰の目にも演技とは見えなかった。

事実、演技ではなかったのだろう。近藤はこのとき、芹沢とともに、自分のなかの何か若い苦いものをも葬ったような気がした。

密偵の天才

伍長・久万山要人《くまやまかなめ》が、

「斬られた」

という一報が不動堂村《ふどうどうむら》の新屯所にもたらされたとき、沖田総司《おきたそうじ》は、

「まさか」

笑殺《しょうさつ》した。

久万山要人は、鏡《きょう》新明智流《しんめいちりゅう》の免許皆伝。伊予吉田《いよよしだ》藩の脱藩浪士だが、二年前の慶応元年（一八六五）、隊士募集に応じてきた。沖田はみずから立ち合ってみて、

「面」

「胴」

「胴」

と三本たてつづけに取ったものの、浅い打ちを二度くらった。これには土方歳三《ひじかたとしぞう》、原田左《はらださ》之助《のすけ》、永倉新八《ながくらしんぱち》ら審判役がおどろいて、

「総司のやつに、二度も剣先でふれるとは」

即日採用。ただちに沖田ひきいる一番組に配属された。

翌年、天朝御用《てんちょうごよう》と称して臨済宗《りんざいしゅう》の名刹《めいさつ》相国寺《しょうこくじ》の塔頭《たっちゅう》である慈雲院《じうんいん》から金品をおどし取っていた石見《いわみ》出身の盗賊五人を斬殺、捕縛したときの勇猛ぶりは隊でも出色のものとされ、久万山はこれを機に、
伍長
に昇格した。平《ひら》隊士から、五人の平隊士を指揮する分隊長になったわけだ。

その久万山が斬られるなど、いくら夜でも、

(あり得ない)

沖田は隊服に着がえ、みずから現場へ出向いた。なかばは真偽をたしかめるため、なかばは剣客としての好奇心からだった。

現場は、路上。

綾小路高倉《あやのこうじたかくら》を東へ入ったところの一本道。月はまるでカンナの削りくずのように薄っぺらで、星あかりも少ないが、まだ死体はのこされていた。

沖田はひらりと馬をおりる。久万山はひざをつき、道ばたの龍吐水《りゅうどすい》を抱きかかえるようにして上半身をあずけていた。首ががっくりと水槽内へもぐりこんでいる。

傷は、背中。

うなじから左の腰のへんまで、ながながと斬りさげられている。人間はふつう背中の傷ではなかなか死なないものだけれども、この場合、おそらくは首の骨が断たれたか、出血が多量にすぎたかだろう。即死であることの証拠には、久万山は、刀の柄《つか》に手もかけていなかった。

死体のかたわらには、京都所司代の同心がふたり、所在なさそうに突っ立っていた。沖田はそちらへ向きなおって、

「番方《ばんがた》かたじけなく存じます。死体はひきとらせてもらいますが、さて、戸板は……」

沖田は、あたりを見まわした。頭をかきかき、

「こまったな。用意をわすれました」

「当方で手配いたそう。なに、会所の連中をたたき起こして、人手も四、五人あつめさせて」

同心のひとりが走り去った。沖田は手を合わせるまねをして、

「助かります。どうも粗忽《そこつ》でいけない」

もうひとりの同心は、人のよい笑顔を見せて、

「いや、これも所司代の仕事でござる。貴隊は貴隊の仕事をぞんぶんになされよ」

四年前には、あり得ない会話だった。

四年前、この京へ来たばかりのころ、沖田たちは事あるごとに所司代の連中から嘲罵《ちょうば》の

ことばを浴びせられたものだった。いなか者。浮浪の徒。烏合《うごう》の衆。あれでお上の御用がつとまる気かね。沖田たちがどれほど市中の治安維持のため命をかけて戦おうと、どれほど過激派の凄惨なテロを未遂に終わらしめようと、所司代の連中の、

（しょせん、浪士が浪士を狩っておるだけじゃ）

という態度はおなじだった。ところが、この年の六月、沖田たち新選組一隊がそっくり会津藩の手をはなれ、幕臣にとりたてられると、手のひらを返したごとく、

「おお、ご一統」

内心はどうだか知らないが、少なくとも表面上は同輩あつかいするようになった。彼らにとっては実《じつ》よりも名のほうが大事だったのだ。

久万山要人殺害事件は、その約四か月後に起こっている。わずか四か月にすぎないのだが、この同心は、

「沖田殿」

と、百年前からの知己のようになれなれしく呼びかけた。

「沖田殿。下手人《げしゅにん》に、心あたりは？」

沖田はべつだん、こだわりがない。唇をちゅっと鳴らして、

「内部の者かな」

「内部？　新選組の？」

「ええ、そんな気がします。久万山さんが敵に背を向けるような男でないことは、この沖田がよく知っていますから。それが無抵抗でやられた、ということは」

「なるほど。お味方のしわざか」

同心は、したり顔でうなずいた。この時点で、すでに沖田の脳裡にはひとりの隊士の顔が浮かんでいる。

（穂積《ほづみ》さん）

穂積小三郎《こさぶろう》、久万山の配下の平隊士だ。久万山を殺害したのは、この男ではないか。

なぜなら新選組では、隊士のひとり歩きは禁じられている。公用だろうが私用だろうが、用心のため、少なくとも二人一組で行動するよう局長・近藤勇《こんどういさみ》がかねてより全隊士にかたく命じていたのだった。

その二人一組の久万山の相方が、穂積小三郎だった。

おなじ年まわり、おなじ鏡新明智流の使い手ということもあってか、むしろ久万山のほうが好んで行動をともにしていたような印象が沖田にはある。屯所へもどったら、さっそく穂積に、

（話を聞こう）

もっとも、ほんとうに彼が下手人なら、のこのこ帰るようなまねもしないだろうが。

†

夜あけ前、穂積小三郎はのこのこ帰ってきた。

門のところで隊士二名に呼びとめられ、山崎烝《やまざきすすむ》の部屋へつれて行かれた。

山崎烝。

職名は沖田とおなじ副長助勤だが、沖田とちがうのは、もと、

「諸士《しょし》調役《しらべやく》兼監察」

という内部調査をおこなう部局の責任者だったことだ。

現在でも、重要案件に関しては山崎みずからが乗り出すことがある。今回もそうだった。

穂積小三郎が、

「失礼します」

部屋に入るや、単刀直入に、

「久万山君は、死んだよ」

「えっ」

「何者かに斬られたのだ。さだめし無念であろうな、穂積君」

山崎はさりげない口調をよそおいつつ、刺すような視線で穂積を見た。

穂積には、こういう追及をうけながす才はない。下ぶくれの頬がふるえだし、赤い唇がふるえだした。その唇がひとたび開くや、

「じつは」

昨晩は、やはり久万山とふたりで市中巡察に出たのだという。屯所から東へすすみ、烏《からす》丸通《まどおり》にさしかかるあたりで、久万山が、

「穂積君、ひとつ頼まれてくれ」

と言い出した。だらしなく鼻の下をのばして、

「例のな、おうのに会いたいのだ」

おうのの名なら、穂積も知っていた。三条小橋《こばし》を下がったところの水茶屋・たね屋の女中で、以前から久万山が執着している。いったん町医者へとついだものの、離縁されたため女中奉公に出た、二十八、九の年増《としま》だという。

おうののほうも、久万山に惚《ほ》れたらしい。そこで、さしつさされつ、

「ゆっくり話がしたいんだよ、穂積君。君はひとりで近くの店で飲んでいてくれんか。むろん酒代《さかて》はわしが持つ」

「承知しました」

「くれぐれも、隊には内密にな」

「わかっています」

穂積はうなずいた。不安はなかった。前にも二、三度おなじようなことがあったし、そのつど久万山は一刻《いっとき》（二時間）ばかりで穂積のもとへ帰ったからだ。女子供ではあるまいし、大のおとなが四六時中くっついてまわるのも不様ではないか。

が。

今回ばかりは、いくら待っても帰らなかった。穂積は、

（妙だな）

とは思ったものの、そこはそれ、男女の仲のことだから酒の先へと進むこともあるだろう。明けの烏《からす》の声を聞くときもあるだろう。さほど気にしなかった。

というか、むしろ気をきかしたつもりで屯所へもどった。ひとりでもどることになるが、仲間の隊士も、

（目をつぶってくれるだろう）

と楽観していたのだった。

ところが、門のところで隊士二名に呼びとめられた。山崎の部屋へ連行された。穂積はようやく事態の重大さを知り、すべてを山崎烝に白状したというわけだった。

「いまの話、ほんとうだな。穂積君」

山崎は、念を押した。穂積は力なく、

「ほんとうです」

「久万山君は、たね屋へ向かう道すがら殺されたのだな？」

「そう思います」

山崎烝は、行動がはやい。

ただちに馬を引き、たね屋へ行った。あるじに最小限の話をうちあけ、おうのを呼び出してもらって話を聞く。おうのの話では、これまで久万山とは二、三度、逢引きをかさねたが、昨夜はいつまでたっても来ないので心配していたという。穂積の証言と合致している。

「あいわかった。このたびは残念だった。さらば」

山崎は屯所へもどり、沖田総司の部屋に入って、

「……と、いうわけです」

沖田は、床柱の前で正座している。

ふだんは堅苦しいところのない男だが、この日はみょうに背すじをのばし、はりつめた顔で、

「ありがとう、山崎さん。この話、近藤さんや土方さんへは？」

「先ほどご報告申し上げました。穂積はやはり、隊務不履行のかどで切腹と」

「仕方ない」

「執行はあすです。すでに身のまわりの品をまとめさせています」

「仕方ない」

沖田は、ぷいと横を向いてしまった。山崎は、

（変だな）

内心、首をかしげた。沖田のこういうぞんざいな態度を見るのは、はじめてのような気がする。調査に不備でもあるのだろうか。それとも、穂積ごとき二流の剣客が腹を切ろうが首を切ろうがどうでもいいと言いたいのだろうか。

山崎が、真意をはかりかねつつ、

「この事件、さらに調べを……」

言いかけると、

「いいよ」

沖田は横を向いたまま、邪険に手をふって、

「もう行っていいよ、山崎さん」

「はあ、しかし」

「行くんだ」

あきらかに、急《せ》かしている。山崎は立ちあがり、退出した。

†

ぱたん。

障子の閉まる音がするや、沖田総司は、

(行ったか)

ぐったりと床柱に背をあずけた。と思うと、とつぜん前のめりになり、激しい咳《せき》をしはじめた。

両手で口をおさえたため、声は外に洩《も》れない。が、

「くっ……くふっ」

指の股から、血がふきこぼれている。咳はやまない。沖田の目に、うっすらと涙がにじみはじめた。

†

翌日。

穂積小三郎の切腹は、延期となった。

監察の隊士二名が、ひとりの浪人ふうの男をひっぱって来て、

「下手人でござる。重要事件の下手人でござる。ただちにお取り調べを願わしゅう」

わめきつつ、本陣の中庭へまわったためだった。

中庭はまっしろな砂が敷かれた、いわゆるお白洲《しらす》になっている。

尋問の場としても使われるし、切腹の場としても用いられる。穂積の件はいわば緊急事態の発生により、あとまわしにされた恰好だった。

「何ごとじゃ」

白洲に面した座敷に、どやどやと幹部があらわれた。

近藤勇、土方歳三はもちろんのこと、永倉新八、山崎烝、尾形俊太郎《おがたしゅんたろう》、吉村貫一郎《よしむらかんいちろう》といったような副長助勤クラスがずらりと顔をそろえている。いないのは、

「ちょっと風邪ぎみで」

と辞退した沖田総司くらいのものだった。

全員いかめしく着座を終えるや、お白洲の隊士が、

「ご出座かたじけのうございます。このたび松原通《まつばらどおり》の呉服商・大丸屋《だいまるや》におきまして、公辺《こうへん》お達しの者（指名手配中の容疑者）をとらえましたので、ご検分を願います。六条新地の米市場で強盗をはたらいた当人と思われます」

近藤勇はゆったりと腕を組んで、

「所司代から人相書が来ていたな。見せろ」

「はっ」

と応じたのは、近藤のうしろに控えていた副長助勤・尾形俊太郎。一枚の紙をえらんで手

わたす。近藤はそれへ目を落として、

「なるほど。顔、体格、衣服、どれもそっくりだ。が」

　似顔絵と実物を二、三度ばかり見くらべてから、くすっと笑って、

「こいつあ、ちがうよ」

「えっ」

「俺にはわかる。なるほどここには『目尻稍垂レ《めじりややたレ》』とある。似顔もそのように描いてある。が、実物のほうは垂れも垂れたり、柳の枝が雨でしおれてる風情じゃないか。別人だよ」

「はっ、はあ……」

　お白洲の隊士が絶句する。近藤はひざを進めて、となりの土方歳三と目くばせを交わしてから、

「垂れ目殿、どうやらたいへんな失礼を致したようだ。あらためてご尊名をうけたまわろう」

　浪人ふうの男は目を伏せたまま、淡々と、

「村山謙吉《むらやまけんきち》」

「ご奉公先は？」

「土佐藩」

「ふむ？　失礼ながら、なまりは長州のご様子だが」

「おっしゃるとおり、長州の生まれでござる。ただし脱藩し、いまは土佐藩白川《しらかわ》邸内、陸援《りくえん》隊《たい》に所属」

「陸援隊か」

近藤の顔が、わずかに翳《かげ》った。新選組にとっては、不倶戴天《ふぐたいてん》の敵ともいうべき連中だった。ときに、慶応三年（一八六七）十月。

幕府の権威は、地に墜《お》ちている。

原因は、前年夏の長州征伐（第二次）の失敗だった。幕府みずからが日本全国三十二藩に号令し、鳴りもの入りで長州一藩の制圧にのりだしたにもかかわらず長州の洋式兵備に敗退し、制圧どころか前線基地である小倉《こくら》城を落とされるという大醜態を満天下にさらしてしまった。

こうなると、勝ったほうの長州藩を中心に、公然と、

討幕

の成否がささやかれるようになる。

長州だけではない。長州とひそかに軍事同盟をむすんでいる薩摩藩や、その軍事同盟――いわゆる薩長同盟――を仲介した土佐藩といったあたりでも討幕の可能性が真剣に論じられるようになる。これらの藩では討幕はもはやスローガンではない。具体的な手順や方法とともに近い将来に設定される、確たる目標にすぎなくなっていた。

その土佐藩における討幕派志士のうちの最右翼、中岡慎太郎《なかおかしんたろう》が、最近になって洛東・白川村の藩邸内に組織したのが陸援隊だった。

すなわち武力討幕のための実動部隊だが、その最大の特徴は、土佐出身者にこだわらないところだった。洛中洛外を流寓《りゅうぐう》する諸国出身の浪士どもを駆りあつめ、組織的戦闘をおぼえこませる。或る意味、新選組に似た組織ではあった。似ているだけに、

（敵）

という近藤勇の意識はよりいっそう強くなる。

「陸援隊か」

近藤はふところ手をして、苦虫をかみつぶしたような顔になり、

「正直に言うと、われわれ新選組としては、村山どの。即刻、貴殿の首を打ちたいところだ。しかし時節柄そうもいかぬ。書面で土佐藩に問い合わせよう。たしかに陸援隊の隊士であるむね回答があれば、五体満足でお返し申し上げる。それまで別室にてお休みあるよう」

「しょ、承知」

男は、目を伏せたままだった。

近藤はその場で手紙を書かせ、小者《こもの》にもたせた。白川村はだいぶん遠いが、案外はやく返書が来た。そこには、

「近藤殿のご配慮に感謝する。村山謙吉、陸援隊の者に相違なし」

横山勘蔵《よこやまかんぞう》（中岡慎太郎の変名）みずからしたためた手紙だった。近藤は、ただちに村山を釈放した。

村山は、ひとりで屯所を出た。

門のところで隊士たちの送礼を受け、菓子折一折さえ持たされて、夕暮れごろ、土佐藩邸の門をくぐった。

それだけの話である。

ただそれだけのために、近藤以下、新選組幹部一同が貴重な時間をついやした。穂積小三郎は、翌日切腹した。

†

村山謙吉が帰陣したころ、陸援隊では、もう晩めしの時間だった。

しょうゆを煮るいい匂いがする。そういえば、きょうは、

（朝から何も食っちょらん）

村山は腹が鳴るのを手でおさえつつ、大部屋へ入った。大部屋では、隊士たちが数人ずつ、火鉢をかこんで鉄鍋をぐつぐつやっている。土佐、水戸、甲斐《かい》、肥後《ひご》、伊予など、いろんな

国のなまりが蜂の大群のように乱れ飛んでいた。

「おお、村山君」

いちばん奥の男が立ちあがり、にこにこと人のいい顔を見せて、

「よく無事だった。さあ、ここへ来てくれ」

となりの席を手で示した。

中岡慎太郎その人だった。中岡は陸援隊の実質的な隊長であり、藩の要路へも顔がきくが、村山のような新参者に対しても馬鹿律儀で、なかなかの人気があった。肌が黒く、眉がふとく、よく頬骨があらわれているあたり、どこか農村民的な雰囲気がある。実際、大庄屋のせがれなのだ。

村山も、世なれた男ではない。

隊長のとなりへ座を占めるなど、

(僭越《せんえつ》な)

と思ってしまう型の人間だ。いくたびも遠慮したあげく、ようやっと、

「はあ、では、末輩《まっぱい》ながら」

ちんまりとすわった。正座だった。われながら、

(緊張しすぎだ。くつろげ)

叱咤《しった》してみるものの、持って生まれた性格はどうしようもない。中岡はみずから杓子《しゃくし》を

取って汁や具をよそいながら、

「さあさあ、村山君。腹がへっただろう。今夜の牛肉は、例の、若王子《にゃくおうじ》の村人から買ったものだ。四つ足はいけるかね。これも洋式調練のうちと思って、たんと食ってくれ」

湯気の立つ小鉢をよこした。

村山はおがむようにして受け取り、口へはこぶ。牛肉のほかに、誰が採ってきたのだろう、見たこともない茸《きのこ》がどっさり入っていた。

向かいの隊士が、

「村山さん。ほれ」

と、鍋ごしに白木の折詰を放ってよこす。村山はひざの上で受け、ひらいてみた。白いめしと香の物。藩から毎日支給されるまかないだ。村山は顔をあげ、

「拙者のぶんも、取っておいてくれたのか。ありがとう、水野《みずの》さん」

湯気のむこうの隊士は、水野八郎《はちろう》。おっとりとした男で、仲間うちでは「君子」と綽名《あだな》されている。その綽名にふさわしい大和郡山《やまとこおりやま》ののどやかななまりで、

「いやいや、何の」

そこへ中岡慎太郎が口をはさんで、

「水野君が、注進してくれたのだよ」

「注進？」

「君が新選組につかまったとき、水野君はたまたま大丸屋にいたんだそうだ。それで私に報告してくれた」

「そうでしたか」

お人よしにはありがちだが、中岡は、酔うと恩きせがましい口調になる。村山のほうへ体を向け、ますます熱心に、

「われわれとしては、すぐさま人数をそろえて屯所へ押し入ってやりたかった。が、時期が微妙だからな。どうなるかと心配していたところへ、近藤勇から身元照会の手紙が来た。俺はただちに返書を書いた、と、まあこういう次第だったのだ」

「それは、か、かたじけなく……」

「たいせつな隊士のためだ、当然だよ。折檻《せっかん》はされなんだか？」

「折檻どころか、菓子折を持たされました」

「そりゃあ意外だな。そんなに歓迎してもらえるんなら、君を間者《かんじゃ》にすればよかった」

「間者？」

村山は、ぎくりとした。中岡はなお上きげんで、ぐいぐい酒をあおりながら、

「そうだ。隊士として新選組にもぐりこんで、こっちへ内通してもらう」

ほかの隊士が、いっせいに笑った。村山はようやく冗談だとわかって、

（ああ）

ほっとしたのも一瞬だった。一座でただひとり笑っていない、高落喜三郎《たかおちきさぶろう》という阿波《あわ》出身の剣客が、

「逆かもしれぬ」

とつぶやいたのだ。中岡はそちらを向いて、眉をひそめ、

「何だ？」

「逆かもしれぬ、と申しました」

「逆とは？」

高落は、じっと村山をにらみつけつつ、

「村山君は、ほんとうは新選組の隊士なのかもしれぬ。それがこの陸援隊へ、間者として」

「まさか」

中岡は、興ざめだと言わんばかりに鼻を鳴らして、

「そんなことは万一にもあるまい。なあ村山君？」

「ありませんよ、中岡さん」

村山は、一笑に付した。

……つもりだった。実際はどうだったろうか。いまの笑いは乾いていなかったか。声はうわずっていなかったか。村山は、背中がぞわぞわと総毛立つのが自分でもわかった。

(自然にだ。自然にふるまえ)

高落喜三郎は、陸援隊でも一、二をあらそう凶暴な男だ。これまで幕吏《ばくり》やその手下を、

「何人斬ったか、わからぬ」

というのが自慢のたねで、陸援隊に入ったのも本心では討幕の大義などどうでもよく、要するに人が斬れる場がほしいというだけの理由であるように見える。この場合もふかい意味があって言ったのではなく、ただ単に、村山を斬る口実を無意識にさがしていたにすぎないのだろう。猟犬が鼻をくんくんさせている、

（それだけの話だ）

しかし結果として、この猟犬は獲物をさがしあてている。村山はたしかに、近藤勇に派遣された、
間者
だったのだ。

しかも、たったいま大仕事を終えてきたばかりだった。松原通の大丸屋で「つかまった」という体《てい》をよそおって不動堂村の新選組屯所へ堂々と帰り、近藤勇その他の幹部たちを前にして、内部情報を逐一漏洩《ろうえい》したのだから。

近藤が特によろこんだのは、薩長の動向に関するものだった。村山は、以下のようなことを述べた。

「陸援隊では、薩長が相応《あいおう》じて蜂起《ほうき》するという風聞がさかんです。長州が嘆願と称して大兵

を上洛させ、あわせて薩摩が二条城をおそう。日限は八日後、十月十五日と」

「それは重大だ。すぐに会津侯へ具申せねば」

近藤はひざを打って立ちあがると、村山の肩を何度もたたいて、

「武勲だぞ、村山君。今後も注意ぶかく行動し、さらなる情報をもたらしてくれ」

そのとき近藤が一瞬ながら、

「してやったり」

といったような会心の表情をしたことを、村山はいま、くさい牛肉を口へ入れつつ思い出している。

(俺は、間者だ)

動かぬ事実におののいている。高落喜三郎は、とっくのむかしに話題を変えていた。どこの誰を斬りたいとか、どこの誰が抱きたいとか。

†

村山謙吉が新選組に入隊したのは、保身というより、護身のためだった。

村山はもともと徳山藩《とくやま》(長州の支藩)上級藩士・飯田家《いいだ》の家臣であり、主人とともに幕府への徹底恭順を説く派閥に属していたが、慶応元年(一八六五)、高杉晋作《たかすぎしんさく》があらわれて本《ほん》

藩《ぱん》・萩藩《はぎ》の藩論を討幕ですっかり統一してしまうと、村山は因循《いんじゅん》姑息《こそく》の論者とされ、命をねらわれるようになった。

事実、二、三度おそわれた。暮夜《ぼや》ひそかに脱藩し、西国諸国を放浪するようになったのは、それから間もなくのことだった。

慶応二年（一八六六）の夏。

村山は、広島にいた。

そのときだった。新選組の近藤勇が、

「広島に来ている」

といううわさを聞いたのは。

近藤は幕府の長州征伐にともなう西国事情の内偵のため、大目付《おおめつけ》・永井尚志《ながいなおむね》の従者というかたちで出張《でば》ってきたのだ。村山は意を決し、近藤の宿所をたずねて、

「入隊いたしたし」

と申し出た。

われながら剣術は大したことがなく、性格的にも弱いけれども、とにかく溺れる者が藁《わら》をもつかむ心境だった。このまま放浪していても、討手《うって》に遭《あ》えば斬られるだけだし、斬死しなければ餓死するだろう。ほかに道はないのだった。

この申し出を聞いたとき、近藤勇は、

（間者かな）

と疑ったという。

当然だろう。剣術ができず、性格が弱く、長州なまりのある男がどうして新選組に入りたがるか。木こりが漁船に乗りたがるようなものではないか。

ところが、同道していた篠原泰之進《しのはらたいのしん》に命じて身辺を洗わせ、素行をさぐらせたところ、べつだん長州に通じている様子はない。そもそも知人と呼べる者がひとりもいないような暮らしぶりのようである。

「こいつはいい」

近藤は、手を打って採用を決めた。

その採用を決める場には、たまたま沖田総司もいた。沖田は目をぱちぱちさせて、

「入隊させますか」

「させるよ」

近藤は、にこにこしている。沖田は首をひねって考えつつ、

「なぜです。あのへっぴり剣術じゃ蠅の一匹もたたけないって、近藤さん言ってたじゃありませんか」

「できる奴はできるなりに、できない奴はできないなりに使うのが名将さ、総司。村山には大きな武器がある」

「大きな武器？」

「長州なまりだ」

「はあ」

沖田は、まだ目をしばたたいている。近藤は、となりの土方歳三へくすりと笑ってみせてから、

「総司、お前はほんとにねんねだな。間者にぴったりじゃねえか」

「ははあ、間者ですか」

「そうだ」

「それじゃあ潜入先は、長州藩邸？」

「ばか」

近藤は、吹き出した。これだから総司と話すのは楽しいんだ、そんな顔をして、

「そんなところに入れたりしたら、顔見知りが多すぎる。あっというまに切り刻まれて終わりだよ。土佐へ入れる」

「土佐ですか」

沖田の返事は、さっきから鸚鵡返《おうむがえ》しばかり。謀略のたぐいは、この天性のアスリートにはよくわからないのだろう。

「土佐藩は、もはやむかしの（佐幕的な）公議政体論の藩じゃないよ、総司。おもてむきは

そのとおりだが、内実はもはや浮浪の徒どもの梁山泊《りょうざんぱく》さ。こっちとしちゃあ、その梁山泊の情報がぜひとも知りたい。わかったか？」

「わかりました」

こうして村山は新選組に入隊し、陸援隊に入隊した。じつは村山謙吉という名前も、陸援隊に入るとき近藤にあたえられた偽名だったのである。

†

牛鍋の夜から二日後、十月九日。

この日の陸援隊は、朝から、

「坂本《さかもと》さんが来る」

というので大さわぎだった。

坂本さんとは、坂本龍馬《りょうま》。

もともとは身分の低い家の出ながら、いまや陸上にあっては土佐藩の代表的論客として各藩要人のあいだを奔走し、海上にあっては海援隊《かいえんたい》の実質的隊長として藩をこえた通商活動を展開している。ほとんどの隊士は知らないが、すでに、

「船中八策《せんちゅうはっさく》」

とよばれる討幕後の新国家構想でもって山内容堂《やまうちようどう》を動かしているあたり、ここ一、二年の日本の時勢にとって最重要人物のひとりだった。

その坂本が、白川へ来る。

盟友・中岡慎太郎などは、

「しっかり準備しろ。龍馬をびっくりさせるんじゃ」

などと隊士たちを叱咤しては、大砲をならべさせ、高張《たかは》り提灯《ぢようちん》をかかげさせ、あげくの果てに昼日中《ひるひなか》からかがり火を焚かせるしまつだった。

このさわぎが、村山謙吉には耐えられない。

逃げるようにして陣屋を出て、誰もいない場所をさがした。

藩邸の北西すみの塀の内側、雑蔵《ぞうぐら》とのあいだの狭い通路。一日を通して陽《ひ》がささず、あたかも抹茶の粉をふりかけたように地面がまだらに苔生《こけむ》している。村山はうずくまり、ひざを抱えて、

「間者は、いやじゃ」

つぶやいたとたん、涙が出た。護身のために入ったはずの新選組で、どうしてこんな危険な仕事をしているのか。まだ陸援隊に入って一か月にしかならないが、

(脱走するか)

夢想してみる。どう考えても無理だった。そんなことをしたら新選組と陸援隊の双方から

追われることになる。長州の討手にもふたたび目をつけられるだろう。とても逃げきれるものではない。

(俺の人生、こんなになるとは。子供のころは夢にも思わなんだ)

子供のころたらふく食ったあんころ餅の味をかなしく思い出していたところへ、

「村山さん」

東のほう、つまり陣屋に近いほうから声をかけられた。村山がはっと顔をあげると、そこには君子こと水野八郎のおだやかな笑みがある。村山は胸をなでおろして、

「なんだ、水野さんか」

「なんだとは何です。失礼きわまる」

水野は、のどやかな大和郡山なまりで笑った。村山はあわてて手をふって、

「そうそう、先日はかたじけない。拙者のために、まかないの折詰を」

「大したことじゃありませんよ。それよりも村山さん、こんなところで何なさってるんです？　どこへ行かれたんだろうって、みんな気にしてますが」

声が、どこか女っぽい。村山はいっそうせわしなく手をふりながら、

「いや、お恥ずかしい。じつは腹がくだりぎみで」

「腹くだりなのに、こんなじめじめしたところに？」

「あ、いや」

ひとつの嘘が、あらたな矛盾をよびおこす。嘘をつくのは才能なのである。村山はもう必死だったが、水野はにこにこと、

「はやく戻るほうがいい。間者だと知れたら大変でしょ」

村山は、きょとんとした。

つぎの瞬間、全身が凍りついた。

(この男、すべてを)

村山は腰をしずめ、大刀を抜いた。

(斬る)

抜いたまま、胴をなぎはらう。が、刃先が相手にとどかぬうち、

どっ

という鈍い音がした。右手の蔵の、まっしろな漆喰《しっくい》ぬりの壁に切っ先がくいこんでしまったのだ。

「あっ。くそっ」

村山はどかどかと蔵の壁を蹴り、そのいきおいで刀を抜こうとした。抜けなかった。にかわで固めたかのごとく微動だにしない。

と。

左の頰に、つめたいものを感じた。

「村山さん、得物《えもの》はまわりを見てえらぶものですよ。私が刺客なら、あなたはとっくにあの世ゆき」

つめたいものは、短刀の身《み》だった。

ぴたぴたと優しく村山の頰を打つ。なるほどこの狭い通路ではそちらのほうが適切だったと得心する余裕がこのとき村山にあったかどうか。カチカチと歯の鳴るのが自分でもわかった。

水野は、あくまでも柔和な目つきで、

「どうして知ったか、それが聞きたいのでしょう?」

「え、あ……ああ」

「かんたんですよ。松原通の大丸屋といえば、上方《かみがた》きっての大店《おおだな》だが、新選組のあの趣味の悪いだんだら羽織の隊服をあつらえた店でもある。いわば息のかかった店。そういうところで土佐系の浪士がつかまったとなれば、目のある者にはすぐに知れます。とんだ茶番だと」

村山は、ほとんど白目をむきながらも、

「し、しかし、それだけで……?」

「最大の理由は、もっとかんたん。間者は間者のにおいがわかる」

「に、におい……」

水野はくすくす笑いつつ、

「まだわからないかな、村山さん。はっきり言おう。私も間者なんですよ。ただし私の場合、本貫《ほんがん》（派遣元）は新選組じゃなく、高台寺《こうだいじ》の御陵衛士《ごりようえじ》ですがね」

御陵衛士に関しては、前に述べた。

伊東甲子太郎《いとうかしたろう》という元来は新選組に属していた、そうして新選組史上もっとも文学的素養のゆたかだった男が、その弁舌のさわやかさで阿部十郎《あべじゆうろう》はじめ隊士たちを心酔させ、伊東派ともいうべき内部勢力を形成した。その勢力がそっくりそのまま新選組を去り、洛東高台寺塔頭・月真院《げつしんいん》に滞営したのが、すなわち御陵衛士の連中なのだ。その数、十五名程度。

思想的には薩長寄り、討幕派寄りで、したがって新選組とは相容《あいい》れないが、この時期には、両者はおもてむき円満な状態にある。その御陵衛士の連中も、

（間者を、用いていたのか）

村山には、このことが驚きだった。

その派遣先が土佐藩というのも意外だったが、おそらく伊東甲子太郎は、いまだ薩長からの信頼がじゅうぶん得られていないのだろう。連絡はかならずしも密ではなく、したがって情報を友好諸藩から得る必要がある。だから水野八郎をさしむけた。それにしても天下の情勢は、

（複雑すぎる）

村山は、ますます懊悩《おうのう》を深くした。敵も味方もよくわからない。誰もが誰をも信用してい

ない。理解の限界をこえつつあるが、それでもようやく感知したのは、

「御陵衛士ということは、水野さん、あなたも元来は……」

「そのとおり。新選組にいましたよ。もっとも、そのころは水野八郎なんて名じゃなかったが」

「何というお名前？」

「橋本皆助《はしもとかいすけ》」

「げっ」

村山は、また失神しそうになった。

その理由は、こんどは単純だった。村山がまだ新選組にいたころ、橋本の名はつねに語りぐさだったのだ。ほとんど英雄視されていたと言っていいだろう。

英雄にしたのは、後世、
三条制札《せいさつ》事件
と呼ばれることになる事件だった。新選組史上、池田屋以来とも言われた大乱闘。

きっかけは、公共物破損だった。幕府はむかしから、人の往来の多い三条大橋の西のたもとに制札場《ば》をもうけていたが、昨年の夏以来、ここに掲示された制札がまっくろに塗りつぶされたり、打ち割られたりしたあげく橋の下の鴨川《かもがわ》へほうりこまれることがたびたびあったのだ。

犯人は、単なる乱暴者ではない。

おそらく思想的確信犯だろう。なぜなら被害を受ける制札は、きまって長州藩を朝敵となし、長州人を罪人となし、その残党をかくまうことを禁じる内容のものだったからだ。

つまり犯人は討幕派浪士。幕府はこの件を、

「新選組に託す」

とした。

新選組は、ただちに動いた。

毎夜毎夜、制札場のまわりに多数の隊士をひそませた。現場責任者である七番組組頭・原田左之助は、

「賊は、かならずまた来る。そうして制札へ無礼をはたらく。そこを俺たちが押しつつんで、一網打尽にしてやるんだ。諸君、こいつあ斬りごたえがあるぜ」

そう言って隊士たちを鼓舞したが、この作戦は、もののみごとに的中した。九月十二日の子《ね》の刻（午前零時）ころ、にわかに八人の浪士が橋の上にあらわれ、制札場をかこむ木の柵をガタガタ蹴るような動きをしはじめたのだった。

原田らは、三隊にわかれている。

「それっ」

という声とともに、西から、南から、東から、制札場へ突進した。しゃしゃっという鞘《さや》か

ら刀を抜く音が立ち、白刃が無数の星のごとく光りはじめる。

一番乗りは、伊木八郎《いきはちろう》。

乱闘がはじまった。もともと浪士どもはたわむれ半分だったのだろう、戦意はなく、すきを見て西へ逃げようとしたけれど、西からも新井忠雄《あらいただお》はじめ新選組の一手十二人が押し寄せるのを見て、

「いざ、皇国の血礎《けっそ》とならん」

覚悟をかため、長剣をまっこうから振りかざしはじめた。

結局、新選組の圧勝だった。

賊方は藤崎吉五郎《ふじさききちごろう》、安藤謙次《あんどうけんじ》のふたりが死亡、宮川助五郎《みやがわすけごろう》が重傷を負いつつ生け捕りにされた。のこりの五人は逃げおおせたが、いずれも橋から河原へとびおりたから、ただではすまないはずだった。

いっぽう新選組は軽傷者数名を出したのみ。以後、制札場へのいたずらはぴたりとやみ、幕府の権威はひとまず保たれた。

京都守護職・松平容保《まつだいらかたもり》はこれをたいへんよろこんで、

「褒美をとらす」

褒美とは、金《かね》だった。

七番組で特に戦功のあった原田左之助ら四名にそれぞれ二十両の大枚がくだされたのは当

然としても、ここにひとつ、異例の措置がとられている。戦闘員のなかに入っておらず、そもそも正式な隊士でさえなかった、
橋本皆助
が、右の四人に次ぐ、十五両もの金をたまわったのだ。

橋本が、何をしたのか。

物見《ものみ》をした。つまり斥候《せっこう》。橋本はその夜、乞食のなりをして、橋の下でいびきをかいていた。そうして頭上でガタガタという不審な音がするや、むっくりと起きあがり、橋の上へあがった。

本来ならば、走ればいい。走って先斗《ぽんと》町《ちょう》通《どおり》を南へさがり、原田らの待つ会所へとびこめば斥候の仕事はそれで終わり。それ以上のはたらきは誰も期待していなかったし、また期待すべくもなかった。橋本ははだか同然、まるっきり無防備だったのだ。

ところが。

橋本は、むしろ歩いた。

歩く速度を落としつつ、放胆にも制札場のほうへ近づいて行った。そうして木の柵をのりこえようとしている賊どもへ、

「よいお月夜でございます」

と挨拶すらしたのだった。実際いい月だった。あたりは昼のように明るく、おたがい顔がくまなく見える。

浪人どもは、うたがわなかった。顔をしかめて、

「何だ、乞食か。去《い》ね去ね」

犬を追うように手をふっただけ。橋本は悠々と会所へ入り、原田左之助らへ、例ののんびりした口調で、

「敵は八人。いずれも少しく酒に酔っています。月代《さかやき》のひろさ、佩刀《はいとう》のながさ、ことばのなまりの具合からして、おそらく土佐系の連中ですな」

「こいつは」

と、原田はしばし絶句したという。これから命がけで戦うというときに、これはまた何という貴重な情報だろう。原田はのちのちまでも、

「褒金十五両は、むしろ安い」

と繰り返したというが、おそらく原田の口ききがあったのだろう、橋本はまもなく仮隊士から正式な隊士へと昇格し、さらに伍長に抜擢された。橋本皆助が英雄視されるのは、このときからのことだった。

後日、伊東甲子太郎とともに隊を去り、高台寺の御陵衛士一党へと加わったものの、新選組隊内ではやはり橋本の名は英雄のままだった。有能な密偵、情報戦の天才。

その天才が、

(水野八郎と名を変えて、この陸援隊に)

村山謙吉は、あいた口がふさがらない。

三条大橋のたもとで土佐系浪士にさんざん煮え湯を飲ませた男が、いまは土佐藩の藩邸にいる。何くわぬ顔で藩のめしを食っている。

「まあ、それは過去の話でね」

そう言いつつ、水野八郎は、村山の頰から短刀を引いた。そうして、あくまでも友好的な口調で、

「とにかく村山さん。おなじ間者どうし、仲良くやるとしましょうよ。ね」

村山は、返答できない。

できないまま、いまだに蔵の壁へくいこんだ長刀をぐいぐい引いている。ほとんど惰性の行動だったが、ようやく刀がぽろりと抜けた。村山はあわてて鞘におさめつつ、

「わ、私を告発しないのですか」

「告発。誰に?」

「中岡さんに」

「しませんよ。そんなことをしたら、あなたも私を間者だと言いつのるでしょう。この世は相身互《あいみたが》いです。そうでしょう、村山さん」

で、ふと気づいたという感じ

「まあ、私に言わせれば、陸援隊も新選組もぼんくら揃いという点ではおなじ穴のむじな。告発されたところで、きりぬける自信はありますがね」

その口調は、どこか碁や将棋をたのしんでいるようだった。

水野はくるりと背を向けると、二、三歩、足をふみだしてから、

「そろそろ戻りましょう。みんながあやしむ」

「は、はあ」

†

いっぽう、その「ぼんくら」の新選組。

沖田総司は屯所内の自室で、ひとり竹刀の素振《すぶ》りをしていた。

ひとふりするたび汗が散り、畳がざりっと擦《す》れる。ときどき跳躍して床柱へ打ちこんだりもするから、勘定方の安富才助《やすとみさいすけ》あたりに見つかったら、

「沖田先生、稽古なら道場でおねがいします。畳替えならいくらでもしますが、床柱は替えられません」

と懇願されるにちがいないが、しかし沖田としては、うっかり道場へ出たりして、隊士の

前で、

（もしも、血を吐いたら）

そのことに自信がもてなかった。

おそらく、労咳《ろうがい》（肺結核）なのだろう。

沖田はいまや、そのことを確信していた。のこされた命も長くはあるまい。けれども沖田は、できるかぎり、

（かくしとおす）

その強い意志をもっていた。

隊の統制上よろしくないということもあるが、何より、一介の剣士として他人に弱みを見せたくなかった。たとえそれが、近藤勇、土方歳三というような江戸試衛館《しえいかん》以来の仲間であっても。

もっとも、波がある。

体調のいいときと悪いときの差が激しい。久万山要人が殺されたと聞いた夜などは気分もよく、みずから検分へも出かけられたが、屯所へ帰ったとたん息ぎれがして、起きあがれなくなってしまった。次の日には血を吐いた。

それから三日。いまは素振りができるほど気分がいい。体もうごく。はじめはブーン、ブーンだった竹刀の空《くう》をきる音が、いまはピッ、ピッという鶺鴒《せきれい》の声のようになっていた。

沖田は、のどが渇いた。竹刀を置き、汗をふきつつ障子をあける。廊下には男がひとり立っていた。

水を飲もうと思った。

「どうした、山崎さん」

沖田は、目を見ひらいた。監察・山崎烝は実直そうに一礼して、声をひそめて、

「ご報告にまいりました。久万山殺しの、下手人の目星がつきましたので」

「ほう」

「土佐の陸援隊の者」

「え？」

沖田は首をかしげ、部屋のなかへもどりつつ、

「しかし山崎さん、あの一件、新選組内部の者のしわざでは？」

「いや、はじめは私もそう思いましたが」

山崎も部屋に入り、正座して説明した。

はじめは山崎も内部の者をうたがった。久万山の部下・穂積小三郎がその最有力だったことは前にも沖田へ報告したとおりだ。が、穂積が無実だとわかってから、山崎はあらためて隊士すべてに当夜の行動をたずねてまわったところ、

「不審な者は、ありませんでした」

みな、ひとり歩きの厳禁を遵守《じゅんしゅ》していたのだった。犯人は組外《くみがい》の者ということになる。

「だとしても」

沖田がそこで口をはさんだ。山崎と相対《あいたい》するよう正座しているが、この日は咳もあまり出ない。

「だとしても、やはり顔見知りの犯行であることはまちがいない。そうでもなければ、あの久万山さんが背中をやられるなどあり得ない」

「そこで思い出されるのは、久万山がもともと浪人者だったということです」

久万山要人、伊予吉田藩の脱藩。入隊前には一年半の浪人ぐらしを経験している。そのころの顔なじみが犯人だとすると、そいつはいまごろ土佐の陸援隊に身を寄せている可能性がある。陸援隊は、近ごろもっとも派手に浪士をあつめている勤王勢力だからだった。

「どっちにしても、山崎さん。下手人はかなりの手練《てだ》れですよ。陸援隊でも一、二をあらそう使い手でしょう」

「そこのあたりも内偵しました。例の、橋本皆助君に報告させたのです」

「橋本君か」

その名前は、沖田もよく知っている。

「有能な間諜《かんちょう》だそうだね。いまは陸援隊にもぐりこんでいる」

「はい。それによれば、陸援隊には、高落喜三郎という者がいるそうです。三度のめしより人斬りが好きという豺狼《さいろう》のごとき男、なおかつ阿波出身。久万山とおなじ四国の出です」

「その高落氏《うじ》を、いったいどうおびき出すか。こっちから土佐藩邸へ打って出るわけにもいかぬし」

「それもまた、間者の役目ですよ」

山崎は、しのびやかに笑った。

沖田は一瞬、その意味がわからなかったが、やがて山崎の目をひたと見て、

「なるほど。おもしろい」

†

橋本皆助は。

いや、水野八郎は、あっさり高落喜三郎を藩邸外へさそい出すことに成功した。

「高落さん。お願いがあるのです。木屋町《きやまち》へいっしょに行ってほしい」

「木屋町へ？」

「三条小橋を下がったところの水茶屋に、その、ほれた女ができましてね。顔を見たいのは山々ながら、近ごろは夜道もなかなか物騒で」

「いくじがないな。それでも武士か」

「内密に願います」

「やむを得ん。つきあってやる」

そう言いつつ、高落は、舌なめずりせんばかりの顔をしたという。よほど物騒が好きなのだろう。

ふたりはいま、夜道をならんで歩いている。

今出川《いまでがわ》口から京へ入り、烏丸通を南へ折れた。だいぶん遠まわりをしているが、これも高落の提案によるのだろう。ながく歩けば歩くほど、夜盗のたぐいと遭遇する確率が高まるからだ。

(今宵はきっと、何かある。ただではすまぬ)

さっきから緊張しているのは、ふたりのうしろを歩いている男である。村山謙吉だった。

ふたりを尾行しているのだ。

こんな仕事には慣れていないから、ときどき追いついてしまいそうになる。あっと思って足をとめると、こんどは夜闇《よやみ》のなかに見うしなって、

「いかん」

音を立てて走りだすしまつ。われながら稚拙《ちせつ》この上ないが、それだけに、おなじ間者でも、

(水野さんは、すごい)

あらためて、ため息をつかざるを得ないのだった。

何がすごいか。もちろん、子供に飴玉をやるような簡単さで高落を夜道へひっぱり出したその口巧者《くちごうしゃ》ぶりもだが、何より、ふだんの立居振舞が、

（天賦のものだ）

あの狭い通路でのやりとりののち、村山はそれとなく水野の言動に注意を払っていた。

水野はどこまでも中庸だった。美男すぎず醜悪すぎず、背は高からず低からず。性格はほがらかで、しかし調子に乗りすぎるところがない。酒はほどほど。服装はこざっぱり。意見はするが主張はしない。礼儀正しいから敵も親友もつくらない。

和して同ぜず、群《ぐん》して党《とう》せず。まさしく論語における、

（君子、そのもの）

そう気づいたとき、村山はようやく腑《ふ》に落ちたような気がしたのだった。密偵の才とは、つまり君子の才なのではないか。

それだけではない。

水野八郎は、一種のダブルスパイだった。

水野はもともと新選組にあった。それから新選組をぬけ出して伊東甲子太郎ひきいる御陵衛士一党へ参加したという経歴をもつが、おどろくことに、これもじつは、

「間者」

としての潜入だったのだという。

おそらく監察・山崎烝あたりがその才能に目をつけたのだろうが、そうしたら、こんどは御陵衛士でも伊東甲子太郎に見いだされて、

「間者として、土佐陸援隊にまぎれこんでほしい」

伊東もまさか新選組の手の者とは思わなかったのだ。水野はうなずいて、

「一命、任務に抛《なげう》ちます」

甲から乙へ、乙から丙へ。玉突き式の密偵だった。

もちろんこれは、新選組に対する裏切りだろう。粛清されてもおかしくない。が、水野はどういう詭弁《きべん》を弄《ろう》したのか、いまでも新選組とは縁が切れていないばかりか、良好な関係すら保っているという。陸援隊で得た情報を、これは新選組むけ、これは御陵衛士むけと、勝手に判断した上ふりわけているのだ。

その処世、ほとんど曲芸じみている。

（この俺と、ほんとうにおなじ人間か）

村山は、そう思わざるを得なかった。この日の昼もそうだった。水野はまるで見世物小屋へでも誘うような口ぶりで、

「村山さん。今夜はね、新選組と高落さんの一騎討ちがありますよ。尾行のふりして見にいらっしゃい」

そう耳うちした。水野八郎という男、もはや危ない橋をわたるのが快感になっていたのだ

ろう。

(ばけものめ)

村山はつばを吐きつつ、この夜、なおも尾行をつづけている。

先を行くふたりは、ようやく綾小路高倉の四つ辻へさしかかるところだった。数日前、ちょうど新選組の久万山要人が殺害された場所だということは、村山は知るよしもない。

と、

「何やつだ?」

という、高落の声が聞こえた。緊張をはらんでいる。

(来た)

村山はいっきに距離をつめ、天水桶《てんすいおけ》のかげにうずくまった。桶は六石《こく》入り、一抱えほどの大きさがあるから、さしあたり姿はかくせるだろう。

高落は、ひとりの痩せた男によって行く手をはばまれている。

痩せた男はふところ手をしたまま、しずかに、

「高落喜三郎殿、ですね?」

高落は、はやくも刀の柄《つか》に手をかけながら、

「いかにも高落である。名を名乗れ」

「新選組、沖田総司」

その瞬間、高落は、幸福の絶頂というような表情をして、

「夜あそびの途中か。運が悪かったな」

抜刀した。沖田は手を出し、ひろげて見せつつ、

「あ、待ってください」

「臆したか！」

まっこうから振りおろした。沖田はうしろへ跳んで避け、

「よしましょう。陸援隊とはみだりに紛争せぬよう近藤局長に言われてるんだ」

「知ったことか」

「やむを得ん」

沖田は刀を抜き、高落の刃《やいば》を受けとめた。ガツンという荒けずりな音とともに、オレンジの火花がぱっと散る。

高落は、休まない。

息つぐ間もなく、頭、胴、肩と攻めこんでくる。沖田はそのつど刀で受けたり、体をひねったりした。

太刀《たち》すじ、速い。

速いわりには間合いのとりかたがぎこちなく、上半身と下半身がべつの動物のようなのだが、それがかえって沖田の対応をむつかしくした。気がつけば、沖田は塀ぎわに追いつめら

れている。

とん。

という、背中のぶつかる音がした。それが合図であるかのように、高落は突きに転じた。突くには刀を引かねばならぬ。

それが、沖田のねらい目だった。高落が、

「やっ」

と刀をくりだした瞬間、沖田の手からも鞭のように切っ先がのびて、

「ぐっ」

高落ののどを完璧につらぬいた。高落の刀はわずかに沖田ののどを外れ、塀の黒板《くろいた》に突き刺さっている。

どこかで、犬の遠吠えがした。

高落の手がだらりと落ちた。

沖田は、自分の刀で高落をもちあげ、その胸をどんと蹴った。と同時に刀を引く。高落の体はほんの一瞬、宙に浮いた。

そのままどさりと地上に落ちた……と思いきや、奇跡が起きた。

高落がしっかと地をふみ、立ったまま、右手を一閃させたのだ。おそらく意識はなく、一種の不随意運動だったのだろう。銀色の刃が沖田の顔をわりつけた。

沖田はのけぞった。間に合わなかった。鼻先にひとすじ、糸のごとき傷を引かれた。高落はくたくたと脱ぎ捨てられた着物のように地にくずれ、こんどこそ微動だにしなくなった。

死体には、沖田は一瞥《いちべつ》もくれぬ。

鼻のあたまを指でなで、その指をぺろりとなめてから、

「橋本君」

つめたい声で呼びかけた。

「橋本君。いや、陸援隊では水野八郎君でしたね。ひとつ聞きたい。どうして久万山さんを斬ったのですか」

水野は、少し離れた路上にいる。

立ったまま、息をつめて沖田と高落の戦いを見ていた。腰をしずめて、

「……何のことです」

鯉口《こいぐち》を切った。

沖田は淡々と、

「半信半疑だったけれど、いま確信した。たとえ以前からの顔見知りでも、高落のような凶暴な人は油断できない。久万山さんが背中を見せるなどあり得ない」

「………」

「下手人は君だ、水野君。君はもともと久万山さんとは新選組で相知《あいし》りの仲だし、例の三条

大橋の制札事件で顕著なはたらきをしてもいる。久万山さんは、よほど安心していたのだろう。背中を見せたところを一刀のもとに……なぜです？」

水野は刀から手をはなし、両腕をひろげて、

「お気づきになられましたか。いや、さすがは沖田先生」

きゅうに饒舌《じょうぜつ》になった。声の質までが変わっている。

「じつを言うと、拙者、その晩、たまたま陸援隊隊士数名と先斗町で飲食しておりました。店を出てぶらぶら夜道を歩いていたところ、向こうから久万山さんが、たったひとりで歩いてくる。隊士のひとりが私に『斬れ』と命じるので、私は間者であることを疑われぬため、やむを得ず……」

（ほんとうかな）

と、村山は、天水桶のかげで首をひねっている。

先斗町で飲んだのは事実だろうが、実際は、ただおもしろ尽《ず》くで斬っただけなのではないか。

間者には、間者の自己顕示欲がある。

世間は誰も知らないが、あれはじつは俺のしわざなのだ。そう言いたくてうずうずしている。水野八郎は、一種の天才であるだけに、そういう隠微《いんび》な自尊心もまた人一倍つよいのだろう。

沖田はすなおに、

「そういう事情でしたか。それではやむを得ませんね」

「やむを得ません」

「気持ちはわかります。私もおなじです」

「おなじ？」

水野は、目をしばたたいた。沖田は、

「君は、間者であることを疑われたくなかった。私もまた、武士であることを疑われたくない。どういう事情があろうとも、苦楽をともにした同志がうしろ傷をつけられて死んだ、そのけじめはつけなければ」

あらためて平青眼《ひらせいがん》にかまえ、一歩つめよった。

言いわけは通用しない。水野はそう悟ったのだろう。抜刀し、

「いやあっ」

というような叫びをあげ、沖田に向かって突進した。

水野八郎は、剣術もまた君子だった。

異常なところが微塵《みじん》もない。一挙手一投足がなめらかだし、継ぎ足、送り足といった足さばきによる間合いのとりかたもきれいだった。あらゆる人のお手本になるという点で、ひょっとしたら、

（高落喜三郎をも、しのぐのでは）

村山は、胃の腑がきりきり痛むのを感じた。

が、こういう相手こそ、沖田はもっとも御しやすい。水野のうごきが止まった刹那《せつな》、剣先をくるりと一回転させた。

「あっ」

水野の剣はまきあげられ、夜空へたかだかと跳んだ。

そうして三間むこうの路上に突き立った、ころには水野はもう沖田に背を向け、ばたばたと駆けだしている。なりふりかまわず逃げようというのだ。

が。

その目の前に、天水桶があった。

水野は急停止しようとしたが、間に合わなかった。体ごと真正面から衝突した。天水桶の上には小さな手桶がピラミッド状に積んであったが、衝撃でばらばらと飛び散り、しゃがんで見ていた村山の頭上へ雨のようにふりかかった。

「わっ」

村山は脳天を手でおさえつつ、立ちあがった。

水野はすでに走り去っている。村山の前には、ただ沖田総司ひとりがいるばかりだった。

新選組にいたころ、この一番組組頭を、

（こんなに近くで、見たことがあったか）

恐怖とも感動ともつかぬものが、村山の足をふるわせた。

沖田は、水野を追おうともしない。抜刀したまま、村山へ、

「君は……誰です？」

「村山謙吉と申します。陸援隊におります……間者として」

「間者。どこの隊から？」

「新選組から」

村山は、気が滅入《めい》った。水野のことは熟知していたのに、この人は自分のことを知らないのだ。

（ほんとうに俺は、間者の才能がないのだな）

沖田は、しずかに刀をおさめた。顔がゆがんでいる。横を向ぎ、ごほごほっと咳をしてから、

「ご苦労でした、村山さん。あやしまれたら事です。はやく土佐藩邸へお帰りなさい」

「はあ」

「帰るんだ」

沖田は、ほとんど叫んだ。すさまじい形相《ぎようそう》だった。

「は、はい」

村山は沖田の横をすりぬけ、飛ぶようにして、もと来た道を走りだした。走りつつ、

（なぜ）

わからなかった。沖田はなぜ水野八郎を追わなかったのか。いや、それ以前に、そもそも水野が天水桶にぶつかったときなぜ背後から斬ってしまわなかったのか。

（敵のうしろを襲うのを、いさぎよしとしなかったのか）

とも思ったけれども、

（やはり、ちがう）

武士の武士らしさに極端にこだわるのも新選組だが、同時に、その必要があれば武士のたしなみなど弊履《へいり》のごとく捨て去って恥じないのもまた新選組の連中なのだ。村山はそのことをよく知っていた。乱世の道徳というものなのだろう。

村山はほどなく、土佐藩邸にたどり着いた。

沖田総司が労咳を病んでいることは、終生、村山は知らなかった。

†

村山謙吉は、こののち、間者だとばれた。

一、白川邸浪人（作者注・陸援隊）ノ内《うち》新撰組一人コレ有リ、小目付《こめつけ》一同立越《たちこ》サセ召捕《めしとり》、河原町牢ニ入《いれ》候事

と、土佐藩大目付・神山左多衛《こうやまさたえ》の慶応三年（一八六七）十一月十六日の日記に見える。おそらく間者狩りのようなことがおこなわれたのだろう。村山はとらえられ、河原町藩邸内の土牢《つちろう》へぶちこまれた。

その後のことは、わからない。

わからないが、当時の土佐藩士たちが新選組に対して持っていた極端な悪感情をかんがえると、無事放免されたとは思えない。おそらく刑殺されただろう。村山は、その生きかたの不器用さが命とりになった。

いっぽう。

もうひとりの間者である水野八郎は、たくみに危機を回避した。間者狩りをのがれるとともに、もはや徳川幕府には、

「未来がない」

と見たのだろう、新選組とも御陵衛士ともきれいさっぱり縁を切った。間者稼業から足をあらい、純粋な陸援隊隊士となったのだ。このため維新後は、明治新政府から陸軍の軍曹に任ぜられ、一種の警察職をあたえられることになる。水野八郎は、水野八郎の名のまま天下

晴れて公務員となった。

世わたり上手もここまでくると、一種、芸術的ですらあるが、さて歴史そのものを動かした力となるとどうだったろう。この点に関しては、ひょっとしたら、あの不器用な村山謙吉のほうが、上だったかもしれない。

というのも村山は、松原通の大丸屋で新選組に「捕縛」され、こっそり近藤勇らに面会したとき、

「薩長が一斉蜂起するという風聞があります。蜂起の日限は十月十五日」

というような報告をした。このことはすでに述べたとおりだが、幕府将軍・徳川慶喜《よしのぶ》が大政奉還の上表文《じょうひょうぶん》を朝廷に提出したのは慶応三年（一八六七）十月十四日、つまり村山の報告における一斉蜂起の一日前のことだった。

慶喜は、会津侯または幕閣を通じ、この報告を知っていた。だからこそ大政奉還を急いだ可能性がある。

よわむし歳三

武蔵国多摩郡石田村《いしだむら》の豪農・土方伊左衛門《ひじかたいざえもん》の四男坊である歳三《としぞう》が、天然理心流三代目宗家・近藤周助《こんどうしゆうすけ》に、

「入門をゆるされたし」

と手をついて頼んだのは、安政《あんせい》六年（一八五九）春のことだった。

近藤周助、六十八歳。

つぎの宗家はもう決めている。門弟のなかから人物、技量ともに第一の勝太《かつた》という男をえらびだし、実家の養子としたのだった。周助は勝太へ、

「どう思う？」

と聞いた。場所は、江戸小石川小日向柳町《こいしかわこびなたやなぎちよう》の道場・試衛館《しえいかん》。あくる日の晩のことだから、歳三当人はそこにはいない。

「だめでしょうな」

勝太は、言下に断じた。その荒磯《ありそ》の岩へごつごつ鑿《のみ》をあてて造りあげたような粗野な顔を

いっぱいにゆがめて、

「あれは、デレスケです」

デレスケというのは多摩および北関東の方言で、だらしないとか、不誠実とか。成人男子への評価としてはまず最悪に属するが、これはまあ、

(たしかに)

周助にも、そのように思われた。

何しろ歳三という男、仕事が長つづきしたことがない。十一歳のころ、江戸上野《うえの》の呉服屋・松坂屋《まつざかや》へ奉公に出されたときは番頭と大げんかをして家に帰ってしまったし、十七歳になって日本橋《にほんばし》大伝馬町《おおでんまちょう》のさる呉服屋で奉公したときは女中に手を出して放逐された。

いまはもう二十五歳になるというのに、どこへ腰をおちつけるでもなく、

「石田《いしだ》散薬」

という骨つぎ、打ち身にきく土方家伝来の薬の行商をしているという。そういうかたちで実家のすねをかじっているのだろう。

「入門は、みとめるべきではありません」

勝太は、師にそう言った。歳三の名など口に出すのも汚《けが》らわしいと言わんばかりだった。

「そうか」

周助はうなずき、ちょうど部屋へ入ってきた若い門人へ、

「お前はどう思う、総司《そうじ》？」

沖田《おきた》総司、十八歳。ひとたび木刀を取れば勝太をさえ打ち負かすことしばしばで、周助老人もつねに、

「勝太に万一のことがあったら、つぎの宗家は総司にたのむ」

と公言しているほどの天才だが、しかしその風貌は天才とはほど遠い。あどけない、よく日焼けした、単なる健康な一少年だった。どういうわけかにこにことして、勝太のななめうしろに着座して、

「どう思う、と言われましても。勝太さんとおなじです。もっとも理由は少しちがうでしょうね。歳三さんには悪いけど、あの人、からっきし腕力がないんだ」

天然理心流では、原則として竹刀《しない》はもちいない。

重さが半貫――一・八キロ超――もある独特の木刀を使う。にぎりの太さは通常の三倍。全身にしっかり肉がついていなければ素振《すぶ》りもままならぬしろものだが、

「歳三さんには、あれは無理でしょうね。背も低いし、もう二十五だし、これから修行するにしても切紙《きりかみ》か目録がせいぜいのところか」

ふわっとした口調ながら、言うことは冷酷をきわめている。切紙や目録というのは全六段階ある天然理心流の伝法《でんぼう》のうち最低の二段階の名称なのだ。

「その修行すら、あいつはするかどうか」

いるのだろう。

と、勝太はつぶやき、天井を見た。ほたほたと規則正しい音がするのは、外で雨がふって

雨だれの音を聞くうち、勝太は、ふと気づいたらしい。師の周助のほうへ顔をもどして、

「しかし宗家」

「何だね」

「そんなことを、なぜ私たちへお聞きになるんです？　歳さんはときどき、この試衛館へも顔を出してる。その人間も、剣の未熟も、宗家ご自身よくご存じのはずではありませんか。まさか入門をみとめるおつもりなのでは？」

周助は腕を組み、はじめて渋面《じゅうめん》をつくって、

「佐藤《さとう》家の口添えがある」

「……ああ」

そういうことか。勝太は、そんな失望の顔をした。

佐藤家とは、この場合、甲州街道日野宿《ひのじゅく》の下名主をつとめる旧家である。おなじ豪農でも屋敷に門をかまえるとか、玄関に式台をもうけるとかいう武家の普請をゆるされているあたり、特権階級に属している。声望、財力、群を抜いていることは言うまでもなし。

「お前も知っているであろうが、勝太よ、わが天然理心流一統はあの家の当主・彦五郎《ひこごろう》殿に世話になっておる。佐藤家の屋敷内に出稽古の道場もつくってもらったし、この江戸の試衛

館へもたびたび奉財してもらっている」

その金親《かねおや》に「ぜひに」と言われれば拒絶するのはむつかしい、周助はそう言っているのだった。勝太は不快げにそっぽを向いて、

「なるほど。歳さんの姉ののぶさんは、彦五郎殿のご妻女だからな」

「お前の気持ちはわかるがな、勝太。この不景気のご時世だ。理想《のぞみ》だけでは道場商売はなりたたんよ」

「……手かげんはしませんぞ」

「結構」

こんな師弟のやりとりを、沖田はあいかわらず笑いながら聞いている。

「こりゃあ歳三さん、苦労するなあ」

と、二、三度、首をふったのは、歓迎の意か、それとも心配しているのか。土方歳三、ほどなく入門をゆるされた。

†

むろん歳三は、おのれの評判を知っている。

特にあの生《き》まじめが人に化けたような勝太など、

（俺のこたあ、女ったらしの怠け者ぐれえにしか思ってねえ）

実際、これまでの人生は、典型的な末っ子のそれだった。われながら甘えん坊で、人気者で、話をさらうのがうまい。むろん着るもの食うものにこまったことはない。

しかも、役者絵から抜け出してきたような美男だった。

見知ったばかりの女に言い寄っても、相手はたいてい、かたちばかり抵抗を示しただけで歳三になびいた。なかには、

「心中する」

と言い出したのもひとりやふたりではない。日本橋大伝馬町の呉服屋で女中に手を出したのはほんの手なぐさみのようなもので、ほかにも行商の道すがら、いくつか女がらみの問題を起こしている。そのつど実家の土方家へ、

「あんたンとこの歳三が」

と苦情がもちこまれたことは言うまでもない。このまま泰平の世がつづいていたら、歳三は、つまらぬ色男のまま老残の身をさらしていただろう。

が。

ペリーが浦賀《うらが》に来た。

西洋文明そのものが巨大な津波となって押し寄せて来た。海から離れた武州《ぶしゅう》多摩郡の歳三の頭上へも、この津波はぞんぶんに飛沫《しぶき》をあびせる。歳三は興奮とともに、

「このままじゃいかん」

という個人的な焦燥をおぼえ、

「大樹様《たいじゅ》（将軍）を、おまもりせねば」

幕府への赤誠《せきせい》をめざめさせた。

この発想は、だいぶん飛躍があるように見える。少なくとも、こんにちの私たちの目には唐突の感はまぬかれまい。が、歳三にとっては唐突どころか、両者はなだらかに連結しているのだった。

というのも、土方家はもともと帰農の家であり、さかのぼれば先祖は武士だったという伝承がある。実際、この家の当主は、代々、

隼人《はやと》

という旗本ふうの名を名乗っていた。たとえば歳三の父なども、通称は伊左衛門ながら、正式には、

土方隼人義諄《よしあつ》

ということになっている。ペリー来航、黒船襲来という未曽有の国難が生じたいまこそ鋤《すき》鍬《くわ》をすて、刀をとり、徳川将軍の旗本へ馳せ参じなければならぬというのは、歳三には親への恩返しのごとく当然きわまる決意だった。女へちょっかいを出している場合ではない。

もっとも、そのためには、

（剣術だ）

これもまた当然のことだった。そこで歳三は行商のかたわら、めぼしい道場を見つけては門をたたいて、

「一手、ご指南を」

しかし何しろあきんどの身、ご指南の前にそもそも構えが決まらない。すり足もおくり足も見るに堪えない。どこの道場のあるじも指南料をたっぷり取り立てたあげく、

「出なおしてまいれ」

歳三はただ諸流派のつまみ食いしかできぬまま、二つ、三つと年をかさねるばかりだった。蝸牛《かたつむり》の背に乗ったような焦燥感。そんなとき、

「うちに来ないか」

と言ってくれたのが、姉のぶの夫、佐藤彦五郎だったのだ。

「歳三さん、私が屋敷に道場をもうけ、天然理心流の稽古場としていることは知っているだろう。天然理心流は寛政《かんせい》年間に鹿島神道流から分派したもので、さほど伝統があるわけではないが、古武術のながれを汲《く》むだけに、浮薄な流行を追うことはせぬ。実戦むきの剣法だ」

「はあ」

「もっとも、宗家の近藤周助殿は高齢でな。かわりに島崎《しまざき》勝太という青年が江戸から出稽古に来てくれる。お前とちがって実直な男だ。たしか、ひとつふたつ年上だが、剣の面でも人

間の面でも学ぶことは多い。よかったら口添えしてやろう」

歳三は生来、慎重な男だ。

すぐには諾とも否とも言わず、ただし佐藤家へはしばしば足をはこんで勝太と世間ばなしをしたりした。ときおり江戸へ出たときには天然理心流本店というべき小石川小日向柳町の試衛館をもおとずれて周助じきじきに技を見てもらったりもした。

いうなれば、研修期間をみずから設けた。その上で、正式に、

「入門をゆるされたし」

周助に手をついて頼んだのだった。数日後、

「ゆるす」

という知らせを彦五郎を通じて受け取ったときには、ほっとする前に、

（だいじょうぶかな）

と思ったという。兄弟子にいじめられるかもしれぬと本気で恐れた。天然理心流独自の極端にふとい重い木刀が、ずっしりと手のなかで底光りしている。

（いじめてやる）

†

と思う兄弟子は、たしかにいた。

原田左之助《はらださのすけ》、二十歳。

歳三より五つ年下だが、入門は半年ほど早い。ふだんは江戸の試衛館に居候している。館内屈指の槍の使い手だった。

或る朝、まだ酒ののこる頭をさすりつつ起き出してみると、光のさしこむ中庭の縁側で、勝太がひとり腰をおろし、脛《すね》に脚絆《きゃはん》を巻いている。

「おや、若先生。旅じたくですか？」

「いま起きたのか」

勝太は手をとめ、眉をひそめる。左之助は聞こえなかったふりをして、

「そうか、きょうは日野への出稽古でしたね。いまから出りゃあ、若先生の足なら日暮れ前には着くでしょう。むこうでは歳三が？」

一瞬、残忍な顔になった。勝太は、

（いやな予感が）

とでも思ったのだろう。目を伏せ、ふたたび脛に手をまわしつつ、

「……ああ。門人たちと、あらためて初顔あわせだ」

「俺も行く」

左之助は袖をまくり、左手で二の腕をしごきあげると、やおら行李《こうり》のある部屋へ走りだし

た。勝太はその背中へ、
助がつとめてしんぜる」
「着がえますから、ちとお待ちを。あのデレスケの入門披露の立ち合いの相手は、この左之助がつとめてしんぜる」

左之助は、伊予松山藩の出身。

藩士ではない。藩士につかえる中間《ちゅうげん》の家の出だった。

子供のころから頭の回転が速かったし、読み書きも上手だったが、それだけに毎日荷かつぎや門番などという単調な仕事をやらされるのが耐えられず、たびたび悶着《もんちゃく》を起こした。江戸への出府を命じられたのも、おそらく国もとでは持てあましたのだろう。

出府後まもない、或る晩のこと。

酒を飲んで三田《みた》の藩邸に帰ったら、年上の仲間がよってたかって言いがかりをつける。門限がどうのとか、ふだんの態度がどうのとか、まず他愛ないものだったのだが、左之助は、

「相済《あいす》みませんでした」

と口先だけで言えるような男ではない。よせばいいのに、

「先輩面《づら》していい気になるな。俺あなあ、上から俺を見るやつが大っきらいなんだ」

とっくみあいの喧嘩になった。

多勢に無勢。左之助は裸にされ、うしろ手にしばられ、猿ぐつわをかまされた挙句さんざ

なかった。


ん水をぶっかけられた。

「あやまれ、左之助。あやまればゆるしてやる」

と言われても、とうとう謝罪のことばを口にしなかったというから自尊心がよほど強い。

ほどなく左之助は脱藩したが、その脱藩も、こういうあたりの鬱屈に原因があったにちがいない。

そんな左之助が、どうして歳三を目のかたきにしたか。

ろくろく挨拶もしたことのない相手なのにだ。おそらくこれは、

(居候だからだろう)

と、勝太は見ていた。左之助という男はどれほど腕が立とうが、どれほど反骨心にあふれようが、しょせん世間的には道場にただめしを食わせてもらっている無宿者のひとりにすぎぬ。

ということは要するに金親である日野の佐藤家に食わせてもらっているということであり、こういう意識が、左之助のつよすぎる自尊心をして、

(ふん、いなか分限《ぶげん》が。いい気になりやがって)

過剰に反応させているのだろう。そうして歳三は佐藤家の姻戚《いんせき》。左之助にとっては「上から俺を見る」連中の筆頭だった。

さて、その日。

夕方ころ、勝太と左之助は日野に着いた。

甲州街道に面した門をくぐり、広大な庭をとおりぬけて母屋へ上がる。母屋はしばしば参勤交代中の大名なども泊まるだけに、切妻瓦葺《きりづまかわらぶ》き、式台つきで、床《ゆか》の高さが土間から三尺弱――約八〇センチ――もある。まことに堂々としたものだった。

もっとも、あるじの彦五郎への挨拶をすませてしまうと、勝太はさっさと草履をはき、庭へもどってしまう。門のちかくには神社の境内をおもわせる白い玉砂利の敷かれた一画があり、その上で、

「えいっ」

「とおっ」

などと声をあげつつ門人たちが稽古をしている。佐藤家の道場とは、つまり野天の道場だったわけだ。門人のひとりが勝太に気づくと、

「あっ。若先生」

たちまち全員あつまってきた。近隣の農家や商家の子弟がほとんどだから、素朴というか、剣術ずれのしていないのが勝太にはこのましい。たすき掛けのたすきも江戸の剣客のような白もめんはほとんどなく、稲わらを綯《な》った小汚い細縄ばかりだった。

そのなかに、歳三もいる。

勝太は歳三を横に立たせ、入門のことを告げた。みな生まじめに、

「よろしくお願いします」

などと頭をさげるけれども、左之助のみは少し離れ、肩ならしとばかり二本の木刀で素振りをしている。勝太の訓辞が終わったところで素振りをやめ、

「それじゃあ歳さん、初手合《はつてあ》わせといこう」

舌なめずりせんばかりの顔で、木刀を一本、ぽんと歳三へほうってよこした。

季節は、春。

あたりは夕やけ色でそめられていて、からすの声が聞こえる。門人たちが引き下がり、輪をつくった。その輪のまんなかで左之助と歳三がふたりだけ、蹲踞《そんきょ》の姿勢で相対《あいたい》する。

勝太がすすみ出て、

「審判は、私がつとめる。はじめっ」

合図の太鼓が鳴らされた。

左之助、歳三ともに立ちあがり、中段のかまえ。

（殺《や》る）

とまで、このとき左之助は思っている。

意図的に殺すのはゆるされないが、流れのなかで起きた「事故」ならば、

（誰も文句をつけられまい）

のちのち京へのぼって新選組の一員となったとき、同志だろうが敵だろうが、ふたことめ

には、

「斬れ斬れ」

と言ったという左之助の気のみじかさが早くもあらわれている恰好だが、ただし左之助は、歳三に対し、しゃにむに木刀をふりまわすつもりはない。

（のどを、突き破る）

その瞬間をねらっている。

もともと左之助は剣よりも槍のほうが得意だった。種田《たねだ》流をつかう。脱藩し、試衛館に来てからは剣の稽古もするようになったけれど、地金《じがね》が出るというべきか、左之助の体はやはり胴だの小手だのを取るよりも、伸びのある、

「突き」

で決着をつけたがるのがつねだった。今回もそうだった。左之助は、こまかく剣先を上下させた。

歳三は、あっさり誘われた。

木刀の位置がふらりと落ちた。白いのどぼとけがあらわれる。左之助は、

「うりりりりゃあっ」

自分でも何と言ったのかわからない巻き舌の喚声をあげつつ、どんと地をふみ、体ごと両手をつきだした。歳三は意外にも、

戛《か》っ
と払った。予想していたのだろう。

「わっ」

左之助の木刀が、右へながれた。

たたらを踏んだ。歳三の体にぶつかりそうになり、飛びしさったが、そのことがかえって
間合いを絶妙にした。歳三が右足をふみこんで、

「御免！」

まっこうから斬りおろした。

面あり。

左之助の負け。

……に、ふつうならなっていたろう。だが行商人はしょせん行商人だった。筋力がない。

まるで鳥黐《とりもち》にでも捕らえられたかのような太刀《たち》ゆきの遅さに左之助はむしろ啞然《あぜん》とした。

左之助にはじゅうぶんな時間があった。片ひざ立ちになり、木刀をにぎりなおし、あまつ
さえ歳三の右胴をぴしっと打ち返すだけの時間が。

「うっ」

歳三は顔をゆがめ、体をくの字におりまげた。

剣先があさってのほうを向いた。左之助は立ちあがり、がらあきの頭めがけて打ちおろし

た。防具はつけていない。歳三の頭は西瓜《すいか》のごとく割れ、赤いしぶきを散らすだろう。

「成仏っ！」

が。

左之助の木刀は、目標物にとどかなかった。

歳三のひたいの一寸《いっすん》上で、ごつごつした、岩石そのものの素手によって握りとめられた。

左之助は愕然《がくぜん》として、

「若先生！」

勝太は手首をひねり、それだけで左之助から木刀をもぎとると、

「聞こえなかったか？　胴一本で勝負ありだ」

「ど、胴……」

「いいかげんにしろ、左之助」

もう片方の手で音高く左之助の頬を平手打ちして、

「無私であるべき一番勝負に、お前は私情をもちこんだ。技倆《ぎりょう》以前の問題だ」

左之助はしおしおと首を垂れて、

「相済みません、若先生」

勝太はこわい顔のまま、こんどは歳三へ、

「あんたも、身を入れて修行せねばな」

歳三はしかし、意外な反応をした。目を光らせて、
顔こそ青ざめているけれど、

「もうじき夏の土用です」

と言ったのだ。

「はあ？」

左之助が口をあけると、歳三は目を光らせ、人間の意思そのものを押し殺したような声で、

「土用の丑《うし》の日に、左之助さん、ぜひ石田村に来てくれませんか。私の故郷です。この日野からは一足《ひとあし》です」

†

石田村は、歳三のふるさと。

いまも土方の実家があり、次兄の喜六《きろく》が当主となっている。

が、左之助がたずねて行ったところ、歳三はおらず、かわりに盲目の長兄・為次郎《ためじろう》が杖をつきつつ母屋から出てきて、

「きょうは土用の丑の日だ。歳三のやつあ、朝から浅川《あさかわ》のつゞみに行ってるよ」

「つゞみ……堤防《なみよけ》ですか？」

「そうだよ」

土方家を辞し、おしえられた堤防にのぼってみる。誰もいない。左之助はさわやかな風に頬をなぶられ、つかのま猛暑をわすれたが、いま来たほうを見おろすと、

「ほう」

村がまるごと視野におさまる。ちょっとした絶景だった。

高い場所から見るとよくわかるのだが、石田村は、ちょうど多摩川と浅川の合流点にあり、ほぼ全域が鏡のような水田になっている。よほど土が肥えているのだろう、民家はぜんぶで十四、五軒だが、そのいずれも、

(家構えが、どうして貧しくねえ)

しばらく景色を見ていると、

「左之助さん」

横から肩をたたく者がある。歳三だった。あきんどらしい如才ない笑みを浮かべながら、

「恐れ入ります。わざわざ来てくれて」

「来いって言ったのはお前だ。俺に何を見せたい？」

歳三は、以前の立ち合いのことなど悉皆《しっかい》わすれたという顔をして、川のほうを向き、

「あれですよ」

足もとを指さした。

川と堤防のあいだの細長い地帯にうじゃうじゃ雑草がはえている。暑苦しい緑色をした鉾《ほこ》形《がた》の葉っぱが無数にかさなりあうさまは、さながら草の密林だった。

その密林に、がさがさと五十人くらいの男女が分け入っている。

分け入りつつ、ひざの高さほどの葉っぱを摘んでは背中にしょった竹編みの背負籠《しょいご》へぽんぽん放りこんでいる。その手つき、体のうごき、町そだちの左之助の目にもじゅうぶん熟達しているように見えた。

「何だい、ありゃ」

「牛革草《ぎゅうかくそう》を採ってるんです。村人みんなで」

「牛革草って」

左之助は、思わず吹き出した。

「おいおい、ずいぶん厳《いか》めしい名前をたてまつったもんだな。俺の故郷の松山じゃあ、溝《みぞ》(どぶ)にはえてる蕎麦《そば》まがいって意味で『みぞそば』って呼んだもんだが。あんな雑草、あつめて一体どうするんだ?」

「黒焼きにして薬にするんです。土方家秘伝の石田散薬」

何しろこの草は、生命力が旺盛なのだ。

水のある場所ならどこでもはびこる。暑さに強い。まめだおしのような蔓性《つるせい》の寄生植物にからみつかれても決して枯れることがない。

その生命力のもっとも強くなるのが、すなわち土用の丑の日なのだ。この日に摘んだ葉っぱを黒焼きにして、粉にして、酒とともに服用すればどんな傷でも癒えること確実、そなえあれば憂いなし。土方家は毎年、この一日には、村人全員を駆り出して採集作業をさせるのが約百年前——宝暦《ほうれき》年間——からのならわしなのだ。

……歳三がそんなふうに説明すると、左之助は、うたがわしそうに横目を使って、

「ほんとに効くのかね？」

「効くも効かぬも信心しだい。いずれにしろ、私としては、きょうは采配をふるう義務《つとめ》がある」

「采配？　あんたが？」

「ああ」

「高みの見物してるだけじゃねえか」

「そうでもないんだ」

と歳三が得意顔をしたとき、背後のほう、つまり村の側の斜面から、十人ほどの老婆がぞろぞろ堤防をのぼってきた。

全員、からっぽの籠《かご》をかさねて五つか六つしょっている。のぼりきったところで老婆たちは歳三に頭をさげ、左之助にもさげ、それから籠をかさかさと横へひとつずつ置きならべた。

歳三が川のほうへ手をかざして、

「おおい、みんな。籠を代えろ」

葉っぱを摘んでいた五十余名がいっせいに顔をあげ、これまた斜面をのぼってくる。全員どっさりと葉っぱの入った籠を置き、かわりに空籠《からかご》をしょって下りていく。老婆たちは葉入りの籠をひとつ背中にしょい、ひとつ胸にさげ、ふたつ重ねて頭に載せ、ひょいひょいと器用に釣り合いを取りつつ村のほうへ下りて行ってしまった。

「なるほどな」

左之助は唇をすぼめ、すなおに賛嘆した。

「こうして人員を二組《ふたくみ》に……摘み取り組と運び出し組にわけておけば、大量の材料《たね》をすばやくこなすことができる。用兵の妙だ」

「用兵か。それじゃあ左之助さん、ぜひ陣形にも注目してもらいたい」

「陣形？」

左之助はまた川のほうへ目を落とした。全員すでに葉摘み作業を再開しているが、言われてみると、なるほど彼らの配置には一種の法則が見てとれる。

左之助から遠いほう、つまり川のほうには成年男子が配置され、近いほう、つまり堤防のほうには女子供が配されている。

「川のほうは下がぬかるみでね、ときにひざまで没してしまう。男でなければ歩くことすら困難なんです。いっぽう堤防に近いほうは、土がしっかり固まっているし……」

「斜面だから目の前の葉っぱを摘むのに苦労しない。女子供にぴったりだ。なるほどな。土方家の連中は、代々《だいだい》頭がよかったんだな」

「私が工夫したんです」

歳三は、あっさりと言った。

「もはや泰平の世ではない。髪の毛の赤い異人も来よう、諸色《しょしき》（物価）も騰《あが》ろうという乱世です。何が何でも旧習を墨守《ぼくしゅ》していたのでは人は腐る、国はほろびる。われわれはみな、どんな職業《いとなみ》にたずさわっていようと、仕事には知恵を出さねばならんのです。おっ？」

歳三が、とつぜん村のほうへ体を向けた。左之助は、

「どうした？」

「……もうひとつ、工夫があるのですが」

眼下にひろがる田んぼの向こうに、小高い丘がある。かなり遠く、小さく見える。その丘のてっぺんから、ひとすじ、白いけむりが立ちのぼっている。歳三は顔色を変えて、ふりかえり、川のほうの村人へ、

「おおい。みんな、ただちに葉摘みをやめろ。堤防《なみよけ》の外へ出るんだ。うちに集まれ」

全員、歳三の言うとおりにした。籠をしょったまま速やかに斜面をのぼりだしたのだ。籠にはまだ少ししか草が入っていなかった。女子供が先に堤防の外へ出る。あとから男たちも出る。最後の男が村へ避難したのを見とどけると、

「左之助さん。われわれも行こう」

左之助は、もう事情がわかった。川上を黒雲が覆っているのだ。

雲の下が、紗《しゃ》をかけたように霞んで何も見えない。激しい雨がふっている。歳三はおそらく丘の上にも目のいい男を配置して、気候の変化のきざしを見たら即座にのろしを上げるよう前もって命じておいた。いわば斥候というところだ。

左之助の頭上は、晴れている。

驟雨《しゅうう》などまるで異国の話でもあるかのごとく青空がひろがり、太陽がかがやき、季節はずれの雲雀《ひばり》すら歌いつつ舞っている。結局、この地域は、晴天のまま半刻《はんとき》(一時間)後異様な増水におそわれた。堤防をやぶるほどではなかったにしろ、歳三の機転がなかったら、葉摘みの村人はあっというまに押しながされ、東へはこばれ、水死体になって江戸湾にぷかぷか背中を浮かべていたことは確実だった。

(用兵の妙、だな)

長らく一匹狼めいた暮らしをしてきた左之助にとって、これは目のさめるような感興だった。歳三という集団のなかでちやほやされた——人を使うことに慣れている——お坊ちゃんにしかできないことだ、と思ったりした。

その晩、左之助は、土方家での酒宴にまねかれた。

座の中心は、歳三だった。本来ならば村人をねぎらう宴なのだろうが、かえって歳三のほ

うが村人から酒をつがれ、くどいほど感謝のことばを述べられたのは、あの水禍《すいか》を未然にふせいだ「工夫」の結果として、

(まことに、当然)

歳三は、ようやく村人から解放された。左之助のとなりの席についた。左之助は、

「あんた、これを俺に見せたかったんだな?」

歳三は、いくらか酔っている。照れたように髷《まげ》へ手をやり、

「ええ、まあ」

「あんたも負けん気がそうとう強いな。是非もねえ、みとめてやらあ。剣を使うのは俺が上、人を使うのはあんたが上だ。きょうはいいものを見せてもらった」

歳三と左之助は、肝胆相照《かんたんあいて》らす仲になった。

†

その後。

天然理心流における歳三の地位は、みるみる高くなった。

剣技そのものが上達したわけではない。上達どころか、歳三はとうとう、中極位《ちゅうごくい》目録

という全六段階のうちの下から三番目でその門人としての経歴が終わっている。それより上の免状はこんにち伝わっていない。入門から三年半、二十八歳でこの位置というのは、遅くもないが、決して早い加階《かかい》でもなかった。歳三の存在感のみなもとは、やはり左之助の言う、用兵の妙にあったのだろう。

入門の、翌年秋。

天然理心流一統は、武蔵国府中《ふちゆう》にある、

六所宮《ろくしよぐう》

への献額をおこなうことになった。六所宮は、現在の大國魂《おおくにたま》神社。

武技上達、一門隆盛を祈願して扁額《へんがく》を奉納することそれ自体は、むかしからどの流派でも当たり前にしてきたが、歳三はむしろ現世利益《げんせりやく》の好機ととらえ、

「若先生、ここは私にまかせてもらう」

そう勝太にことわってから、準備いっさいを取り仕切った。

門人たちを差配して紋服（神事のさいの）を新調させ、お神楽《かぐら》で舞う巫女《みこ》やお囃子《はやし》の手配をさせ、献額そのものの宣伝を各地でさせた。歳三は有能なプロデューサーだった。見物人への餅まきの餅をおどろくほど大量に用意させたのは、むろん天然理心流の評判を高めるためだった。このあたりの土地は、米は安いが餅は高い。むろん餅は門人総出で搗《つ》かせたのである。

扁額には、ことのほか気をつかった。

ほかの流派とならべて掲げられるもの故、これだけは、

「万金を積んでも、極上の品たれ」

門人たちを叱咤して、巨大な一枚欅《けやき》を手に入れさせた。

歳三はこれに磨きをかけ、彫刻師《ほりものし》へわたし、ぐるりに龍の絵をきざませた。流派名、宗家名、および千人余にのぼる門人の名などは、近在の書家、本田覚庵《ほんだかくあん》に依頼した。覚庵はまた名主でもあり、医者でもある声望あつき地方文化人。民心を熟知した人選だった。

式当日が来た。

勝太はじめ流派一統は、神事を終え、お神楽の奉納を終えると、木刀および刃引きによる型試合をおこなった。歳三みずからも出たが、これは名誉心からではない。型試合というのは一種の芝居のようなものだから、

(芝居は役者だ。美男が出れば評判になる)

利用できるものは自分の顔でも利用する。それが歳三のやりかただった。

歳三の企画は、大成功だった。

天然理心流の名がこの催事ひとつで大いにひろまったことは、こんにち、何よりも寄付収入に見てとれる。二百二十五両。これはもちろん歳三自身が精力的に各地をまわり、旧知の名主たちに頭をさげたからでもあるけれど、それにしても支出は百七十両、さしひき五十五

両もの黒字をはじきだした手腕には、

「……すげえ」

さしもの勝太も、目をむいた。ほぼ奇術ではないか。

勝太が歳三を、

——こいつあ、俺の右腕になる。

そう意識したのは、このときが最初だったのかもしれない。もっとも歳三の才覚はこれにとどまらなかった。一年後、おなじ六所宮の東の広場で、こんどは勝太の四代目襲名披露の、野試合
をした。おもだった門人ら七十二名をふたつにわけ、紅軍および白軍とし、模擬戦をおこなったのだ。

準備をひきうけたのはやはり歳三だったが、彼はまた、ことば本来の意味での「用兵」の才もぞんぶんに発揮した。当日の持ち役は紅軍の旗本衛士《はたもとえじ》、つまり大将の下の軍師というポジションだったが、

「それっ」

試合がはじまるや否や、たくみに命令を出しつづけたのだ。

或るときは奇襲、或るときは戦略上の撤退。歳三はじつにめまぐるしく、しかし効率的に麾下《きか》の兵をうごかした。勝負は一方的となった。紅軍はあっさり敵の大将を討ち取り、勝ち

をおさめたのだった。

「それまでっ」

太鼓役は、沖田総司。見物人は、わっと沸いた。

翌日も、やはり紅軍が勝った。あんまり一方的な展開ではデモンストレーションにならないから、三日目には歳三はわざと負け、二勝一敗にまとめることにした。勝太はこの戦況を、紅白どちらにも属さぬ本陣総大将として観閲していたが、

(すげえ)

の感を新たにしたという。剣技はとにかく、組織の統率者としての才能は、おそらく自分をも超えるのではないか。なお勝太は、この日以降、正式に師の近藤姓を継いで、

近藤勇

を名乗っている。

歳三は、いつしか行商から足をあらっていた。

専業の剣客になっていた。天然理心流という多摩の広大な地域にわたり千人以上の門人をもつこのいなかっぺ集団を強力に組織化し機能化するためには、結局のところ、

(あきんどでは、だめだ)

そう意識したのだった。歳三の心は武士になった。

とともに、性格もすっかり変わっている。

以前はいかにも商人ふうの、如才ない男だったのが、いまは自分でもおどろくほど寡黙、冷静、いっそ酷薄な人間になってしまっている。目つきも同様だったろう。これは自然の現象なのだろうか。それとも意識して性格をねじまげた結果なのだろうか。

歳三自身、わからなかった。ただひとつわかったのは、

(人は、変われる)

このことだった。

†

文久三年(一八六三)二月、近藤勇たち天然理心流の剣客が幕府の浪士募集に応じ、京のみやこへ上《のぼ》ったことは、この連作のべつの物語ですでに述べた。

彼らははじめ、烏合《うごう》の衆にすぎなかった。それが他派出身者と連携しつつ、あるいは反撥《はんぱつ》しつつ、しだいに組織としての態勢をととのえ、ついに新選組という幕末最強の警察組織にまで成長したのは、多分に副長・土方歳三の指揮のたくみさがものを言っただろう。

実際、土方は、ほかの誰よりも精勤した。上洛直後、壬生《みぶ》の屯所の部屋割りをしたことにはじまって、

資金調達

隊服調製（浅葱色《あさぎいろ》のだんだら羽織）
隊旗製作（「誠」一字に山形模様）
隊士の新規採用
隊規の制定
などを主導した。ほとんどは裏方仕事だったけれども、なかには隊そのものの根幹を決める仕事もあった。局長二名（芹沢鴨《せりざわかも》と近藤勇）を頂点とし、副長三名、副長助勤十三名を中心とする斬新かつ機能的きわまる職位体系をさだめたのは、土方の発案によるところが大きかった。

こういう土方の精勤を、

（娯楽《なぐさみ》だな）

そんなふうに見る隊士がいる。

原田左之助だった。左之助は、道場で隊士に稽古をつけてやったり、近所で酒を飲んだりしながら、ふと、

（六所宮の献額のころといっしょだな。裏方仕事。さぞや楽しいことだろう）

と土方を思いやることがあった。好意を込めてのことである。

ところが。

芹沢鴨を暗殺し、近藤派が完全に新選組を掌握した翌年のこと。左之助が、

——楽しいばかりじゃあ、ないらしい。

そう気づかされた出来事があった。

或る朝、土方に呼び出された。稽古をきりあげ、

「左之助ですが」

と声をかけつつ部屋をおとずれると、土方は、鉄瓶をつまんで杯に酒をつぎながら、

「おお、原田君か。いそがしいところをすまぬ」

（はて）

左之助は、小首をかしげた。

原田君、という呼びかたが気になったのではない。なるほど多摩にいたころは「左之助さん」と親しい呼びかたをしたものだったが、いまは土地も情況もちがう上、土方のほうが役職が上なのだ。そんな些細なことよりも、左之助は、

（酒か）

土方は、酔って用談をするような男ではない。ましてやいまは巳《み》の刻（午前十時）。よほど言いにくいことがあるのだろう。

案の定。

土方は、ふたつある杯のひとつを左之助の鼻先へつきだしつつ、

「……たのみがある」

「何でしょうかな、土方先生」

「古高俊太郎《ふるたかしゅんたろう》の件は、もう聞いたか?」

「ああ、けさ武田君たちが捕縛したそうですな。重畳《ちょうじょう》々々」

古高俊太郎とは、近江国《おうみのくに》出身の尊攘派志士。

この場合は、地下潜伏中の工作員と呼ぶほうが適切だろう。もともと勤王のこころざしが厚く、諸国の浪士とまじわっていたのが、近ごろ京へもぐりこみ、四条木屋町西入《にしい》ルの薪《たきぎ》問屋・枡屋喜右衛門《ますやきえもん》になりすましていた。

ふだん店を閉めているわりには下男下女もあり、相応の暮らしもしているようなので、新選組はかねてから目をつけていた。そこへ或るすじから確報を得たので、武田観柳斎《たけだかんりゅうさい》ら七名を派遣し、これを急襲せしめた。朝の五ツ(午前八時)のこと。

やはりと言うべきだろう、薪問屋などは表看板にすぎなかった。なかには大砲、砲弾、鉄砲、火薬、甲冑《かっちゅう》、それに諸国の浪士とやりとりをした手紙などが隠し置かれている上、押入れが抜け穴になっている。薪問屋には不要の脱出口だろう。

「言いのがれはできぬぞ。それっ」

武田らは古高をひっとらえ、壬生の屯所へ連行してきた。この大きな獲物に、屯所中が大さわぎになったことは言うまでもない。

「どいつもこいつも、稽古に身が入りやしねえ」

左之助はそう苦笑いすると、杯をぐいと干してから、

「で、土方さん、その古高がどうしたんです？」

「吟味には誰があたっている？」

「近藤局長が、じきじきに」

「やはりそうか。原田君」

土方は自分も酒を飲んでしまうと、ふうと息をついてから、

「君もいまから立ち会ってもらいたい。そうして古高の口から出たものを、局長に内緒で、逐一私に教えてほしい。古高はたぶん、さらなる大物の名を吐くだろうからな。播州《ばんしゅう》の大《おお》高又次郎《たかまたじろう》か、長州の吉田稔麿《よしだとしまろ》か、それとも肥後《ひご》の宮部鼎蔵《みやべていぞう》か。私はそれを、この手で討ち取りたいと思う」

（おいおい）

左之助は杯を置き、腕組みをして、

「局長を、出し抜くつもりかい？」

「私は手柄がほしい。どうしてもだ。つまり」

と、土方はそこで言いよどんでから、目を伏せて、

「……つまり、剣客としての」

左之助は、仰天した。

しばらくことばも出なかった。しょせん中極位目録である。犬が空を飛ぶ夢を見るようなものではないか。

「な、なあ、土方さん……」

「聞いてくれ左之助さん。私には、これまで手柄がひとつもない」

土方は、堰《せき》を切ったように話しだした。

それはたしかにそうだった。一年前、芹沢鴨ら八名が大坂で力士と乱闘したときはたまたま現場にいなかったのだから仕方ないにしても、その芹沢鴨の暗殺のときは、土方は、沖田総司の必殺の一撃のあと二の太刀をつけたにすぎぬ。手柄の残滓《ざんし》にすぎなかった。

大坂西町奉行所の俗吏・内山彦次郎《うちやまひこじろう》を殺したときも、近藤は沖田総司、原田左之助、永倉《ながくら》新八《しんぱち》、井上源三郎《いのうえげんざぶろう》という上洛以前からの同志四人をさそったにもかかわらず土方には声をかけなかった。それに、これは本稿の物語の約三か月あとの話になるけれども、新選組隊内にふたりの間者がまぎれこんでいることが判明したことがある。

御倉伊勢武《みくらいせたけ》、および荒木田左馬之助《あらきださまのすけ》。彼らは長州の桂《かつら》小五郎《こごろう》に意をふくめられ、隊にもぐりこみ、機密をこっそり尊攘派の公家や浪士へ洩らしていたのだが、どうやら、

「露見した」

とは思わなかったらしい。屯所でのんびり日向ぼっこしながら髪結いに月代《さかやき》を剃らせ、鼻歌まで歌っていたところを背後から三人の討手に誅殺《ちゅうさつ》された。この三人も、斎藤《さいとう》一《はじめ》、永倉

新八、林信太郎《はやししんたろう》であり、林などは土方の忠実な家来分であるにもかかわらず土方自身はくわわっていない。土方の手は、血でよごれてはいないのだ。こういうことでは、

「隊士たちにしめしがつかぬ」

というのが、土方の言いぶんだった。

「なあ左之助さん、私はこれまでただひとりの浮浪の徒をも斬り倒さず、しかし何人もの同志に出動を命じた。切腹を命じた。敵よりも味方を殺してきたのだ」

「それこそが副長の役目だ」

左之助は、ただちに反論した。

「それでこそ隊の綱紀がたもてるんだ。あんたが箍《たが》をしめなかったら、新選組っていう樽はあっというまに水が洩る。樽そのものがばらばらになる。あんたはあんたの得意によって、しめしをつけてるんだ。気にすることたあない」

われながら子供をあやすような口調だった。土方は聞かず、

「剣のはたらきこそ、武士本来のはたらきであろう」

(楽しそうに見えたがなあ)

左之助は、ひとつ勉強になったような気がした。土方の目には左之助や近藤、沖田のごとき天性の剣客がどれほどきらびやかに見えるのだろう。が、それはそれとして、

「やっぱり、だめだ」

左之助は立ちあがり、土方を見おろして、

「こればっかりは耳を貸すわけにはいかん。どうしても古高の密謀が知りたけりゃあ、あんた自身が吟味にくわわるんだ。何なら牢問《ろうもん》（拷問）にでもかけたらどうかね」

最後の一句はほとんど捨てぜりふだったが、土方はまじめに考えこんで、

「……牢問か」

「勝手にしろ」

左之助はきびすを返し、さっさと部屋を出てしまった。

†

牢問は、すでに始まっていた。

古高をうしろ手にしばって正座させ、割竹二本を麻糸で巻き合わせた箒尻《ほうきじり》でもって近藤みずからが打ちすえる。天然理心流宗家の打撃である。古高の背中は皮がやぶれ、血がにじみ、ぽたぽたと音を立てて土間にしみた。もっとも古高は、

「いかにも枡屋は仮の姿。本名は古高俊太郎正順《まさやす》なり」

と名乗った以外はひとことも口をきかず、目をつぶって耐えている。さすがは京へあえて潜入して同志の連絡役を引き受けようという男、むしろ近藤のほうが、

「こいつめ」

からりと箒尻をすて、一休みしなければならなかった。

土方が来たのは、ちょうどその一休みのときだった。近藤を牢外へまねいて、立ったまま、

「まだ吐かぬのだな？」

近藤はいまいましそうに舌打ちして、

「一賞に値する」

（それだけ密謀の規模は大きい）

土方は、かえって心をおどらせている。思いきって、

「引き受けようか。近藤さん」

「何を」

「牢問を」

「君が？」

近藤は、両目を針のようにした。この男が不審の念をあらわすときの癖なのだ。土方はうなずいて、

「会津藩には報告したのか？　まだだろう。彼らも古高には目をつけていた。早いところ手紙を書いておかんと機嫌がわるいぞ。役人はそういうところに妙にこだわる」

近藤は、わずかに狼狽《ろうばい》の色を見せながらも、

「しかし、君が……」

「なあに、疲れたら原田君あたりに代わってもらうさ。心配するな」

「では、たのむ」

行ってしまった。かたわらには隊士がふたり控えている。土方はきびしい顔になって、

「いまから言うものを支度しろ。すぐにだ」

土方がした拷問は、われながら、

（むごい）

と思わざるを得ぬものだった。

古高の両足首をしばって梁《はり》へさかさ吊りにし、足の甲から五寸釘をぶちこんだ。尖端が上を向きつつ足の裏から顔を出す。そこへ百目蠟燭《ひやくめろうそく》を立てて、

「それっ」

土方みずから火をつけた。とけた蠟がとろとろと足の裏にひろがり、くるぶしへ垂れ、脛《すね》のあたりを覆いはじめる。強烈な、斎場《やきば》のにおいが鼻を刺した。土方自身、目をそらしたくなったけれども、それもこれも、

（わが手柄のため）

古高は、無言。

無言のまま半刻（一時間）ほども堪《こら》えていたが、にわかに顔をゆがめたかと思うと、目を

ひらき、絶叫した。心が折れた瞬間だった。

†

自白の内容は、おそるべきものだった。

きたる六月二十日前後、烈風の夜をえらんで禁裏《きんり》に火をはなつ計画だったという。火の手があがれば京都守護職である会津藩主・松平容保《まつだいらかたもり》がまず驚愕して参内するだろう。つづいて中川宮《なかがわのみや》ほか佐幕派の公家も来るだろう。それをまとめて軍神の血まつりとし、孝明《こうめい》天皇をさらって長州へご動座したてまつる。

「……こいつは」

さすがの土方も、絶句した。発想があまりにも大きすぎる。

（虚言ではないか）

とも疑ってみたが、この場合、それを本気でやる理由がたしかに長州藩にはあった。前年（文久三年）のいわゆる八月十八日の政変によって彼らは京を追放され、藩主ともども、事実上の非合法あつかいを受けていたからだ。

いまや長州の人間は、政治的に失脚したのはもちろんのこと、長州の人間であるだけで犯罪者である。死に値する。こういう劣勢をひっくり返すには、禁裏の放火とか天皇の拉致《らち》とか、極端な手段に出るしかないのだ。

　実際、古高俊太郎の潜伏先には、大量の火薬や武器もかくされていた。計画は事実だろう。

（すぐに、動かねば）

　土方は牢を出て、近藤の部屋に行った。障子戸をあけるや否や、

「近藤さん。古高が吐い……」

　言葉につまった。

　左之助がいる。

　何やら話しこんでいたところらしく、嘘のつけない左之助はあきらかに「しまった」というような顔をしているが、近藤が機先を制して、

「どうした、歳さん」

　土方は近藤の前にすわり、古高の自白を報告した。近藤はみるみる怒気を発して、

「狂犬どもめ。何という非道を思いつくのだ。歳さん、市中巡察を強化しよう。見つけしだい斬る。蟻の子一匹みのがさぬ」

　土方はうなずいて、

「それがいい。やつらももう古高が捕縛されたことは知っていよう。善後策を講じるべく急いで会合をひらくやもしれぬ。そこへ踏みこんで一網打尽にしてしまえば……」

「宸襟《しんきん》は安んじたまい、新選組の名は天下にとどろく。またとない功名の機会だ」

近藤はやにわに立ちあがり、障子戸のほうへ歩きだした。みずから全隊士をあつめる気なのだろう。土方はその背中へ、

「近藤さん」

近藤は立ちどまり、しかしふりかえることはせず、

「何だ？」

「その踏みこみの役、ぜひ私に……」

「言うな」

近藤の後頭部が、きびしく遮った。

「原田君から聞いたところだ。君は私を出し抜こうとしている。気持ちはわかるが、君は屯所で留守をあずかれ。外出は禁じる。これは局長の命である」

「原田君……」

土方は左之助を見た。左之助はそっぽを向いている。近藤は、

「左之助をうらむなよ。君の身を案じるが故、あえて私に密告《さしぐち》したのだ」

「しかし、近藤さん」

土方は近藤へにじり寄り、着物の腰をつかまんばかりの体勢で、

「私には内向きの仕事のほうが向いていると言いたいのだろう。それはわかる。今回だけだ」

「歳さんに万一のことがあったらどうなる。剣客はひとり死んでもそれだけだが、あんたが死んだら新選組そのものが死んじまうんだ。留守をまもれ」

「いや、外へ出てもらいましょう」

と口をはさんだのは、左之助だった。

ばつが悪いのか、顔はそっぽを向いたまま。しかし口調ははっきりしていた。近藤は、

「何だ左之助。たったいま『出し抜かせるな』と言ったばかりではないか」

「考えを変えました。古高らの計画を聞いちゃあね。敵はおそらく少数じゃない。戦うとなりゃあ、一対一じゃなく、徒党対徒党の戦いになりますよ。用兵の妙が大事になる」

「用兵の妙」

近藤は、その語をくりかえした。

沈思しはじめたところを見ると、あるいは三年前、天然理心流四代目宗家を正式に継承したときの野試合のことを思い出したか。左之助はようやく首をうごかし、近藤の顔を正視して、

「軍略上の意見です。土方さんへの同情じゃない」

「よし」

近藤は立ったまま、ふたたび土方のほうを向いて、

「命がけだぞ」

「わかっている」

「幹部をあつめてくれ。軍議をこらそう」

近藤は座にもどり、あぐらをかいた。ときに元治《げんじ》元年(一八六四)六月五日。やはりと言うべきか、動乱は、この日の夜に起きた。

†

夜、五ツ(午後八時)。土方は、左之助とともに、祇園《ぎおん》会所に入った。

いわゆる祇園と呼ばれる地域の東のはし、八坂《やさか》神社の楼門下《した》。会所にはすでに近藤以下三十二名が集結していたが、隊士のなかには、土方のすがたを見るや、

「あっ。副長」

意外な顔をする者があった。土方は内心、

(無理もないな)

一抹のおかしみを感じたが、顔に出すことはしなかった。彼らはみな草履や駒下駄をはき、すずしげな単衣《ひとえ》の白い着物をまとっているが、着物の下にはずっしりと竹胴を着こんでいる。

さだめし、

――きょうが、自分の命日か。

神経をとがらせているだろう。むろん、土方自身もだ。

「全員、そろったな」

近藤が言った。広大な土間のいちばん奥で床几《しょうぎ》にすわり、思いっきり両脚をひろげている。その両脚のまんなかへ大刀――伝虎徹《こてつ》――をカタリと立てて、

「援軍は？」

土方へ聞いた。土方は近藤のかたわらに立ちつつ、

「通りには、それらしきものは見えなかった」

「何をしている」

近藤は、いらだたしげに舌打ちした。これまで何通も手紙を書き、

会津藩兵百五十人

彦根《ひこね》藩兵百五十人

京都所司代百人

京都町奉行七十人

淀藩兵百人

など総勢六百名ほどの応援を得ることで合意していたというのに、会所にはいまだ六百ど

ころか猫の子一匹あらわれない。土方は言った。

「古高俊太郎は、例の計画は六月二十日前後におこなうと言っていたからな。まだ十日以上もあると高をくくっているのだろう」

「ばかな」

近藤は、痰でも吐きすてるような音を立てて、

「古高はもう捕縛されたのだ。俺がやつらの一味なら、きっと計画は前倒しする。各藩はそう考えぬのか」

「さあな」

土方は、薄笑いした。三百年の泰平をむさぼった大組織などというものは、しょせん干し草をたっぷり食った鈍牛《どんぎゅう》でしかないのだろう。

(むしろ、牛であれ)

手柄はすべて悍馬《かんば》のものになる。土方はそう思い、

「近藤さん」

あごをしゃくった。近藤も、もとより期待はしていない。

「よし」

床几から立ちあがり、大刀を腰にぶちこんで、

「諸君、これより市中に打って出る。援軍はなし。死地へ出るものと心得よ。命を惜しんで

卑怯《ひきょう》のふるまいをさらすべからず。子々孫々の代まで勇名をとどろかす機は、ただこの一夜にあり！」

朗々と謳《うた》いあげると、隊士たちは、

「おう！」

息をふきこまれた人形のごとく、感奮《かんぷん》して会所を出た。

出るやいなや、二手にわかれた。

鴨川西岸組と東岸組である。西岸組は、近藤勇を長とする全十名の小隊であり、四条通を西へ折れ、鴨川をわたり、先斗町へ向かった。先斗町へ南から入り、北上しつつ茶屋、旅籠《はたご》、貸座敷等をしらみつぶしに調べるのだ。近藤の下には、
沖田総司
永倉新八
などがいる。いずれも上洛してから五指にあまる手柄を立ててきた連中だった。

いっぽう東岸組は、全二十四名。そのまま祇園にとどまった。いったん南へさがり、縄手《なわて》通《どおり》を北上しつつ、やはり茶屋、旅籠、貸座敷などをあらためる予定だが、この東岸組の隊長こそ、

（……俺だ）

祇園の路地を南へ歩きつつ、土方は、気の昂《たか》ぶるのをおさえかねた。

「おいおい、副長」

うしろから声をかけられた。ふりむくと、左之助が苦笑いしている。土方の鉢巻を指さしながら、

「そんなに肩肘張って歩いたんじゃあ、そこに仕込んだ鉢金《かね》がずれちまうよ。落ちつけ落ちつけ」

「そ、そうか」

土方は、ひたいに手をやった。左之助は腰のひさごを取り、ぐっと水を飲んでから、

「あせるこたあねえ。どっちみち手柄は俺たちのもんだ。俺たちは目をつぶって歩いても敵さんと出くわすんだからな。だからこそ局長もこっちへ土方さんを割り振った。そうだろ？」

そのとおりだった。屯所における軍議では、敵の浪士どもは十中八九、

「密会するなら、祇園だ」

と予想されていたのだ。

なぜなら、ひとつには、おなじ京の花街《かがい》でも先斗町より祇園のほうが面積がひろく、店の数も多い。単純な話だ。しかしそういう確率論はべつにしても、長州系浪士がこれまでよく使ってきた、
越房

井筒
嶋田屋
といった茶屋や料理屋はいずれも祇園のなかにある。だからこそ土方は、

「近藤さん。祇園は俺にやらせてくれ」

と軍議の席でみずから願い出たのだし、近藤も、

「うむ」

祇園に人数をさき、隊長を土方とし、みずからは沖田らとともに鴨川のむこうへ消えてくれたのだ。手柄をゆずる、その配慮以外の何ものでもなかった。左之助が用兵の妙うんぬんと言い添えたのも、おそらく近藤にとっては一種の建前にすぎなかったのだろう。

「だから、必定さ」

と、左之助はひさごを手でもてあそびつつ、なおも土方を励ましている。

「俺たちが敵と会うことは必定。あとは斬ればいいだけさ。ま、熟した木の実がぼたりと落ちてくるのを待つようなもんだ。気やすく行こうぜ」

「そうだ、そうだ」

「泰然々々」

つぎつぎと、背後から声をかけられた。この隊には左之助のほかにも、
井上源三郎

斎藤一
島田魁《しまだかい》
などという一騎当千のつわものどもが配されている。なかでも井上源三郎は多摩の天然理心流の最古参であり、三十六歳と年かさでもあることから、土方の心情をよく汲《く》んでくれているようで、

「副長さん、瀕死《ひんし》の重傷を負っても安心しな。俺にゃあ秘策がある」

「秘策？」

土方がまじめに聞き返すと、井上はおどけ顔になって、

「石田散薬」

左之助が爆笑し、つられて土方も破顔した。

そうこうするうちに五条通へ出る。祇園の街の南のはし。ここから彼らは少し東へ行き、縄手通で右へ折れ、北上しなければならない。探索のはじまりだった。

「いよいよだぞ」

土方が言う。さすがに左之助もひさごを捨て、唇を真一文字にひきむすんだ。

縄手通に入ると、まず水茶屋の「越房」の看板が見える。土方はひたいの鉢金を手でなおし、カチリと和泉守兼定《いずみのかみかねさだ》の鯉口を切ってから、

「頼もう」

あるじがあらわれた。新選組とわかると顔色を変え、

「へえ。な、なんぞ」

「御用改めである。滞留中の客すべての氏素性を申せ」

「すべてとは参りかねますが」

戸惑うふうを見せながらも、存外すらすらと説明した。客はこの界隈の商家の主人や番頭が多いようで、不審なところはない。

「邪魔をした」

店を出た。これだけのことで、のどがからからになっている。

つぎのねらいは「井筒」だった。玄関に入ると、あきらかに武士である男たちの声が奥から聞こえるが、

「芸州《げいしゅう》藩浅野《あさの》様のご家中の方《かた》どす。何でも発句《ほっく》のお仲間やそうで」

「浪人は？」

「おへん」

店を出つつ、土方の胸に、

（まさか）

ゆらりと不安がひろがった。賊どもは祇園にはいないのではないか。鴨川のむこうにいるのではないか。

そういえば、壬生の屯所では、近藤と沖田が立ち話をしていた。おおよそ脈のない先斗町でも、しいて言えば候補とすべき探索先が、

「ひとつ、ある」

というような話だった。

(あれは……何屋と言ったかな)

耳にはさんだような気もするが、思い出せない。たしか先斗町のはずれもはずれ、三条小橋の西の旅籠だったか。もっともそのときは、当の沖田でさえ、

「あれ？　何屋だったかなあ」

などと頼りないことを言っていた。その程度の重要度なのだ。

(心配ない。大魚はこっちを泳いでいる)

土方はみずからを叱咤しつつ、探索をつづけた。

当て外ればかりだった。もともと予定になかった店にも飛びこむのだが、大魚どころか雑《ざ》魚《こ》すら網にひっかからない。四条通が見えてきた。こうなると最後は、

(嶋田屋しか)

嶋田屋の主人なら、かねてから土方も見知っている。

諸国の浪士に同情的で、したがって新選組にはあまり協力的でないのだが、今夜の場合は、それだけに期待がもてるとも言い得るだろう。

この夜も、主人は、いかにも不本意だという顔をして出てきた。土方が、

「御用改めである。神妙にしろ。滞留中の客すべての……」

言い終わらぬうち、にやにや愛想笑いを浮かべて、

「あいにくどすなあ、壬生の剣豪はん。今宵はどういう塩梅《あんばい》か、にんべんのお客はんだけで」

頭をつるりと撫《な》でるしぐさをした。にんべんというのは花街の隠語で、侍と僧侶をさす。この場合は僧侶だろう。

「どけ」

土方は主人をおしのけ、左之助、井上源三郎らとともに草履のまま上がりこんだ。

ばたん、ばたんと障子戸をあけ、座敷をあらためる。主人の言うのはほんとうだった。比叡山《ひえいざん》あたりから下りてきたのか、どの部屋でも堂々と袈裟《けさ》をまとった連中が箸で茶碗を鳴らしたり、舞妓を横抱きにしたりと痴態をかくそうともしていない。全館貸し切り状態だった。夜ふけになれば、さらに僧侶にふさわしからぬ行為におぼれるのだろう。

（なまぐさ坊主め）

歯ぎしりしつつ嶋田屋を出ると、通りが騒がしい。路上の人々が、火事のうわさでもするような調子で、

「討入りか」

とか、

「何やら赤穂《あこう》浪士のような」

とか、

「女子衆《おなごし》は家に入れんと」

などと言い合っている。なかには逃げるように東へ行ってしまう者もあった。

（まさか）

と土方が思ったとき、西のほうから——鴨川のほうから——ひとりの男が走ってきた。

「久兵衛《きゅうべえ》ではないか」

呼びかけた。ふだんは祇園会所で雑用をしつつ、じつは新選組の御用聞きをつとめている男である。土方に気づくや、すがるように寄ってきて、

「土方様、土方様、すぐにご加勢を」

「加勢？」

「近藤様の一隊が、浪士の所在をつきとめたのです。乱闘になりました。敵はかなりの人数で、播州の大高又次郎、長州の吉田稔麿、肥後の宮部鼎蔵、みな打ち揃っている模様。はよう、はよう応援に。三条小橋の西の旅籠です」

「屋号は何と言う」

「池田屋」

土方は、血の気が引いている。

信じられない思いだった。三条小橋の西といえば、河原町御池《おいけ》の長州藩邸から歩いて五分もかからない。わかりやすすぎる。あまりにもずさんな選択と言うほかなかった。おそらく敵は、こっちが思っていた以上にあせっていたのだろう。

いや。

そんなことはどうでもいい。土方にとってはるかに衝撃的だったのは、近藤や沖田の、

(何という、引きの強さ)

偶然ではないのだろう。剣の神に愛された者は、その愛にふさわしい仕事の機会をあたえられる。そうでない者は蚊帳《かや》の外。それをもし運と呼ぶなら、運をもふくめて天才というものは存在する。ひるがえって自分はどうか。

「……土方さん」

うしろから、誰かが肩に手を置いた。

ふりかえると、左之助だった。

よほど心配そうな顔をしている。あの日野の佐藤家での立ち合いから五年あまり、土方は、この男がこんな景気のわるい顔をしたのをはじめて見た。

「なあ、土方さん、こういうこともある。気落ちしないで、つぎの機会に……」

「ありがとう、原田君。もういいのだ」

土方の顔に、おのずから笑みが浮かんだ。

自分でもおどろくほど楽しげな口調で、

「どうやら私は、そういう星まわりの下に生まれたらしい。これはこれで天稟《てんぴん》さ」

虚勢。

では、ないつもりだった。

自分は組織の統率者。裏で糸を引く男であって、おもてで剣をふるう男ではない。だからこそ天は不慣れな討入りを命じることをせず、あえて無駄足をふませたのだ。或る意味、これも引きの強さだろう。

(風が、すずしいな)

土方は、夜空をあおいだ。満天の星とはいかないが、ぶあつい雲が切れ、天の川がのぞいている。これから晴れてゆくのだろう。

土方は顔をもどすと、麾下《きか》の隊士たちへ、

「全員、ただちに西へ向かう。めざすは池田屋である。私にしたがえ。つづけ！」

まっ先に駆けだした。

新選組の事務官

京の夏は、初夏から暑い。

気温はさほどでもないが、盆地の底だから風が通らないのだ。もっとも橋の上などは例外で、すずやかな風がふと川から吹きあがってくることがある。川独特のなまぐささもない。京の気候を知りつくした大人たちにとって、橋の上は、またとない無料の納涼床《どこ》だった。

文久三年（一八六三）の、その季節。

その日の朝。鴨川にかかる四条の石橋は、しかし川風どころの話ではなかった。死体がころがっていたからだ。

町役人ふたりが検分に来た。顔を見あわせて、

「はて」

死体は、三十前後の男だった。どうみても浪人ではない。こざっぱりとした唐木綿《とうもめん》の着物の上に絽《ろ》の紋付の夏羽織をはおり、つややかな紺足袋をはいている。

名のある藩の藩士だろうか。それが袈裟斬りに斬られ、左手を斬られ、ごていねいに頭ま

で割られたあげく欄干にぐったりと背をあずけている。血のにおいが磯くさい。足もとで茶屋の紋の入った提灯がつぶれているのは、どうやら昨晩のうちに殺されたらしかった。

それはいい。

問題は、刀の柄《つか》だった。役人ふたりの視線はそこへ集中していた。大小それぞれに柄袋がかけられている。刀のぬれるのを防ぐため、ふつうは雨の日に使うものだ。

――これがために、抜けなかったか。

とはわかったが、役人たちは、

「どういうことでしょう」

「いや、これは」

「昨日《さくじつ》は、朝から晩まで……」

「お天気でしたな。雲ひとつなし」

「何のために、柄袋を」

「さあ」

立ちどまる人もない朝の四条の橋の上で、ふたりの役人は、いつまでも市松人形《いちまさん》のように突っ立っている。

†

三か月後、ひとりの男が壬生の屯所にあらわれた。

背がひくく、小太りで、髷《まげ》がぺしゃんこになっている。屯所の門の前で隊士をよびとめ、にこにこと、

「おたのみ申します」

「何の用だ」

「浪士組（のち新選組）組中《くみちゅう》のお方ですな。いや、恐れ入ります。聞くところによれば、貴隊はこのごろこの壬生に陣取り、会津中将様御預かりとなって、さかんに隊士を募集しておられるとか。さだめしお手元金も潤沢なのでしょうな。拙者も微力をつくしたく、ぜひご考試を願う次第」

自分の鼻を指《ゆび》さした。商人と見まがうしぐさだけれども、腰に二本もさしているし、口調そのものは卑しくない。

（浪人者か）

と見たのだろう、隊士はまばたきして、

「お名前は？」

「尾形俊太郎《おがたしゅんたろう》、二十五歳。肥後熊本藩脱藩」

「ほう、熊本とはめずらしい。道場へ上がられよ。上役がお話をうかがうであろう」

「道場？」

「そうだ」

「は、はあ」

俊太郎は気まずそうに返事すると、よく肉づいた頰《ほ》っぺたを指でぷるぷるかきながら、

「剣術は、からきし」

「上役へ申されよ」

道場へ上がったら、ほかの隊士はいなかった。朝早いせいだろう。俊太郎はひとりぽつんと板敷きの間《ま》のまんなかに正座した。

（いやに待たせやがる）

などと思っていると、

「お待たせした」

入ってきたのは、さっき門前で会った隊士だった。さっきの着ながしとはちがい、紋付の羽織に襠高袴《まちだかばかま》という貫禄ある正装に身をつつんでいる。

「あっ」

俊太郎は、腰を浮かした。隊士はいんぎんに頭をさげて、

「名乗りが遅れて失礼した。局長、近藤勇《こんどういさみ》です」

数年後なら、近藤にはとてもこんな暇はなかったろう。隊士募集の実務はみな土方歳三《ひじかたとしぞう》をはじめ、藤堂平助《とうどうへいすけ》、永倉新八《ながくらしんぱち》といったあたりに一任して、近藤自身はべつの隊務や政治活動に精を出しているところだった。

しかしこの時期はまだ隊そのものが出来て間《ま》がなく、もうひとりの局長である芹沢鴨《せりざわかも》も健在だった。このような小さないたずらもしたくなる程度には、近藤も心の余裕があったのだ。

俊太郎は、動じない。

「いやあ、これは参りました」

などと陽気に言っては、にこにこ頭をかいている。近藤はふところに手を入れ、俊太郎のひざもとに面籠手《めんこて》がころがっているのを見て、

「おや、防具は？　おつけにならなかったか」

「先ほども申したが、自信がない。剣での考試は勘弁していただきたい」

あっけらかんと答えると、こめかみを指でついてみせながら、

「頭脳《こちら》には、少しあります。いっときは非公式ながら藩校・時習館《じしゅうかん》の講筵《こうえん》にもつらなり、中島櫟園《なかじまきようえん》師について国学をまなびました」

「ほう、国学」

近藤は唇をつきだし、舌を鳴らした。好意的なしぐさだった。国学は、尊王論の思想的基

盤となる学問である。悪意の持ちようもないはずだった。

「つまり貴殿は、この浪士組に、文吏《ぶんり》として入隊したいとおっしゃるのだな」

「ご明察」

「よろしい。さっそく皆に紹介する」

(ほら見ろ)

俊太郎は内心、ほくそ笑んだ。

十年前、黒船が浦賀に来て以来、ここ京師《けいし》でも諸色《しょしき》の高騰がいちじるしい。米の値段などは倍以上になり、傘張りなどの内職をしても追いつかなかった。将来のことはどうでもいいから、いまこのとき、この刹那《せつな》、

——金がほしい。

浪士組に目をつけた所以《ゆえん》だった。

浪士組などしょせんは田舎出《で》の剣客集団、ろくな教養のもちぬしもいないだろう。自分の国学はよほど貴重に見えるだろう。会津藩主のおかかえなら給金《てあて》も悪くないはずだから、ときどきは祇園あたりで茶屋酒をやることもできる。

(妓《おんな》も、抱ける)

要するに俊太郎にとって浪士組とは、単なる就職先でしかなかった。

「ひとつ聞いておく」

近藤が、とつぜん声をひくくした。

誰もいない道場へひととおり視線をおくってから、

「尾形君。君はまさか、給金めあてで来られたのではないのであろう？」

俊太郎は空咳《からぜき》をして、

「まさか」

「ご存じのことと思うが、われらが結党の目的は、区々《くく》たる私《わたくし》の生活を立てることではない。京の治安をまもり、大樹様（将軍家茂《いえもち》）を護衛し、もって朝幕一和の実《じつ》をあげることにこそ存するのだ。そこのところを誤ると、殿内義雄《とのうちよしお》になりますぞ」

「とのうち……どういう方です？」

「元《もと》隊士です。君とおなじような文吏だったが、大義を知らず、保身に走り、むざんな横死《おうし》を遂げた。三か月前、四条の橋の上で」

俊太郎は、つばをのんだ。橋の上に自分の死体がころがる光景が思い浮かんだ。

「ぐ、ぐ、具体的には、どういう経緯で？」

近藤はしかし答えない。とつぜん立ちあがり、感情のない目で俊太郎を見おろして、

「君はもう隊士だ。同志からうわさを聞くであろう」

さっさと道場を出てしまった。

尾形俊太郎は、翌月には副長助勤に抜擢され、部下二名をあたえられた。たしかに国学の

教養は貴重らしかった。

†

「ああ、殿内さんか」
と、世間ばなしでもするように教えてくれたのは、おなじ副長助勤の井上源三郎《いのうえげんざぶろう》だった。井上は、三十五歳。はたらきざかりの年齢だが、新選組では近藤、土方、沖田《おきた》、原田《はらだ》といったような武州三多摩《さんたま》出身の主要メンバーと同郷でありつつ彼らより年かさであるためか、どことなく、
翁
というあつかいを受けている人だった。性格もある。縁側で猫でも抱いているのが似合う感じで、俊太郎も、おのずから入隊後まずこの人と親しむようになった。この日はふたりとも非番で、
「おい尾形君、天神さんを拝みに行こう」
と井上のほうから誘ったのだった。天神さんとは、菅原道真《すがわらのみちざね》をまつる北野天満宮《きたのてんまんぐう》のこと。いわゆる学問の神様だから、俊太郎には打ってつけだと思ってくれたのだろう。
参拝の帰り、ふたりは参道の茶店に入った。

床几にすわり、道ゆく人をのんびりとながめつつ、井上は、

「殿内さんはね。ありゃあ宗家に殺《や》られたんだ」

熱い甘酒をすすった。

「宗家？」

「近藤さんさ」

「むぐっ」

俊太郎は、のどに餅がつまった。

息ができない。あわてて茶を飲もうとしたが、茶碗はからっぽだった。井上が、

「これ、俺のを」

甘酒の碗をよこしてくれたので、それで餅をながしこみ、息をふきかえした。物価高のあおりを受けて餅が小さくなっていなかったら、あるいは窒息死していたかもしれぬ。

「か、かたじけない。助かりました」

俊太郎は井上へ碗をかえし、肩で息をして、

「局長が、殿内さんを？」

「ああ」

「そのことは、口外厳禁なのでしょうな」

「べつに」

秘密でも何でもない。だいたい近藤自身にしてからが、郷里にあてた手紙に、

同志殿内義雄と申す仁、去る四月中、四条橋上にて討ち果たし候

うんぬんと平気で書いているし、隊内でもみずから話題にするという。人を殺すのは悪いことだ、などという社会の常識はここにはないのだ。

「殿内さんは、教養がありすぎたのさ」

殿内義雄はもともと上総国武射郡森村《かずさのくにむしゃごおりもりむら》の名主の末子として生まれたが、頭がよく、江戸湯島《ゆしま》の、

「昌平黌《しょうへいこう》」

への入学をゆるされた。幕府直轄の学問所、のちの東京大学の源流のひとつ。何しろ本を読む力が抜群だったという。

その昌平黌で、どうやら友人に水戸学をふきこまれたらしい。殿内は時勢にめざめ、上洛をこころざし、幕府の募集に応じて浪士組に参加した。

上洛後、領袖《りょうしゅう》である清河八郎《きよかわはちろう》が、

「諸君。江戸に帰ろう」

浪士のほとんどを連れて京を離れてしまったことは前稿でもふれたが、のこされた二十数

名の滞京者のうち、にわかに権威の高まったのが殿内義雄にほかならなかった。その学歴が、幕府や会津藩といったような上部組織に信用されたのだ。

たとえば幕府の浪士取扱役・鵜殿鳩翁《うどのきゅうおう》など、

「滞京者をとりまとめよ」

「隊勢回復のため、新たに浪士を募集せよ」

などと重要な仕事を殿内ひとりに命じることで殿内を実質的な局長にしたし、あるいは浪士組の直属官庁というべき会津藩でも、公式には、隊員名簿が以下のように記録されている。

殿内義雄　家里次郎《いえさとつぐお》　芹沢鴨　新見《にいみ》錦《にしき》　近藤勇

二番目の家里次郎も殿内派のひとり。すなわち会津藩は、人数の上でははるかにまさる芹沢派や近藤派をさしおいて殿内を筆頭あつかいしたのだった。

こういう状態が、近藤にはおもしろくなかった。

芹沢はともかく殿内など、

(ただの筆紙《ひっし》の徒ではないか)

そう思ったばかりでなく、口に出しもした。

「剣は、なまくらだ」

とも公言した。近藤がみずから四条の橋の上で殿内を斬殺したのは、その後まもなくのことだった。なまくらを証明してやる気だったのだろう。

「そ、そんな」

俊太郎は、呆然とした。赤い毛氈《もうせん》のけばを指でぶちぶちむしりながら、

「それだけの……井上さん」

「何だい？」

「それだけの理由で人を斬るのですか局長は。それでは同志は安心してはたらけぬではありませんか」

「宗家はね、学者がきらいなわけじゃないんだ」

井上はうらうらとほほえむと、手をたたいて小女を呼び、団子を二皿たのんでから、

「学問しかない輩《やから》がきらいなんだ。人間は本を読むと怯懦《きょうだ》になる。行動する前に考えるようになる。その怯懦はなまじ学問の裏づけがあるだけに他人へ伝染しやすく、ゆくゆく隊そのものを腐らしてしまう。学問だけの人間は、存在そのものが害だっていうのが宗家の考えかたなのさ。殿内さんは、防具のつけかたも知らなかったよ」

「ぼ、防具の……」

「そういえば、宗家はいつか言ってたなあ。『剣士は換えがきかないが、文士（文吏）はきく。ふたりや三人処分したところで、給金めあての馬鹿どもがすぐに応募してくるよ』っ

て」

「ははあ」

俊太郎は、血の気が引いている。まるっきり自分のことではないか。

「どうしたんだい、尾形さん。さっきから顔色が悪いよ」

井上が、心配そうに顔をのぞきこんできた。俊太郎はあわててかぶりをふり、

「あ、いや」

「さっきの餅が、まだつかえてるのかね」

「そうです。餅。ははは」

胸を大げさに打ってみせた。井上は軒先の青空を見あげ、むしゃむしゃと団子を食いながら、

「そういやあ、あんたも熊本の時習館だったね」

「で、でしたかな」

「宗家にばっさりやられないよう、気をつけなきゃね」

何の屈託もなく、井上は笑った。俊太郎は団子の串をとろうとして、団子をにぎりつぶしてしまった。

†

数日後、おそれていたものが来た。

近藤からの、

「巡察に出よ」

という命令が、副長・土方歳三を通じてもたらされたのだ。これまでは文吏だからということで免除されていた任務だった。

夜。

部下ふたりを連れて屯所を出た。

月はなし。あたりは烏の羽根をしきつめたように暗く、提灯《ちようちん》ひとつでは足もとの小石をよけるのもむつかしかった。

部下ふたりの名は、雨宮平作《あまみやへいさく》、犬鎌九十九《いぬかまつくも》。

どちらも羽州新庄藩《うしゆうしんじよう》の百姓の子で、なかなかの剣士である。学問はない。ふだんは井上源三郎の隊にしたがって活動しているため、巡察には慣れていて、この夜も、

「尾形先生、ご案じなく。出るのは野良犬くらいですよ」

と、かえって俊太郎を励ましてくれた。俊太郎は、

「じゃあ、その四つ辻を北へ」

などと手で示す。ほんとうはどちらが北かもわからないのだが、律儀な羽州者《もの》たちは言うとおりにした。

こんな行きあたりばったりが、あるいは奏功したのだろうか。

あとで知ったところでは、河原町から蛸薬師《たこやくし》通《どおり》を西へ入った直後だった。前方の闇に、かすかに、
コト
と音がした。

(何じゃ)

俊太郎は提灯をかざし、息がとまるほどおどろいた。

浪人がひとり。ななめに立てかけた刀の鍔《つば》を足がかりにして、いままさに板塀をのりこえようとするところだった。

「……な、何《なん》やつ」

聞いたのが、われながら間抜けだった。夜盗《やとう》にきまっている。それも近ごろ流行の御用盗《ごようとう》、すなわち攘夷御用と称して金もちの屋敷へしのびこみ、あるじを脅すか殺すかして金品を奪取するたぐい。新選組は、まさしくこういう連中をとりしまるため京のみやこに滞陣しているのではなかったか。

浪人は、無言。

地にとびおり、足もとの刀を蹴ってきた。刀はひゅんひゅん回転しつつ、俊太郎の顔面をおそう。

「あっ」

俊太郎は、しゃがみこんだ。刀は頭上を去り、はるか後方でからりと落ちた。音が軽すぎる。鞘《さや》のなかは竹光《たけみつ》にちがいない。

横から雨宮がすすみ出て、

「新選組である。手向かい致すな」

犬鎌も、

「貴様は無数の隊士にかこまれている」

むろん、はったりだ。ひとりの援軍もない。しかし何しろ時期がよかった。この直前、新選組はいわゆる八月十八日の政変で薩摩藩や会津藩などの兵とともに京都御所から長州勢力を一掃したばかり、世間の知名度は昇龍のごとく高まっている。

浪人は、舌打ちした。

塀のほうへ、

「おい、退《ひ》こう」

声をかけ、口笛をふいた。すると塀の上に、

むくり
むくり
と影がわき、つぎつぎと路上にまいおりた。ぜんぶで五、六人。みな背中を向け、走りだし、あっというまに闇のなかへ溶けてしまった。

羽州者は、律儀者だ。

こんなときも、

「尾形先生」

ふたり同時にふりかえった。あとを追うかどうか指示をあおいだのだ。俊太郎は、返事をしなかった。

できなかった。路上で提灯がめらめら燃えている。ふたりの羽州者がこわごわ見おろすと、地面には、唇のはしに泡をためて白目をむいている俊太郎の顔がころがっていた。

†

俊太郎が失神したといううわさは、たちまち隊内にひろまった。

竹光の相手にだ。新選組では「士道不覚悟」と呼ばれ、それ自体が死に値する重罪だった。

——切腹は、まぬかれまい。

と誰もが思った。しかし局長・近藤は、

「敵に背中を向けたわけではない。御用盗の犯行を未然にふせいだ功もある」

と不問に付した。

意外の感のある処置だったが、その理由を額面どおりに受け取る者はひとりもなかった。

ほんとうの理由はただひとつ、

「換えが、ないからだ」

というのがもっぱらの風聞だった。あらたな文吏が得られれば、俊太郎には小粒金《きん》ほどの価値もなくなる。そのときこそ斬刑、切腹、密殺のいずれかが俊太郎の運命として待ち受けるだろう。

そのことは、俊太郎も自覚している。

生きのこるには、

(剣は、だめだ。本業に懸けるしか道はない)

新選組においても、文吏の業務は、他の武家の、

「祐筆《ゆうひつ》」

のそれと変わらない。手紙の管理や、日誌つけ、書類の清書といったようなことに没頭する。要するに事務官だ。ただ新選組の場合、隊そのものが成立して間《ま》がなかったこともあり、また人員があまり事務方には配置されていなかったこともあって、俊太郎が入隊した時点で

は、

（何だ、ちゃんとした名簿すら作ってないのか）

目を丸くしたほどだった。

（殿内さんはつまり、それに手をつける前に殺《や》られたんだな）

それを思い出したとき、俊太郎のすべきことは明らかとなった。日誌が彼の友となった。

毎日、用部屋にひきこもって机に向かった。日付、天気、客の出入り、隊内の出来事などを細大もらさず書きとめたことはもちろん、近藤、土方、山南敬助《さんなんけいすけ》というような幹部あてに来た公的な手紙はのこらず筆写した。後日の用にそなえるため、こちらから出した手紙もできるかぎり転写した。誰に何を聞かれても答えられるようにしておきたかったのだ。

名簿作成にも着手した。隊士ひとりひとりの姓名や出身地はもとより、身分、流派名、特殊な履歴まで箇条書きするとなると執筆量は膨大だったが、俊太郎は走り書きせず、ひとつひとつ精魂こめて文字をつらねた。子供のころから字がうまかったことが、紙面をほとんど芸術品にした。こうしておけば、

（俺が死んでも、後任の役に立つだろう）

評判は、かんばしくなかった。

「何じゃ、あいつ。朝から晩まで。新選組の隊士が日焼けもせず生《なま》っ白《ちろ》い顔でいるとは威厳

「尾形さん、隊の経費《ついえ》にはかぎりがある。少し菜種油(照明用)の使用はお控えくださらんか」

などと陰口をささやかれるのはまだしも、同期入隊の勘定方・河合耆三郎《かわいきさぶろう》にさえ、
つまらぬ仕事をつくって忙しいふりをしているのだな」

「道場へもまったく出て来ぬようになったな。さては剣の稽古がいやなものだから、わざと
「命が惜しいのだ。いくさばたらきから逃げている」

にかかわる」

と苦情をもちこまれるのは悲しかった。隊士三百名のなかに俊太郎の味方はひとりもなかったといえるだろう。あの羽州者のふたりの部下ですら井上源三郎の三番組へ行ったきり戻って来ず、道場に入りびたり、俊太郎に対しては毎朝の挨拶も欠くようになっていた。

(俺あ、つくづく乱世の英雄じゃない)

しょせん平時の能吏にすぎぬ。そういう男がこの時勢に生まれ合わせ、新選組などという梁山泊に入ってしまったのが不幸のはじまりだったのだ。自業自得とはいえ、これはまたあんまりな天の仕打ちではないか。……俊太郎は筆をとめ、ふと込みあげるものを堪《こら》えるときがあった。彼の文久三年(一八六三)は、そのようにして過ぎていった。

その年の暮れ。

文吏の「換え」が入隊した。

†

入隊にあたっては、異例にも、近藤みずからが副長助勤以上の全員を広間にあつめて、

「武田観柳斎《たけだかんりゆうさい》殿と申される。今後、諸君とともに汗をかいていただくことになった。よろしくお教えを乞うように」

と賓客でも遇するかのように紹介した。うしろには副長・土方、および総長・山南敬助が好意的な顔をしつつ威儀を正している。紹介された当の男は、正座したまま、ずいと聴衆のほうへひざをすすめ、

「武田観柳斎です。出雲国母里《いずものくにもり》藩出身。医家《いか》の出《で》の故、名ではなく、号を名乗らせてもらいます」

(役者みたいだ)

俊太郎は、ひそかに畏《おそ》れた。

美男というわけではない。むしろ怪相に属するだろう。頭部全体が異様に横にふくらんでいる上、これも医家の出の故か、頭がつるりと剃りあげられている。巨大な眼球がこぼれ落ちそうなほど突き出ているのも強烈すぎる印象だった。

一同、無言。

風骨《ふうこつ》にのまれてしまった感があった。が、そのなかにも、ひとりだけ平然と挙手して、陽気な声で、

「医家っていうことは、武田さんは、われわれの傷の手当てをしてくれるのかな?」

「ちがうよ、総司《そうじ》」

近藤は、ほほえんだ。ほかの者には聞かせることの決してない、赤んぼうの産毛でも撫でるような声で、

「観柳斎殿は、甲州流の軍学をきわめておられる。武というよりは文の人だ。尾形君」

「は、はい」

「しばらく観柳斎殿は君にあずける。協力して事務を執《と》れ」

「ははっ」

俊太郎は平伏しつつ、

(まずい)

冷や汗に身をふるわせた。観柳斎がもしも近藤らの信頼を勝ち取ったら、

(俺は、殿内になる)

わるい予感は、たちまち現実のものとなった。

入隊からわずか数か月にして、観柳斎は、新選組はじまって以来の大手柄を立てた。

†

元治《げんじ》元年（一八六四）六月五日。

幕末史が記憶すべき年月日だった。

武田観柳斎をはじめとする七人の隊士たちは、早朝から四条木屋町西入ルの薪問屋・枡屋《ますや》喜右衛門《きえもん》方へふみこんで、同人《どうにん》になりすましていた近江国出身の勤皇派志士・古高俊太郎《ふるたかしゅんたろう》を捕縛した。かねて新選組が目をつけていた大物中の大物だった。

古高の吟味には、近藤や土方がじきじきにあたった。

百目蠟燭をもちいた凄惨な拷問をくわえもした。はたして古高が白状したところによれば、彼らは禁裏に火をはなち、幕府や朝廷の要人をつぎつぎと殺し、さらには孝明《こうめい》天皇をひっさらって長州へ遷座《せんざ》させるという壮大なテロの実行を準備していたのだった。それを未然にふせいだ新選組は、つまり名実ともに、

「天子を、おまもり申し上げた」

ことになる。

この古高の捕縛を受けて、同日夜、過激派たちは三条小橋西の旅籠屋《はたごや》・池田屋に集結した。これを近藤勇ひきいる計十名の鴨川西岸探索組がさぐりあて、そのまま急襲したことから、

後世のいわゆる、

池田屋事件

が起こったことは前稿でも述べたところだが、観柳斎も、この近藤隊に繰りこまれている。

時刻はもう四ツ半（午後十一時）になろうとしていた。

近藤、沖田、永倉新八、藤堂平助の四人が池田屋の屋内へ突き入った。

観柳斎はそれを見おくり、抜刀して、谷万太郎《たにまんたろう》、浅野藤太郎《あさのとうたろう》とともに三条通で待機した。

表口をかためたのだ。新参者ながら、

「谷さん、浅野さん、こいつは討入りですな」

と声をかけた様子はおちついたものだったという。

と、上空でバリバリ音がした。観柳斎は、はっと見あげた。二階の障子がやぶれて男がひとり落ちてくる。近藤たちに追いつめられた浪人がこぼれ出たのだ。浪人ははやくも空中で観柳斎に気づき、

「狗《いぬ》め」

着地と同時に抜刀して、猛烈ないきおいで向かってきた。ほっそりした顔に切れ長の目、あるいは長州人だったろうか。ところが彼は、ふしぎにも、

「南無！」

観柳斎に野太く一喝された刹那、夢からさめたように動作をやめた。

なかば中段、なかば下段にかまえつつ、呆然と観柳斎を見あげている。おそらく観柳斎の六尺（約一八〇センチ）以上もの背の高さ、海坊主のごとき魁偉《かいい》な風貌にあてられたのだろう。

観柳斎は不敵な笑みを浮かべると、

「御免」

その長すぎる大刀で悠々と相手の腰を払った。相手はあらがわず、ただ少しうめいただけで顔から地につっぷして肉塊となった。

ひとり、またひとりと浪士が出てきた。

乱闘になった。観柳斎は、

「おう。おうっ」

味方と声をかけあいつつ、手あたりしだいに対応した。髪のない頭がぬらぬらと返り血でかがやき、そのなかで巨大な二個の目がぎょろぎょろと動いた。白目は少し黄濁《おうだく》していた。

手傷を負わせた者もあった。取り逃がした者もあったかもしれぬ。やがて呼子《よぶこ》の音《ね》とともに鴨川東岸を探索していた土方隊約二十名が駆けつけてくると、観柳斎は、

（これで、敵味方の人数が逆転した）

と見たのだろう、ただちに土方のところへ駆け寄って、耳打ちするがごとく、

「援軍たのもしゅう存ずる。おかげで、もはや斬殺の必要はありませぬ」

土方は、その意を察した。ふりかえり、麾下《きか》の隊士たちへ、

「手にあまらば斬れ。しかしなるべく生け捕りにせよ。屯所であらいざらい吐かせる」

この下知《げち》をまっさきに実行したのが、ほかならぬ観柳斎だった。

中庭にひそんでいたらしい土佐脱藩・大秋鼎《おおあきかなえ》がすきを見て通りへ出、鴨川のほうへ逃げだしたのを横からの体あたり一発でふっとばし、失神させた。観柳斎らしい攻撃だった。大秋はどういうわけか『傍観紀事』なる書物を手にしていたが、その表紙にも傷がつかない、みごとな生け捕りだったという。

池田屋事件は、幕府の激賞するところとなった。

異例中の異例なことに、幕府は会津藩を通すことなく、新選組へじきじきに、
恩賞
を現金でさしつかわした。観柳斎が受け取ったのは金十両、これは他のおもな隊士とおなじだが、そのほかに別段金十両、合計二十両をもらったのは近藤、土方に次ぐ額だった。沖田総司と同額である。観柳斎がまだ新入りであることを知らない幕吏の目には、観柳斎のはたらきは、幹部級のそれにしか見えなかったのだ。

尾形俊太郎は。

その日もずっと用部屋にこもり、机上の日誌に向かっていた。殺したものといえば、行灯《あんどん》にあつまってくる二、三匹のこがね虫くらいだったろう。

†

観柳斎の活躍は、なおもつづいた。

池田屋事件ののちの残党狩りで捕縛された聖護院《しょうごいん》の雑掌《ざっしょう》（自称）ふたりが、

「今夜、長州系の浪士二十名ほどが清水産寧坂《きよみずさんねいざか》の『あけぼの亭』で密会する予定である」

という供述をしたので、観柳斎はただちに隊士十五名をかきあつめ、

「得たりやおう」

勇んで現場に向かった。池田屋事件から五日後、六月十日未明のことだった。

あけぼの亭に、長州者はなかった。

ただし二階の座敷には、武士がふたり、妓《おんな》も連れずに飲んでいた。観柳斎はふすまをあけ、廊下に立ったまま、

「何者じゃ。ここで何をしておる」

相手のひとりが杯を置き、

「土佐藩家老・福岡《ふくおか》家の家中の者じゃ。酒亭で酒を飲むのがどうして悪いか」

「胡乱《うろん》なやつらじゃ。壬生の屯所に来てもらう」

「み、みぶ」

武士たちの顔色が、にわかに変わった。壬生の地名がすなわち新選組をさすことは、いまや子供でも知っている。

武士たちは、立ちあがった。

刀をとり、観柳斎に背を向けた。がらりと裏庭に面した障子をあけ、相前後《あい》して飛びおりる。観柳斎は駆け寄り、裏庭を見おろした。裏庭には会津藩から派遣された五名の藩兵がつめている。

「柴殿《しば》、ゆずる。お取り逃がしあるな！」

藩兵のひとりに、柴司《つかさ》という気骨ある二十一歳の若者があったのだ。柴は、

「はい！」

武士ふたりを追いはじめた。ふたりは竹垣に行く手をはばまれ、ふりむいた。ようやく覚悟を決めたのだろう、刀の柄《つか》に手をかけたが、そのときにはもう柴の槍がひとりの腕をさしつらぬいている。

「あっ」

この一撃で、相手は戦意を喪失した。

みずから大小をさしだし、地にひざをついた。新選組はかんたんな傷の手当てをした上、ふたりを壬生に連行した。

柴司も、屯所の前までついてきた。観柳斎はぽんぽんと柴の肩をたたいてやり、

「みごとな一番槍でしたな。このお手柄は、きっと中将様（会津藩主・松平容保《まつだいらかたもり》）のお耳にも達しましょうぞ」

「観柳斎殿のおかげです。かたじけない」

柴はうれしそうに頭をさげた。頬が赤い。顔にはあどけなさが残っていた。

ところがこれが大問題になったのである。会津藩は、その日のうちに土佐藩から猛抗議を受けることになった。

「あれは不逞《ふてい》浪人などではない。麻田時太郎《あさだときたろう》という弊藩家老福岡家のれっきとした家臣であり、たまたま清水参詣の帰りに同僚とよしみを結んでいたにすぎぬ。本人もそう申さなんだか。ぬれぎぬもはなはだしい。一刻もはやく身柄をひきわたすべし」

土佐は同盟国なのである。会津藩は、平謝りに謝った。新選組に命じて麻田をおくり届けさせもした。しかし土佐側の激昂《げっこう》はやまず、なおも会津藩邸へ、

「柴司を処分せよ」

会津藩としては、受け入れられる話ではない。どうみても落度はないのだ。しかし土佐側はさらに、

「麻田のふるまいにも武士にあるまじき点があった。さすれば弊藩も即刻、切腹を命じたところである。そちらも柴司に対し、同等の措置あられるべし」

ここに至り、

った。

「やむを得ぬ」

会津藩主・松平容保は匙《さじ》を投げた。

「公武一和たるべきこの時勢に、土佐藩と事をかまえるわけにはゆかぬ」

政治の犠牲者といえるだろう。柴司、切腹。あけぼの亭での捕物のわずか二日後のことだった。

葬式には、新選組からも五名が参列した。

土方歳三、井上源三郎、河合耆三郎、浅野藤太郎、そして観柳斎だった。観柳斎は、

「柴殿、りっぱな最期じゃ。りっぱな最期じゃ。天もその義烈を嘉《よみ》しよう」

人目もはばからず頰をぬらし、棺《ひつぎ》のなかの遺体をなでた。その上で、朗々と、

われもおなじ台《うてな》やとはん行末はおなじ御国《みくに》にあふよしもがな

ふしぎなことだが、これ以降、隊内での観柳斎の評価はいっそう高まった。

柴司は観柳斎に殺されたようなものなのだが、もともと新選組にあっては人の命など鴻毛《こうもう》より軽い。ひとりやふたりの仲間をうっかり死に追いやったところで大した汚点にならぬばかりか、むしろ勲章視される傾向すらあった。闘争の第一線に身を置けばこその避けられぬ不運。薬でいえば、卓効《たっこう》にともなう副作用のごときものと見られたのだった。

観柳斎は、ほどなく副長助勤に抜擢された。

この人事を耳にした尾形俊太郎は、

(並ばれた)

いや、俊太郎がいまだ人ひとり殺したこともなく、戦場そのものにも出たことがない以上、抜き去られたも同然だった。俊太郎の手は、おのずから首すじの肌にそっと行く。

「いよいよ、こいつの飛ぶときが来たか」

刑の執行を待つ死刑囚になった心持ちがした。

†

その後、しばらく時が経った。

夏が終わり、美しいもみじが京の寺々をいろどって散り、ほろほろと白いものが比叡《ひえい》の山に舞いだしたころ、観柳斎がとつぜん、

「御免」

文吏の用部屋へ入ってきた。俊太郎はあわてて筆を置き、

「武田先生。これはまた、どういうご用向きで……」

「どういうご用向き、とはご挨拶でしたな。私はいちおう文吏として入隊したのだが。もっ

とも、そちらの仕事はすっかり怠けてしまっている。よそ人《びと》あつかいされるのも無理はないな」

ふっふっふ、と地を這《は》うような笑いを放ちつつ、文机《ふづくえ》のむこうに正座した。壁ぎわには、書き終えた日誌類が何十冊も積みあがっている。そのうちの一冊を観柳斎は取り、ぱらぱらとながめて、

「ばかだなあ、尾形さんは」

「は？」

「こんな上手な字を書くとは、局長や副長に『斬ってください』と言っているようなものだ。そうであろう？」

意味がわからない。俊太郎がぼんやり笑みを浮かべると、

「局長や副長に『殺すには惜しい』と思わせるには、余人にない、自分にしかない価値を誇示せねばならぬ。この場合は、書いた本人しかわからない乱雑な字をすすんで書き、符牒《ふちょう》や略号も駆使するのだ。そうすれば不要を理由に殺されずにすむ。おぬしが死んだら誰にも書類が読めんのだ」

（その手があったか）

俊太郎はすなおに感嘆したが、にこにこと、

「まあ、拙者は、これだけが取り柄ですから」

いまさら遅いという気もしたし、性分がゆるさない。見づらい紙面をつくるなど、俊太郎には、弁当をきたなく食い散らすより気持ちが悪いことだった。

観柳斎は、まじめな顔で、

「おぬし、死ぬぞ」

「………」

「殿内義雄のことは聞いているだろう。新選組はお役所ではない。兵団なのだ。日誌など、どれほど書いても手柄にはならぬ」

肩ごしに、背後へ投げすてた。日誌はまるで力つきた鳥のようにバサリと一度だけ羽ばたいて畳に落ちた。

「あっ」

俊太郎は、腰を浮かした。丹精こめた作品に、

(何ということを)

俊太郎は、もともと怒りっぽい性格ではない。どちらかというと愛想がよく、社交的な型の男だった。が、このときばかりは腹が立って、

「ご忠告、かたじけなく存じます。それにしても意外でしたな。武田観柳斎ともあろうお方が、わざと下手くそな字を書くなどという肝っ玉の小さい保身術を考案なさるとは」

観柳斎は、ぎょろりと目を光らせて、

「豎吏《じゆり》め、何を論ずる。貴様と私では武功の数がちがう」

「いかにも。しかし隊内のうわさでは、あなたは先日、沖田総司さんに……」

「言うなっ」

観柳斎が過敏に反応した、そのとき。入口のふすまがまた開いて、

「おお、観柳斎殿、遅れてすまぬ。ちょっと歳《とし》さんと話しこんでいたものでな。こんなところで話があるとは、何ごとかな」

入ってきたのは、井上源三郎だった。北野天満宮の茶店のとき以来、いささか疎遠になっている。

「おお、井上先生」

観柳斎は立ちあがり、なかへ招じ入れる身ぶりをしながら、

「お呼び立てして申し訳ありませぬ。じつは、井上先生がかねてから関心を示されていた、わが軍学」

「おお、甲州流じゃな」

井上は、いなか田楽の役者のように足をトンとふみならした。

「ちょうど尾形君と一席議論をはじめるところでしてな。井上先生も、ご興味がおありかと」

(ははあ)

俊太郎は、観柳斎の策略がようやく呑みこめた。

(観柳斎は、この部屋で、名誉挽回する気なのだ)

数日前。

観柳斎は、道場で沖田総司にさんざんに打ちすえられた。竹刀《しない》だったからよかったものの、真剣ならば、

――五臓六腑まで切り刻まれていたろう。

誰もが戦慄《せんりつ》したくらい、それくらい徹底的な虐待だった。観柳斎は道場のすみにころがされたまま、半刻《はんとき》(一時間)ほども起きあがることができなかった。

この勝負ひとつで、翌日から道場の空気はがらりと変わった。

それまで観柳斎に剣先もふれられなかったような若い隊士が、つぎつぎと一本取るようになり、三本取るようになった。

――観柳斎は、見かけだおしだ。

彼らは、すっかり目ざめてしまったのだ。

古高俊太郎の捕縛やら池田屋の討入りやらで大手柄をあげられたのは、その巨軀《きょく》と異相のため、相手が勝手に萎《な》えたにすぎぬ。けっして観柳斎自身の力ではない。沖田はおそらく、そのへんのところを最初から見ぬいていたのだろう。

だからこそ、苛烈なふるまいに敢《あ》えて出て、観柳斎をその実力にふさわしい位置におとし

めた。悪意ではない。こと剣に関するかぎり、沖田には、そういう潔癖なところがある。

観柳斎は、ばかではない。

ただちに名誉を挽回しようとした。その挽回の手段こそ、

（武でだめなら、文というわけか）

俊太郎は、そう推察したのだった。

具体的には、俊太郎をやりこめる。議論で完璧に勝利する。俊太郎は観柳斎とともに隊内でもっとも深い教養を持つ人間だから、それを倒せば、おのずから観柳斎の文威は新選組随一ということになる。一般隊士の尊敬もふたたび獲得できるだろう。立会人にわざわざ井上源三郎をえらんだのも、近藤、土方に近いという政治的位置を利用する気なのにちがいなかった。

むろんこれは、俊太郎にとっても、

（またとない好機）

ここで観柳斎を返り討ちにすれば、自分の評価はぐっと上がる。無用のあなどりを受けずにすむし、何よりも、

（抹殺をまぬかれる。殿内義雄のように京の路上にころがされるのは、観柳斎のほうだ）

「よろしい。受けて立ちます」

俊太郎は、胸をはった。そうして井上源三郎へ、

「井上先生、ほかの隊士もぜひお連れくださいい。観柳斎殿と私、どちらが真の学者かを多くの目にふれさせたい」

「よし」

井上がいったん部屋を出て、非番をふくめ、十二、三人の隊士をかきあつめてきた。用部屋はいつになく手狭になり、人いきれに満ちる。三尺（約九〇センチ）の文机をはさんだ向こうとこちらで、俊太郎と観柳斎は、

「いざ」

舌戦の火ぶたを切ったのだった。

半刻後。

俊太郎は、文机に両手をついて、

「まいり申した。返す言葉もござらぬ」

疲れきったように首を垂れた。観柳斎は得意顔で、歌うように、

「いや、尾形殿もなかなか勉強されている。私の論陣もあぶなかった。今後もたがいに精進しましょう」

観柳斎の作戦勝ちだった。

もともと俊太郎の学問の基礎はいわゆる肥後国学にある。系列的には、本居宣長《もとおりのりなが》に入門した熊本藩士・長瀬真幸《ながせまさき》の高弟の中島橿園から教わったのが俊太郎なのだ。それで俊太郎は、

「そもそも尊王の大義を問うに」

などと自分の分野へ話をひきずり込もうとするのだが、観柳斎はとりあわず、まるで目の前に誰もいないかのように、

「『甲陽軍鑑《こうようぐんかん》』によれば、国をほろぼす大名には四つの型がある」

と軍学の講義をしつづけた。議論などというものではない。一方的なおしゃべりにすぎなかった。

人のいい俊太郎は、つい話に乗ってしまう。聞きかじりの意見を述べてしまう。観柳斎の思うつぼだった。観柳斎はここぞとばかり、

「わが甲州流の軍書には、そういう浅見《せんけん》は記されておらぬ」

またしても『甲陽軍鑑』をふりまわして一蹴《いっしゅう》した。議論においては、勝つのは話す人間ではない。話を聞かない人間なのだ。

立会人にわざわざ井上源三郎をえらんだのも周到な準備だった。井上の甲州流への関心はたいへんなもので、立会人のくせに、

「観柳斎殿、それはどういうことですか」

とか、

「そこのところ、いま少しくわしく」

とか、謹厳な学僧のごとく身をのりだして質問した。俊太郎はようやく思い出したのだが、

井上家はもともと多摩郡周辺に土着した、
八王子《はちおうじ》千人同心
と呼ばれる家の出身だった。一種の郷士《ごうし》であり、ふだんは農業をいとなんでいるが、一朝事《こと》あらば刀を取って江戸防衛のため甲斐《かい》方面からの敵に向かおうという正式の幕臣。徳川家直属の集団なのだ。

もっとも、この千人同心という制度は、そもそもの由来は甲斐武田《たけだ》家にある。武田家の遺臣が徳川氏の関東入国を機にとりたてられたものだから、井上家も、
「武田家は、わが旧主」
という意識がかなり強い。というより、その意識のみを以《もっ》て、井上家は、

日野六騎と申す歌有り
もののふの六騎名字は日野の日野、馬場、谷《やつ》、佐藤、志村、井上

という戯歌《ざれうた》を歌われるほどの名家でありながら農民とおなじ生活をせねばならぬ、その屈辱をこれまで甘受してきたのだった。武田信玄《しんげん》の戦法や施政を体系化したと称する甲州流軍学に対して身びいきが甚《はなは》だしかったのも、その出自を考えれば、同情すべきではあった。

観柳斎は、まことに狡猾《こうかつ》な男だった。これではまるで、

（八百長ではないか）

うなだれる俊太郎をしりめに、観柳斎はゆうゆうと、

「邪魔をした」

立ちあがり、ひとり出て行ってしまった。隊士たちも、

「尾形さんも、口ほどにもない」

などと聞こえよがしに言い合いつつ部屋をあとにする。最後にのこった井上源三郎は、

「あ、いや」

ばつが悪そうに頭をかくと、

「ご苦労さんだったね。うん。いい談議だった」

そそくさと俊太郎の前から姿を消した。八百長の片棒をかつがされたことに、いまごろ気づいたのだろう。

†

こんなことをしているあいだにも、時勢はどんどん旋回している。

池田屋事件で激昂した長州藩は、にわかに国もとで兵を起こした。その数二千。三隊にわかれ、山崎《やまざき》、嵯峨《さが》、伏見に滞陣して京を包囲し、それから天子のましますご所につっこんだ。

御所のまもりを固めるのは、会津、桑名、薩摩などの藩兵。

衝突した。戦闘はおもに御所西側で展開され、とりわけ幕府側の最精鋭である会津藩の担当した、蛤御門《はまぐりごもん》の攻防は激烈をきわめた。流れ弾は御所内へも飛び、紫宸殿《ししんでん》の奥の御常御殿《おつね》で息をひそめていた十三歳の皇太子・祐宮《さちのみや》のちかくへも着弾した。祐宮はのちに明治天皇となってから、股肱《ここう》の臣《しん》である長州出身の初代内閣総理大臣・伊藤博文《いとうひろぶみ》へ、

「あのときはお前たちのせいで、ほんとうに怖かった」

とたびたび冗談まじりに言ったものだが（もっとも伊藤自身はこの戦闘には参加しなかった）、結局のところ、長州はこのとき、御所の門を突破できなかった。ただ京の街を火の海にしただけで落武者のように国もとへ逃げ帰ったことは、のちの世に、蛤御門の変と呼ばれて著名。こんどは朝廷のほうが激怒して、

長州征伐

の命を幕府に下《くだ》した。

いったんは長州が罪を謝し、責任者三人の首をさしだしたため征伐は中止になったけれども、その後、長州藩内で内戦があり、高杉晋作《たかすぎしんさく》、伊藤博文（当時は俊輔《しゅんすけ》）をはじめとする討幕派が政権をにぎったことを受けて、

──長州は、けしからぬ。
幕府は、ふたたび強硬論にかたむいた。こんどこそ話をうやむやにせず、徹底的に藩主・毛利《もうり》家とその家臣どもをたたくべきだろう。
再征には、外交的手続きがいる。幕府はまず大目付・永井尚志《ながいなおむね》らを、訊問使に任命し、広島に派遣した。広島で長州側の代表と会い、むこうの言いぶんを聞くのが目的だったが、このとき永井に、
給人《きゅうにん》(家臣)
の格で陪従《ばいじゅう》したのが近藤勇だった。いわば代表使節団の副使か参事官というところ。事実上の旗本である。幕閣内における政治家としての近藤の地位は、この当時、そこまで高くなっていたのだった。
近藤だけではない。
新選組からは、以下の三名も同行していた。いずれもこのころ隊内の文学師範の役についていた者で、つまり文吏。これは出張の性格上、当然の人選だったろう。
近習《きんじゅ》　武田観柳斎
中小姓《ちゅうごしょう》　伊東甲子太郎《いとうかしたろう》
徒士《かち》　尾形俊太郎
肩書はもちろん臨時のもので、やはり永井の家臣としてのもの。隊内の序列がそっくりそ

のまま反映された。

　すなわち第一位が観柳斎、第二位が伊東甲子太郎というのが通り相場だったわけだ。俊太郎は、中途入隊の伊東甲子太郎にすら追い越されてしまっている。

　長州側との会談は、慶応元年（一八六五）十一月二十日、広島の国泰寺《こくたいじ》でおこなわれた。

　永井尚志は、もろもろの折衝のあとで、

「これなる近藤内蔵助《くらのすけ》以下四名」

　と近藤たちを紹介し（内蔵助は勇の変名）、措辞《そじ》つとめて穏和に、

「ぜひとも貴藩にさしつかわし、連絡の用に任じたい。ご異存はあるまい？」

　幕府三百年のお決まりの手法である。気になる国へは監視役を派遣し、ついでに情報収集もおこなわせる。公然と隠密をおくりこむ肚だった。

　長州側の代表・宍戸《しど》璣《たまき》は、

「それには及び申さぬ」

　にべもなく拒否した。

「わが毛利家に一片のやましいところなし。お引き取りあれ」

　翌日以降、永井はほかの人脈もあたってみた。みな駄目だった。長州の組織的な反逆の意図はあきらかだった。一か月後、一行は手ぶらで京へもどったが、その帰りみち、岡山の宿で、

「尾形君」

近藤は、じかに俊太郎へ声をかけた。

「私の部屋へ来てくれぬか」

まだ七ツ（午前四時）だった。ほかの連中は寝ているだろう。俊太郎は、

――何かな。

胸さわぎをおぼえつつ、顔をあらい、近藤の部屋に入った。近藤は旅装をととのえながら、

「ふすまを閉めたまえ」

「はい」

「新選組の文吏は、やはり三人では多かったな」

俊太郎は正座して、

「……はあ」

「かわいそうだが、やむを得ぬ。余りものは整理せねば」

（とうとう、来た）

俊太郎は、失禁しそうだった。ふるえる声をしぼり出して、

「局長、それは、つ、つまり……」

「観柳斎を斬れ」

俊太郎はガバと平伏して、

「おそれながら、か、かくごは出来ておりました。この尾形俊太郎、せめて斬首ではなく、せ、せ、切腹をお申しつけいただきたく」

「勘ちがいしていないか？」

近藤は、ふしぎそうな声音で、

「君ではなく、武田観柳斎を除くのだ。顔をあげろ」

俊太郎は顔をあげて、

「観柳斎殿を。何故《なにゆえ》に？」

「あれは、いずれ長州に寝返る」

観柳斎は、このたびの広島出張中に幾度か長州藩士を相手にしたが、どのときも長州を論難した。

「思想的に論難したのだ」

と近藤は言った。

尊王の大義は幕長いずれに存するかとか、攘夷の大義は現在の幕政とどう整合しているかとか、そんな抽象的なことばかり流れるがごとく弁じ立てた。俊太郎がおどろいたことに、観柳斎は、俊太郎から聞きかじった国学の知識をすらも百年前から知っているかのごとく堂々と援用したのだった。放胆な男にはちがいない。

「それが、悪い」

と、近藤は言うのだった。

頭でっかちな学者ほど、世間の風には弱い。鯉のぼりよろしく右の風には右へなびき、左の風には左へそよぐ。もともと抽象論などというものは「ものは言いよう」と同義にすぎぬというのが近藤の人物観だったのだ。

そうして慶応二年（一八六六）のいま、世間の風は、幕府にとって強烈な、

逆風

になっている。

長州にとって順風になっている。この状態がつづくなら、観柳斎のごときはまっ先に腰が浮き、目がおよぎ、その弁舌で、

「尊王の大義は長州にあり」

などと言い出すだろう。

「そうなってからでは遅いのだ、尾形君。観柳斎には弁才がある。うぶな隊士を毒しかねない」

近藤は、そう言った。俊太郎は、なおも半信半疑の心持ちで、

「学者が悪いとおっしゃるなら、私も学者のつもりですが」

「君には抽象論《そらごと》の才能はないよ、尾形君。何しろ井上源三郎さんを立会人にした舌戦でこてんぱんにやられたほどだ」

「は、はあ」

ほめられたのか、馬鹿にされたのかわからない。近藤はくすりと笑って、

「そのかわり、君には具体的な事実に対するこだわりがある。些末《さまつ》な日誌をあれほど克明に、あれほど読みやすく書きつける者には謀反気《むほんぎ》などあり得ん。私は君を、ただのいちども新選組に不要な人間と思ったことはない」

「あ、ありがとうございます」

俊太郎はひたいを畳にこすりつけた。

じわじわと胸が熱くなった。この人は、ちゃんと見ていてくれたのだ。この尾形俊太郎という取るに足りない男にも使い道をみとめ、その道なりの評価をしてくれた。

「ありがとうございます」

もういちど言うと、近藤は、つまらなさそうに鼻を鳴らして、

「ま、そもそもの入隊は給金めあてだったのだろうがな」

「ええ。……いや決して」

「斬ってくれるな？」

近藤は、いずまいを正した。もはや俊太郎に迷いはない。顔をあげ、きっぱりと、

「無理です」

「そう言うと思ったよ。それでいい。この仕事はほかの剣客に……」

「そのこともありますが」

俊太郎は近藤を手でさえぎり、きびきびとした事務的な口調で、

「現段階では、いささか斬る理由が薄弱かと思われます。観柳斎どのはいまだ長州に寝返ってはおりませぬし、志士や公卿との接触もない。局長の危惧はわかりますが、事が世論にかかわるなら、いっそう慎重に運ばねば」

「ふむ」

近藤は、しばらく思案していたが、

「ならば、尾形君。その理由は君がつくれ」

「承知しました」

即答したのが意外だったのだろう。近藤は、ほうという顔をして、

「成算があるのか？」

「ええ」

俊太郎は、にっこりした。

頭のなかで、屯所の用部屋の光景を思い浮かべていた。あの壁ぎわに積んである何十冊もの日誌には、人ひとり殺す理由などいくらでもある。熱い焙《ほう》じ茶でも飲みつつ、

(読み返せばいい)

それだけの話だった。無数の記録は、ときに無数の銃弾よりも殺傷能力が高いのだ。

†

俊太郎が注目したのは、半年前、慶応元年閏《うるう》五月十二日の記事だった。

この日、観柳斎は隊士数名とともに寺町姉小路《あねやこうじ》の文房具商・鳩居堂《きゅうきょどう》にふみこんで、その二階に仮寓《かぐう》していた伊予大洲《いよおおず》藩出身の国学者・矢野玄道《やのはるみち》を召し捕った。

逮捕の理由は、突飛なものだった。

「上洛の途次の将軍家茂《いえもち》公を、近江国にて爆殺せんと計画したる疑いあり」

観柳斎は、よほど確信があったのだろう。

かりにも武士である相手に腰縄をつけ、誰の目にも罪人とわかる姿をさらさせつつ当時完成したばかりの西本願寺の屯所まで京の街路を歩かせた。市中ひきまわしも同然のあつかいだった。

ところが吟味してみると、爆殺どころの話ではない。矢野玄道は、単なる皇室への崇敬あつき一碩学《せきがく》にすぎなかった。俊太郎の日誌には、

矢野茂太郎《しげたろう》放免いたし、鳩居堂え《へ》町預けとし云々

とある。茂太郎は玄道の通称。ふたたび鳩居堂にもどされたのだった。誤認逮捕そのものは、どうということもない。新選組にはよくある話だったし、大洲藩も、べつだん抗議してこなかった。俊太郎自身、すっかり忘れていた事件なのだ。

「これだな」

俊太郎はつぶやき、日誌を閉じた。

用部屋を出て、観柳斎をさがして歩いた。戸外にいた。ゆうべは雪がちらつくほどの寒さだったのに、どういうつもりか、井戸でざぶざぶ水をあびている。

「武田先生」

俊太郎は、声をかけた。観柳斎はふりむきもせず、あいかわらず臭みの多いしぐさで首すじをなでながら、

「何だ、尾形君か」

坊主あたまが、桐油紙《とうゆがみ》のようにぽろぽろ水をはじいている。俊太郎は、

「武田先生、矢野玄道をご記憶ですか」

「はて」

「近ごろ中山忠能《なかやまただやす》様と手紙のやりとりをしているようです」

中山忠能は勤皇派の公家で、皇太子・祐宮の外祖父だった。八月十八日の政変のとき長州

を助ける動きを見せたことから現在は謹慎に処せられているものの、それでも洛中洛外の志士や公卿とさかんに連絡をとりつつ討幕の地下運動をもりあげている。新選組もかねて目をつけている相手だった。

「中山様と？」

観柳斎はふりかえり、つるべを肩口のへんで止めて、

「それで？」

「それだけです。念のため、お耳に入れておこうと思いまして」

「些事だな」

観柳斎は興味なさそうに言うと、ざっと頭から水をかぶった。

効果は、覿面《てきめん》だった。

（さあ、どう出る）

観柳斎はその日のうちに鳩居堂をおとずれ、店の奥へ消えたまま、一刻《いっとき》（二時間）あまりも出てこなかったのだ。そのことを尾行にあたった小者から聞くや、

「よし」

俊太郎は、書きものを途中でやめ、

「私がじかに、番頭に聞こう」

鳩居堂の番頭とは、以前から親しかったのだ。それはそうだろう、俊太郎はいつも筆硯紙《ひっけんし》

墨《ぼく》をたくさん買ってくれる上得意である。番頭はにこにこと腰の前に両手を置いて、

「これはこれは、尾形はん。きょうは何がご入り用で」

「ちょっと聞きたいことがあってね。きのう、うちの隊士が来なかったかな。おそらく矢野玄道どのに面会を乞うたのだと思うが」

「ああ、武田はん」

番頭の口は軽かった。

「何でも、矢野先生に詫《わ》びを入れに来られたとか。半年前のことやのに、それはそれは礼儀正しかった。新選組にああまで頭をさげられるとかえって気味がわるいと矢野先生こぼしてはりました」

「私も新選組だよ」

「これは失礼」

「ひどい言われようだ。ははは」

(つかんだ)

俊太郎は屯所へ帰り、近藤に報告した。

「謝罪はもちろん、口実にすぎぬでしょう。観柳斎の目的は、矢野を通じ、ゆくゆく中山忠能の知遇を得ることにあると思われます」

「中山か。これで決まった。観柳斎は長州に奔《はし》る」

近藤は、不快そうな顔をした。横あいから土方歳三が、

「罠《わな》にはまったな」

と言うと、近藤は、

「ちがうよ、歳さん。観柳斎自身が語るに落ちたのだ」

俊太郎のほうを見て、にやりと笑った。

その後、観柳斎はたびたび鳩居堂を訪ねた。

そのつど一刻も二刻も出てこなかった。入店と退店の時刻はつぶさに俊太郎へ報告され、秘密の帳面に記載された。交友がじゅうぶん熟したころを見はからって、

「武田君」

近藤は観柳斎を自室にまねき、

「近ごろは、ずいぶんと鳩居堂に出入りしているようじゃないか」

にこにこと言った。観柳斎はしれっとして、

「あそこの二階には矢野玄道が仮寓しております。長州へ通じた疑いがあるので、内偵をこころみようと」

「われわれは一度、矢野を放免したのだぞ」

「ですので、こんどは慎重に。学びに行くと見せかけて」

(何言ってやがる)

観柳斎のうしろで聞いていた俊太郎は、顔をそむけた。児戯《じぎ》に類する弁解だった。観柳斎と矢野の会話のなかみは鳩居堂の番頭の口を経て俊太郎の耳に入っているのである。近藤は、

「よくわかった。ときに武田君、君の故郷は出雲だったな」

「ええ」

「ご足労だが、出張《でば》ってくれぬか」

近藤は、つづけた。出雲は長州にも近く、人心をしらべるに恰好の土地だ。できれば長州にもぐりこみたい。かつて広島でやろうとしてできなかった潜入捜査を、このさい断然やりとげたい。

「承知」

観柳斎は、ただちに旅の支度をはじめた。はたから見ても浮き浮きしていた。俊太郎には、

(二度と、屯所には帰らぬ気だな)

とわかっている。長州に入ったら矢野玄道の紹介状をふりまわし、討幕派の仲間入りをするつもりなのだろう。

数日後の朝。

観柳斎は、

「出立《しゅったつ》します」

近藤に挨拶に出た。近藤は、

「これは死出の旅となるかもしれぬ。出立は夜でいい。はなむけの杯を酌もうじゃないか」

伏見までの高瀬舟《たかせぶね》には、夜舟もある。べつだん不自然な提案ではなかった。

夕刻、開宴。

近藤、土方をはじめ幹部十名ほどが島原の角屋《すみや》につどい、俊太郎もまねかれた。近藤はまず、

「今宵は君が正客《しょうきゃく》だ」

と観柳斎をしいて床柱《とこばしら》の前にすわらせ、自分は下座にさがってから、

「武田君がいなくなると、矢野玄道の内偵がとぎれてしまうな。今後は探索方の山崎烝《やまざきすすむ》君あたりに見張らせようか」

まじめな顔で聞いた。観柳斎は上きげんで、

「いやいや、それには及びませぬ」

「さようか」

「私の見るところでは、矢野はただの学者。重箱の隅をつつくがごとく古代以来の皇族のしきたりを学ぶだけが楽しみの男。ほうっておいて害はない」

「なるほど」

だましおおせた、と思ったのだろう。観柳斎は杯をかさね、土方や俊太郎と雑談をかさねた。いきおいあまって衆道《しゅどう》（男色）の手管《てくだ》について語りだしたのはご愛敬だった。観柳斎は

男色家なのだ。やがて近藤が手をたたいて、

「いやいや、愉快のあまり時を過ごした。夜舟が出てしまうな。武田君、そろそろ旅立ちだ」

「みなさんお元気で」

観柳斎はいずまいを正し、礼をした。おじぎの姿のうつくしさは、あるいは隊内一だったかもしれない。

「斎藤君、篠原君、お見送りするように」

近藤は、そう命じた。斎藤一《さいとうはじめ》、篠原泰之進《しのはらたいのしん》。とりわけ斎藤は隊で一、二をあらそう剣の使い手である。

三人は、角屋を出た。

東の空に、くるりと切り抜いたような満月が浮かんでいる。その月めざして歩けば二条の船着き場にぶつかるが、尾行している俊太郎は、

(すわ)

思わぬ光景にひやりとした。高倉通《たかくらどおり》に出たところで観柳斎が立ちどまり、ふたりの隊士に何かささやいたかと思うと、とつぜん右へまがったのだ。南へ進路を変えたことになる。

(ばれたか)

近づきつつ耳をすますと、そうではなかった。観柳斎がしきりに、

「ああ、夜風が心地いい。歩いて伏見まで行こう」

などと声をはりあげていたのだ。なるほど高瀬舟を使わぬなら、このまま竹田街道を南下するのが早いだろう。こうなると、俊太郎の興味はもはや、

(どこで、斬るか)

その一点にしかなかった。かつて近藤は、

「ふつうなら、橋の上がいちばんだ。街道ぞいだと店の看板やら軒柱やら、盾に取られるものが多いからな」

と教えてくれたことがあったが、さて、斎藤と篠原はどうする気なのか。

「武田先生」

とうとう斎藤一が声をかけたのは、やはり橋の上だった。

京の街の南のはし、鴨川を南北方向にわたる銭取橋《ぜにとりばし》。欄干はなし。ここを越えれば伏見だった。

観柳斎は橋のまんなかで立ちどまり、鼻歌まじりに、

「何かな」

「長州へのご内通、まことに残念でございました」

「な、何」

「隊命です」

きらりと抜いた。観柳斎も腰をしずめ、刀に手をかけたけれども、

「あっ」

抜けなかった。柄袋がかかっていたのだ。ふつうは雨の日にしか使わぬものだが、長旅にのぞむ者がちりやほこりを防ぐのにも用いることがある。いつぞやの殿内義雄もおなじ情況だったのだろう。

「くそっ」

観柳斎は刀をあきらめ、こぶしをふりあげた。突進しつつ殴りかかる。斎藤はその右前にふみこんで、すれちがいざま逆胴を払った。武田観柳斎、即死。

†

新選組においては、文吏——事務官——はみな早死にしている。

殿内義雄をはじめ、武田観柳斎、伊東甲子太郎、毛内《もうない》有《あり》之《の》助《すけ》、浅野藤太郎、斯波《しば》雄蔵《ゆうぞう》。とくべつな事情があってごく短期間で隊をはなれた斯波をのぞけば、維新後も生きのこったのは尾形俊太郎ひとりだった。

大正二年（一九一三）、七十五歳で病没した。故郷熊本で私塾をひらき、なかなかの繁盛で、漢詩づくりが趣味だったという。

ざんこく総司

庶民には、政権交代は関係ない。

慶長《けいちょう》以来二百六十年以上ものあいだ日本の統治を担当してきた徳川幕府が、

「大政奉還」

の名のもとに政権を返上し、軍事的にも鳥羽伏見《とばふしみ》の戦いで薩長軍に完敗したあげく、将軍・慶喜《よしのぶ》がこっそり逃亡するという政権交代どころか武力革命が成立したにもかかわらず、江戸の庶民は、やっぱり、

――泰平の世だ。

と言わんばかりの日常をむさぼっていた。

特に、上野広小路《ひろこうじ》のような歓楽街など、軽業師《かるわざし》、ろくろ首、貝細工などの見世物《みせもの》小屋が軒をならべ、鉦《かね》や太鼓を鳴らし、呼びこみの声をあげているのは旧に変わらぬ風景だった。すでに鳥羽伏見の敗兵はぞろぞろと首《こうべ》を垂れて帰還しているのにだ。

その、路上に。

小屋もかまえず、呼びこみもせず、ござの上へあぐらをかいて煙草をふかしている香具師《やし》ふうの店番の男がひとり。男の前には一かかえほどもある壺ひとつ。

「おや」

歩みをとめたのは、沖田総司《おきたそうじ》だった。

しゃがみこみ、壺をのぞきこむ。澄んだ油がなみなみと注《そそ》ぎこまれているその底には、たった一枚、天保《てんぽう》小判がしずんでいた。太陽の光がとどかないから単なる楕円形《だえんけい》の黒い板に見える。

店番の男が、長い青竹の箸をさしだして、

「お武家さん、一回につき九文《もん》だ。こいつで挟んで引っぱり出せりゃあ、小判はあんたのもの。うまい話じゃないかね？」

(ほう)

総司は、興味が出た。小判の額面は一両だ。割りがいい。

「どれ」

九文をはらい、腕まくりをすると、箸をもらって壺へ入れた。

小判をはさみ、持ちあげる。案外かんたんだったが、壺の口もとまで来たところでツルリとすべって、

「あ」

ゆらゆらと底へ落ちてしまった。もう一度やってみる。こんどは半分くらい油の上へ顔を出したが、小判はきゅうに重くなり、またしても箸をのがれて油の底へ逆もどりした。浮力が減じたせいだろう。

「へへ。残念」

男が手のひらを突き出すのへ、総司はまた銭《ぜに》をのせた。箸の先をいったん拭わせ、手首をひねったり、はさみかたを変えたりと空中でいろいろ練習してから、壺へ入れた。

「だめか」

目に熱がこもっている。もう止まらない。猫が毬《まり》にじゃれつくように総司は挑戦をくりかえし、失敗をくりかえした。とうとう九回目に、

「それっ」

箸をおもいきり引き抜くと、小判はきらきらと油のしぶきの尾を曳《ひ》きつつ、宙で身をひるがえし、かちゃんと地に落ちて陽光をおもうさま浴びたのだった。青錆《あおさび》ひとつない金色のかがやき。店番の男が腰を浮かし、

「しまった！」

と狼狽の色をあらわしたのと、総司の背後で、

わっ

と歓声のあがったのが同時だった。

総司は、おどろいて振り返った。いつのまにか人足ふうの連中が、七、八人、半円をえがくように突っ立っている。みな雲のない青空のような、祝意あふれる顔をしていた。

「やりやがったなあ、二本差し！」

「ご祝儀くれ、ご祝儀」

「三平《さんぺい》ンとこの店で、なあ、ごきげん酒と行こうじゃねえか」

しゃがれ声で話し合っている。歓楽街にありがちな一種のゆすりたかりなのだ。ことわったら暴力沙汰になる。総司は、

(やれやれ)

しゃがんだまま小判をひろうと、懐紙を出し、ていねいに砂を拭ってから、

「ありがとう。いい稽古になった」

声をかけ、小判をとろりと壺へ落としてしまった。賞金の権利を放棄したのだ。

背後から、たちまち抗議が噴出した。総司は立ちあがり、

「悪かったね。お金が目的《めあて》じゃなかったんだ」

ほほえんでみせたが、こんな小さな所作ひとつにも尋常でないものが感じられたのだろう。

人足どもは口をつぐみ、たがいの顔を見て、

「それじゃあ、まあ……」

「しょうがねえな」

そそくさと散ってしまった。まだまだ百年は徳川の世がつづきそうな、小さな出来事にすぎなかった。

が。

女がひとり、のこっている。

二十五歳くらいの町人の女。どこかへの使いの帰りなのか、風呂敷づつみを胸の前にかかえ、手ぬぐいを折りたたんで頭の上に置いている。あの意地きたない人足どもとは無関係らしく、一瞥《いちべつ》をくれることもせず、ただ沖田のほうへ顔を向けている。

「あ、おりん」

総司は、目を見ひらいた。

むかしより少しふっくらしているが、どんぐりのように丸い目、みょうに厚ぼったい下唇は、記憶のなかの彼女そのものだった。その唇がふわっとひらいて、

「変わりませんね、沖田様は」

「え？」

「自分の世界に入りこむと、まわりが見えなくなっちゃう」

「そうだったかな」

「あのころは、剣のことばかり」

おりんは一瞬、うらみっぽい目をした。総司は、照れかくしに空へ顔を向けながら、

「おりんさんは、いまはもう誰かの奥さんだったね」

「ええ、近藤《こんどう》先生のお口ききで」

「むかしはずいぶんな勇女だったが」

「いやですよ、お恥ずかしい。……あ、でも」

「でも？」

「やっぱり、お変わりになりました。お顔の様子が、何て言うか……」

おりんが口を閉じ、言いづらそうにする。総司は上を向いたまま、

「わかるよ。瘦せただろ？」

「というより、翳《かげ》っぽくなった……むかしはもっと幼いっていうか、あっけらかんとした感じだったのに」

「それはそうさ。もう五年も経つんだ」

そう言って、総司は、自分のことばにおどろいた。

（その程度か）

この五年間、総司はずっと京にいた。新選組一番組組頭、副長助勤として浪人たちと戦ったし、芸妓《げいぎ》相手の色恋ざたも経験した。何より全国からの無数の人間とつきあった。

人間のうらおもてを見すぎるほど見つづけたこの年月《としつき》は、千年、二千年だったようにさえ思われる。おりんが「変わった」と言ったのは、おそらく正しい観察なのだろう。

「ま、いいさ」

総司は、あいかわらず空を見ながら、どういう返事も思いつかぬまま、

「これからは、また江戸で暮らすんだ。むかしのように、とはいかないけどね。試衛館の仲間じゃあ、ほかにも近藤さん、土方《ひじかた》さん、左之助《さのすけ》さんが帰ってきてる。井上《いのうえ》(源三郎《げんざぶろう》)さんはいけなかった。鳥羽伏見でやられたらしい。それと、あと、藤堂《とうどう》さんも……」

「山南《さんなん》様は？」

おりんが、きっぱりと尋ねた。

総司は、聞こえないふりをした。

「沖田様、そこにおりんは居りません。こっちを向いてくださいな。山南敬助《けいすけ》様はどうなさったんですか。おなじ奥州者《もの》だからって、沖田様、とても仲がよかったじゃありませんか。いつもいっしょに剣のお稽古をして、おにぎりも分けて食べて」

「死んだよ」

「え」

「もうだいぶん前のことさ。上洛の二年後に死んだんだ」

総司はそう言うと、しずかに顔をおろし、にっこりとえくぼをつくって、

「私が、斬った」

邪気のない、透き通るような笑顔だったと、おりんはのちに回想している。

†

五年前は、文久二年（一八六二）。

その年の暮れ、近藤勇《いさみ》が幕府の浪士募集のことを知り、

「われらも、ぜひ参加したし」

と幕府の浪士取扱方・松平忠敏《まつだいらただとし》へ直談判したことは前にも述べた。

直談判には山南敬助、土方歳三《としぞう》、永倉新八《ながくらしんぱち》というような試衛館の俊秀たちも同行した。総司もだった。松平忠敏から、即日、

「参加すべし」

という返事をもらうと、一同、天にものぼる心持ちになったのである。

なかでも大まじめだったのは、山南敬助だった。

総司の九つ上だから、ちょうど三十歳。小石川小日向柳町の試衛館へ帰るや、まるで二十歳にもなっていないような血気あふれる声で、

「愉快なり！」

道場の板の間にあぐらをかき、近藤のゆるしも待たず、ひとり升酒をやりはじめた。二杯、三杯とたてつづけに飲みながら、

「皆の者、ようやく天下に名を揚げるときが来たぞ。浪落《ろうらく》の天涯、こころざし空《むな》しからず。尽忠《じんちゅう》はただ一刀のうちにあり。ああ、はやく上洛して皇州日本のために粉骨したい」

涙を床へ落としはじめた。総司はふと、

（この人は、やはり浪人だったのか）

そんなことを思った。山南自身は、ふだんから、

「わが家《いえ》は、仙台藩主・伊達陸奥守《だてむつのかみ》様の直臣《じきしん》の家であり、代々《だいだい》、剣術師範をつとめている」

と称していたからだ。山南をヤマナミと読まずサンナンと読むのも格別の由緒の故なのだという。総司は本気にしなかった。六十二万石の大藩の正規の藩士が、どうしてこんな場末の町道場でごろごろしているはずがあろう。

（遠い先祖がひまを出され、浪々のうちに江戸へ来た。そんなところか）

もっとも山南は、ときどき兄という人が道場へ来るのだが、その人はたしかに奥州なまりがある。一家が仙台をはなれたのは案外最近のことなのかもしれなかった。

とにかく山南、感激のさなかにある。

「皆の者、わしにつづけ」

と升を掲げたため、原田左之助や藤堂平助といった酒ずきの連中が手をたたいて、

「おりん。おりん。おりん」

下女のおりんを呼び、するめや大徳利をもってこさせて、

「祝いの宵ぞ。朝まで戦え」

全員に升をくばったので、道場はただちに宴席と化した。おりんはまだ十八歳ながら、なかなかの男まさりで、

「この時代ですから。女だって自分の身は自分でまもらなきゃ」

などと言っては掃除や洗濯のあいだもずっと懐中に短刀をしのばせるほどだったが、そのおりんすら、このときは給仕のあいまに何杯もむりに飲まされて奥へひっこんでしまったのだった。

誰もが興奮していた。上座にすわった近藤も、顔をまっ赤にして熱心に時務《じむ》を論じている。

ただひとり、

「私は、行きませんよ」

升を置き、ごろりと寝てしまったのは、総司だった。

「いま、何と言うた?」

山南がものすごい目で総司をにらむ。総司は両手を枕にして、天井を見つめたまま、

「京には行かぬと申しました」

「理由を聞こう」

「行ったら、姉が悲しみます」

「懦夫《だふ》!」

山南が片ひざ立ちになり、酒の入った升を投げつけて、

「貴様、ふぐりがないのか。骨肉の情にほだされて命を惜しむなど」

「いや、総司は残れ」

口をはさんだのは、近藤だった。

全員、話をやめ、耳をかたむけざるを得ぬ。近藤はゆっくりと全員の顔を見まわしてから、

「知ってのとおり、俺は、多摩上石原村の農家の三男だ。俺だけじゃない。歳さんは四男だし、井上さんも三男だ。あんたも次男坊だろう山南さん。いうなれば、ここにいるのは、生まれた家に対して責任のない連中ばかりなんだ」

それはそうだろう。いい年をした長男なら世間尋常のつとめがある。町道場に入りびたっている時間はないし、あっても浪士組への参加など考えられない。長男は、次男以下とは命の価値がちがうのだ。

「総司はちがう。沖田家の長男だ。ただひとりの嫡出《ちゃくしゅつ》の男子だ」

近藤が言うと、山南はただちに反論して、

「家は継がぬ。自由の身だ」

「総司の生まれは、複雑なんだ」

総司は天保《てんぽう》十三年（一八四二）、江戸に生まれた。

奥州白河《しらかわ》藩十万石の足軽《あしがる》小頭・沖田勝次郎《かつじろう》の長男として、麻布《あざぶ》の下屋敷で、呱々《ここ》の声をあ

げたのだ。軽輩ながら、れっきとした藩士の子だった。

二歳のとき、父は病死した。

総司の上には十三歳の姉みつ、十歳の姉きんしかなかったため、沖田家は跡目相続がかなわず、役を免じられた。ただの浪人一家となったのだ。

こういうときの対処法は、むかしから一つしかない。

——一日もはやく男子を立て、跡目を継がせ、帰参をねがい出ましょうぞ。

長姉みつは、そのことを人生の目的とした。

総司の成長を待ってなどいられなかった。十九になると多摩の日野から井上源三郎の遠縁にあたる井上惣蔵《そうぞう》の弟・林太郎《りんたろう》という青年を婿にむかえ、沖田家の当主とした。あたらしく、沖田林太郎

となったこの青年は、白河藩主・阿部正備《あべまさかた》へ復職を申請し、みごとに許されたのだった。

みつの思いは、かなえられた。

総司の立場は、微妙になった。

いてもいなくてもよい、というより、いないほうがよくなった。食費がかさむのは目をつぶるにしても、成長したら、

——お家騒動のたねになる。

みつがそう思ったのは、総司への愛とはまったく別の問題だった。養子と嫡子が同居した

ら、これはもうかならず争いになる。なったら家そのものが取りつぶされる。わざわざ芝居小屋へ行かずとも、そこらじゅうにころがっている話なのだ。

「よくよく聞きわけておくれ、総司」

みつは或る夜、泣きながら総司を抱きしめた。

結婚の翌年のことだった。総司は九歳だった。きつく唇をへの字にかんで、

「いやです」

このがまんづよい子が、生涯でただ一度わがままを言った瞬間だった。みつは強い口調で、

「総司」

「……わかりました。姉上」

総司はまもなく、家から出された。

林太郎の実家である井上家のつてをたよって天然理心流三代目・近藤周助《しゅうすけ》の内弟子にしてもらい、江戸の試衛館でめしを食わせてもらうことになった。里子に出されたも同然だった。

もっとも、このせいで総司がはやくから剣にめざめ、年上の門人をつぎつぎと打ち破ることとなったのだから人生はわからない。総司は快活な青年になった。

（身軽だな）

と感じるときもあった。

ところが。

情況はその後、さらに変化した。

当主の林太郎が、白河藩を放逐されたのだ。もともと林太郎はさむらいでも何でもなかった。のどかな村の大きな農家で何不自由なく育てられた、温厚を絵に描いたような人だった。

「あすは晴れですね」

と言われれば、

「晴れですね」

とにこにこ相手の次の話を待つ、そんな性格だったのだ。

それがとつぜん、江戸に入った。

麻布の白河藩下屋敷に入り、二十二俵二人扶持《ぶち》の足軽小頭になった。みつとの夫婦生活もその敷地内の長屋でおこなうのだ。行住坐臥《ぎょうじゅうざが》、同輩の目をのがれられぬ日々がはじまった。

いったいに下級藩士というのは、どこの藩でも、ほんとうに下級の人材が多い。上級藩士よりはむしろ中間小者《ちゅうげんこもの》にちかいところがある。藩政への意識がひくく、生活がみだれていて、ろくろく字も読めぬ輩もめずらしくない。要するに林太郎とは正反対の連中だった。

林太郎は、孤立した。

多くは語らなかったけれども、おそらくいじめられたのだろう。しだいに鬱《うつ》するようになり、口数もへり、得意のはずの筆《ふで》仕事すら満足にこなせないようになった。そうなると上役からも疎んじられて、結局、数年後には、

——おひまを、いただきます。

みずから申し出ることになった。ひつじが狼の群れから脱出したようなものだったか。夫婦は藩邸を出て、四谷《よつや》伝馬町《てんまちょう》の陋屋《ろうおく》にひっこし、ふたたび浪々の身となった。すでに一女いしが生まれている。

総司の存在は、いっそう微妙なものになった。

総司は沖田家の跡継ぎではない。ないが嫡男であることはまちがいなく、剣技にすぐれ、快活で、藩邸内の生活にも慣れている。いっぽう現当主は養子であり、農家出身で、いまだ男子が生まれていない。こういう事情をかんがえれば、ゆくゆくは協議の末、沖田家が総司を立てる日が、

——来るかもしれぬ。

それは事情を知る者のみな予感するところだった。やしない親である近藤周助も、その次に宗家となった近藤勇も、おなじ観察をしていたのだ。

「そんなわけで」

と、近藤は、山南への話をしめくくった。

「そんなわけで、総司の身にもしものことがあったら、俺は、みつさんに合わせる顔がない。

総司は、江戸にとどまるべきだ」

「うーん」

山南は、腕を組んだ。

——納得なんか、するものか。

と言わんばかりに歯をむき出し、顔をゆがめている。どうしても総司とともに上洛したいのだろう。当の総司は、あおむきになったまま、じっと天井を見つめている。

と、

「よし」

山南がにわかに腰をあげ、

「剣のことは、剣で決めよう」

「剣で？」

総司が、敏感に反応した。山南は壁ぎわへ歩いて行き、刀架けから二本の竹刀をとってくると、一本を総司の鼻先へつきだした。総司はすでに起きあがり、床をふんで立っている。

「一本勝負だ、総司。一本で決める。お前が勝ったら江戸にいていい。心おきなく道場の留守をあずかるんだ。そのかわり……」

「そのかわり？」

「俺が勝ったら、京へ来い」

山南はくるりと背中を向け、無言で防具をつけはじめた。

†

酒やするめは、片づけられた。

床の間にまつられた神棚の手前に近藤がすわり、ほかの連中は壁の前にならんで正座した。

道場の中央では、総司と山南が蹲踞《そんきょ》しつつ相対《あいたい》している。

審判役は、原田《はらだ》左之助。

「はじめ」

の声とともに、総司と山南は立ちあがった。

どちらも青眼《せいがん》。

総司の目は、

(ふむ)

山南の竹刀の先に集中している。ちらちらと正中線《せいちゅうせん》にそって上下しているのは北辰一刀流のいわゆる鶺鴒《せきれい》の尾のようでもあるが、山南はもともと小野《おの》派の使い手だし、何よりも、

(山南さんに、このうごきはない)

そのことがあやしまれた。この相手とはこれまで何百回となく立ち合っているし、何百回

となく剣術談議を交わしている。こういう動作は、

——小細工だ。

としてもっとも嫌うのが山南敬助の手のはずだった。何かある。

(ははあ)

総司は、山南の声を聞いた気がした。どうやら山南は、

——総司、負けろ。

という伝言をしているらしいのだ。

まちがいない。山南の切っ先はいっそう上下動が激しくなり、ことに上方へのそれはクイクイと音が出そうなほど鮮明になっている。

——竹刀をあげろ。胴をあけろ。その胴を俺が打つ。

面金《めんがね》の奥の山南の目が、はっきりとそう言っていた。

(ありがとう、山南さん)

総司は、ほとんど感動した。

胸の熱が防具にまで伝わった。なぜなら総司の本心は、

(京へ行きたい)

理由は明快この上なかった。徳川将軍をまもるためでなく、尊王攘夷の思想に殉じるためでなく、天然理心流の名を天下にとどろかすためでなく、ましてや給金めあてでもない。た

だ単に、

(京には、強敵がいる)

それだけの話だった。

京にはいま全国の志士があつまっている。坩堝《るつぼ》のなかで金属が滾《たぎ》るように、そのように京では無数の才能が滾っている。そこにはどの程度の剣の使い手がいるのか。どの程度まで自分のわざが通じるのか。たしかめなければ、

(俺の生涯、何の甲斐もない)

決意というより好奇心だった。子供が縁日に行きたがるのと本質的にはおなじだったろう。むろん、さっき「京へは行きません」と言ったのは姉および沖田家への気づかいにすぎぬ。本心ではない。総司にはむかしから、あの沖田家を出された九歳のときから、自分よりも姉の気持ちを汲もうとする精神の反射回路というべきものができあがっていた。

そういう総司の心のすべてを、

(山南さんは、見やぶっていた)

知己としか言いようがない。山南ははじめから八百長試合をする気だった。こうして立合って山南が勝てば、総司は上洛せざるを得ず、しかもその上洛は、

——山南の強要による。

という名分が立つ。衆人環視のなかである。総司はみつに対して罪悪感なく「行って来ま

す」と言うことができるのだ。

「さあ総司。どうした」

山南が、面金の奥から声を発した。竹刀はあいかわらず縦の往復をくりかえしている。

総司は、むぞうさに両手をあげた。

山南の胴が来た。これが入れば筋書きは完成する。京へ行ける。しかし総司はうしろへ跳び、腰をしずめて、

「ごめんなさい、山南さん」

山南は、むなしく空《くう》を斬った姿勢のまま、

――信じられない。

という目で総司をにらんでいる。総司の思いは単純だった。かりにも勝負である以上、負けるのは嫌だ。わざと負けるのはなお嫌だ。それだけの話だった。

「ばか」

舌打ちして、山南は猛然と間合いをつめてきた。面、胴、胴、面、籠手《こて》と、ふつうの剣客なら一手しか打てないような瞬息《しゅんそく》の間《かん》に五手も打ってくる。総司はすべて竹刀で受けたが、一手一手がずっしりしていて、ほとんど竹刀が折れそうだった。

――山南が持つと、竹の竹刀も鉄になる。

と、たくみなことばで評したのは近藤だが、この攻撃でたいていの相手は竹刀をとり落と

すか、戦意をうしなうか、あるいは押し切られて一本とられるか、いずれかに終わるのがつねだった。速さと重さを兼ね備えた、師範代にふさわしい芸だった。

が。

相手は、総司だった。

総司はまるで強風のなかの柳のように全攻撃をやわらかく受けた。最後の籠手をも鍔《つば》もとで受け、一瞬、山南のうごきが止まったと見るや、山南よりもさらに速い動作ですりあげて、

「御免」

ぴしっという高らかな音とともに山南の胴を抜き、さらに正面から体あたりを食らわせた。

山南は姿勢をくずし、どっと尻が床に落ちた。

「勝負あり」

左之助が手をあげる。圧勝というほかなかった。

「総司、貴様……」

はあはあと苦しそうな息とともに、山南はがらりと竹刀を捨てた。面金の奥の表情はわからない。総司は立ったまま、ぺこりと頭をさげて、

「おともします」

「え？」

「私も、京へ腕だめしをしに行きます。姉は私が説得します」

一同が、わっと沸いた。

†

翌年二月、総司たちは、江戸を発《た》った。

幕府きもいりの浪士組にくわわった試衛館のメンバーは、ぜんぶで八名。総司と山南のほか、近藤勇、土方歳三、井上源三郎、永倉新八、原田左之助、藤堂平助《へいすけ》。この八名がのちに新選組の中核をなすことは言うまでもない。新選組とは、次男以下の集団なのである。

なお沖田家の当主、あの温厚な林太郎も、このとき浪士組に参加している。

ただしこの人は上洛して早々、清河八郎の策動により浪士組が分裂したさい、京にはのこらず、清河とともに江戸へ帰った。給金めあてだったのだろう。

†

上洛後わずか半年にして、浪士組の名は、京洛中を震撼《しんかん》させるようになった。

佐幕勢力が京から長州藩および急進派公卿たちを追放した、いわゆる八月十八日の政変にさいして御所の警備を担当したのをきっかけに存在が知られ、名前も、

新選組

とあらためたことは前述した。その後、長州の残党狩りに一定の成果をあげたことから、新選組は、むしろ警察組織の性格をつよめていく。当然、その活動も、

市中とりしまり

が中心となった。

活動範囲もひろがった。ときには大坂まで出向いて巡邏《じゅんら》にあたることもあり、そのさいには寺町の万福寺《まんぷくじ》を屯所とするのが例だった。

八月十八日の政変の翌月だから、文久三年（一八六三）九月の或る日。

山南敬助は、その万福寺にいた。

夕暮れどき、境内でたばこを吸っていると、若い男がふたり来て、まっさおな顔で、

「お助けください」

山南は、ただちに近藤の部屋にふたりを通した。彼らがくちぐちに言うには、

「手前どもは高麗橋筋《こうらいばしすじ》の呉服屋・岩城升屋《いわきますや》の手代にごわります。じつは最前、店に見知らぬ浪人様五人が来られまして」

「攘夷御用の金一千両ただちに用立てろと、こう申されるので」

岩城升屋は、寛永《かんえい》六年創業。

二百年以上の歴史をもつ老舗《しにせ》中の老舗だった。三井高利《みついたかとし》を家祖とする江戸の越後屋《えちごや》とは熾《し》

烈《れつ》なライバル関係にあり、元禄《げんろく》三年（一六九〇）、岩城升屋が江戸に支店を出したところ、翌年には越後屋が大坂に支店を出したという。どちらも日本を代表する大店《おおだな》となり、富豪となり、幕末にいたった。

近藤がゆっくりと目をひらいて、

「して、おぬしらは、どう対応した？」

と問うと、手代のひとりが、

「先日のお見まわりのさい、近藤様に言われたとおりに致しました。一千両は大金です、ご用意には時間をいただきませんととお答えして、いったんお引き取りいただいたのです」

「そうしてここへ注進に来たか。よしよし。それでいい。われわれ新選組が禍根を断ってやる。その浪人どもは、いつ金を受け取りに？」

「夜半と」

「今夜か」

近藤は、しまったという顔をして山南を見た。山南はさっきから片手をふところに突っ込んで、だまって近藤たちの話を聞いている。

「山南さん。今夜、出張《でば》ることができるのは……」

「さよう。拙者をふくめ、二、三名かなあ」

山南は、のどやかに答えた。本音を言うなら、相手の倍の、

（十名は、ほしいところだが）

何しろ相手は、数ある商家のなかでも岩城升屋に目をつけるくらいだ、まず腕におぼえがあろう。こちらの人的損害を出さぬためには、まずは多勢であたるのが戦略の基本だった。が。

そもそも今回の大坂駐屯は、事実上の薩摩藩主・島津久光《しまづひさみつ》がちかぢか鹿児島からの上洛のため大坂で下船する、それに先だって、

――人心の安定をはかるように。

という会津藩からの指図によるのだった。喫緊《きっきん》の用ではない上に、おりしも新選組は京の屯所で局長・芹沢鴨《せりざわかも》を暗殺した直後であり、隊内が動揺しかけていた。むやみと大坂へ人数をさくことができない時期だったのだ。

「こうなるとわかっていれば、せめて総司だけでも連れて来るんだったが……」

近藤がしぶい顔をすると、山南はしかし、

「なあに。戦いかたはありますよ」

むしろ夜が来るのを心待ちにする口ぶりで言うと、別室にさがり、ぐうぐう昼寝しはじめた。

手代たちの話のとおり。

†

浪人五名は、その夜、ふたたび岩城升屋に来た。道修町《どしようまち》に面した裏口にひしひしと体を寄せ、そっと戸をたたいたのだ。

あたりを警戒する様子もない。

「なかなか、肝《ふて》が太えじゃねえか」

山南は、むかいの薬屋の二階の窓から見おろしつつ、刀の鍔を爪ではじいた。

月は、半月。

存外あかるく世を照らしている。板塀のむこう、岩城升屋の敷地内には土蔵の瓦屋根が十《とお》以上もあり、それぞれに陰影をくっきりさせている。巨大な波がつぎつぎと押し寄せてくる光景のようでもある。奉行所などよりはるかに豪壮なものだった。

近くに煮売り屋でもあるのか、江戸とも京ともちがう浪華《なにわ》独特のだし汁のにおいが甘《あま》やわらかく山南の鼻腔《びこう》を打つ。

（腹がへったな）

と山南は思った。仕事が終わったら、どこかの店の主人をたたき起こして箱鮨《はこずし》でもこしら

えさせるか。と、

きい。

きしみを立てて、裏口の戸があいた。

手代がひとり顔を出し、こそこそ浪人どもと話をしている。金はご用意いたしました、いまお持ちします、などと言っているはずだった。そのように山南が指示しておいたのだ。

手代の顔が、ひっこんだ。

戸がしまる。と同時に、

じゃらり

と錠のおりる音がした。

それが合図だった。山南は立ちあがり、階段をおり、階下に待機していた隊士二名とともに薬屋をとびだして、

「新選組だ。世から消えろ」

声とともに斬りかかった。浪人がいっせいに振り向いた。山南は、手近なひとりへ真正面からぞんぶんに袈裟斬りをくれてやる。

「ぎゃあっ」

と地にうずくまり、うずくまったまま絶命したそいつには目もくれず、のこりの四名はばたばたと通りを西へ逃げた。

逃げたのではない。

間合いを取ったにすぎなかった。四人全員、或る程度のところで立ちどまり、きびすを返し、抜刀したのでそれがわかった。倉卒《そうそつ》の間《かん》にこれだけの組織的行動がとれるというのは、やはりいずれも、

（そうとうの使い手）

山南は、

「おい」

うしろの隊士たちに声をかけ、板塀の手前へさがらせた。

山南自身もあとじさりして、ふたりの横に立つ。こうすれば敵はとにかく前方に集中して、或る程度、人数差をおぎなうことができるからだ。味方よりも多い敵を相手にする乱闘では、何よりも避けるべきは、前後からの挟み撃ちにほかならなかった。

浪人は、山南たちをかこんだ。

かこみつつ、じりじり間合いをつめてくる。山南の意図がわかっているのだろう、みだりに手は出さず、包囲をきつくして、山南たちが打って出るのを待っている。一種の根くらべを仕掛けられたのだ。

山南は元来、待ちの剣士ではない。

すすんで場をかきまわして活路を見いだす型の剣士だし、また剣のすじから言ってもそれ

が理にかなっていた。

山南は、うごいた。

正面の敵めがけて、

「それっ。それっ」

面、胴、胴とやった。敵の思う壺に嵌《はま》ったわけだが、その攻撃があまりに激しかったからだろう、敵は受けつつ後退した。例の速さと重さがきいたのだ。

山南はどんどん足をふみだした。一直線に前へ出た。おのずから山南の背中は、べつの敵に、完全に、さらされることとなる。見参という語のどこかの方言なのだろう、

「けんぞーゥ」

という奇妙な気合いとともに、山南は、うしろから襲われる気配を感じた。あのもっとも避けるべき挟撃《きょうげき》の機会を、みずから投げあたえた恰好になった。山南は、前しか見ていない。

が。

しゃがんだ。

野糞《のぐそ》のごとく腰を落とし、背をまるめたのだ。うしろの敵の切っ先が、山南の髷をかすめ、前方の敵の顔面へながれた。

山南は右へすっとび、挟撃をのがれた。

腰をあげると、敵ふたりを横から見ることになる。敵ふたりは一瞬のことで情況がわからず、刃《やいば》をまじえたまま、たがいに呆《ほう》けたように見つめあっている。

それをまとめて、一薙《ひとな》ぎ。

山南は、横に剣をふるった。ふたりの腰から同時に鮮血がほとばしり、同時にひざが地についた。たがいにぐったりと上半身をあずけ、「人」の字のかたちになるよう、あごを肩にのせあって、ふたりは生物であることをやめたのだった。

京へ来てから山南はもう何度、修羅場をくぐったかわからないが、一石二鳥ははじめてだった。生涯の語りぐさになりそうな予感のうれしさ。そのうれしさはしかし、つぎの瞬間、

「ちっ」

舌打ちに取って代わられることになる。愛刀が折れていたからだ。

ためしに青眼にかまえてみる。信じられない光景だった。この赤心沖光《せきしんおきみつ》二尺八寸五分（約八五センチ）は、あたかも斤《きん》という字の最初の二画のように先がぐにゃりと右へまがって、ぶらぶらゆれている。

首の皮一枚、ではなくみねの皮一枚でかろうじて断絶をまぬかれている状態だったのだ。かたい腰骨《こしぼね》に連続でぶつかったのが災いしたのだろう。

「人を斬るための長刀《ちょうとう》が、人を斬って折れるとは何ごとだ」

山南は見たこともない刀匠を罵倒したが、戦闘はなおもつづいている。板塀のほうでチャ

ッ、チャッという刃の打ちあう音が聞こえるのだ。
行ってみると、戦闘どころではない。

隊士ふたりが一方的に浪人どもに襲撃されていた。ふたりとも平隊士《ひら》ながら、道場では秀才といわれている。けれども、山南の見るところ、

（何とまあ、気がきかねえ連中だ）

塀を背にしろ、という事前の指図にこだわりすぎている。情況に応じて打って出るとか、敵の横にまわるとかすればいいのに、ただ追いつめられているだけなのだ。

秀才によくある柔軟性のなさだった。言われたことは上手にやるが、実戦と道場剣術はちがうのだということを、

（あとで、教えてやらにゃならんな）

山南はやれやれと思いつつ、通りのまんなかへ出て、

「おおい」

わざと大声を出した。敵方の注意を引き寄せようと思ったのだ。

ひとりの浪人が、それに応じた。

きびすを返し、こちらへ向かってきたのだ。さんざん打って打ち疲れたのだろう、息があがっている。こっちは手負いの刀だが、一対一なら、

（勝てる）

山南は、刀をかまえた。

が。

その浪人のうしろには、隊士の姿があった。

野口《のぐち》某という名前だったか。形相が変わっている。さっきまで自分を愚弄《ぐろう》しつくした浪人を、いまこそ背後から、

——殺《や》れる。

というのだろう。それが浪人の計略だということに、なぜ気づかないのか。

「ばか！　来るな！」

山南は、さけんだ。

遅かった。浪人は山南の前で急停止し、うしろからの野口の攻撃を待った。野口は攻撃した。走りつつ上段から刀をふりおろしたのだ。

浪人は、その場にしゃがみこんだ。

山南がさっき別の浪人にしたのとおなじ攻撃にほかならなかった。野口の刀は空《くう》をきり、まっすぐ山南の顔へ向かってきた。山南は刀の鍔もとで受けた。受けざるを得ない。この一瞬、山南の胴ががらあきになった。

浪人は、山南の左へころがり出た。そうして片ひざをついた姿勢のまま、

「けんぞーゥ」

山南の胴を払った。山南はむざんに腰骨をくだかれ、地に伏して、視界がまっくらになるはずだった。

が、反応した。

無想無念の動作だった。左手を——左手のみを——刀から離し、ひじを下げたのだ。

ひじが、盾の役割をした。

相手の刀をがっちりと食いとめた。山南は、正面の野口を蹴とばすと、身をひねり、右手の刀で、

「ご苦労っ」

浪人の頭をまっこうから割った。浪人は、片ひざをついたまま山南を見あげ、どういうわけかひょっとこのお面のように唇をつきだし、あわを吹いた。

そうして横ざまに倒れた。どろんと瞳孔がひらいたのに、まだ口のはしでは白いあわが蠢《うごめ》いている。山南は、左ひじに食いこんだ刀を右手でひっこ抜いてから、板垛のほうを見た。

板垛には、もうひとりの隊士がよりかかっている。

ずるずる尻もちをつき、すすり泣きをはじめた。けがはないらしい。最後のひとりの浪人は、どうやら逃げてしまったようだった。

この一件により、新選組の名は、大坂でも不動のものとなった。

何しろ岩城升屋という日本一の大店《おおだな》を、

「救った」

というのだから評判は格別だった。浪人方が四人死亡、こちらは負傷者一名のみという圧倒的な結果もいっそう評判に拍車をかけた。鴻池《こうのいけ》、加島屋《かじまや》といったような大富豪がさっそく番頭を屯所の万福寺へ派遣して、

「このたびは、たいへんなおはたらきの由」

と手柄祝いを述べさせたのは、新選組によしみを通じておけば、いざというとき、

——来てもらえる。

という下心からだったろう。まことに浪華とは抜け目ない商人の街にほかならなかった。

もっとも彼らは資金協力も惜しまなかったから、新選組は、にわかに手もとが潤沢になった。隊士の増員、武器の調達などをひんぱんにおこなうのはこれ以降のことである。大坂は、新選組の一大資金源となったのだ。

大坂のみならず。

†

百二十里（約四八〇キロ）はなれた武州日野宿の周辺でも、新選組は英雄視された。

近藤がこのたびの戦果を宣伝すべく、日野宿の下名主をつとめる佐藤彦五郎《さとうひこごろう》へさかんに手紙をおくったからだ。手紙には当夜の戦況、山南の活躍、会津藩の激賞ぶりなどが簡潔に、いくらかの芝居気をもって書かれていた。

手紙には、山南の刀も添えられた。

これも芝居気の一種だったのだろう、刀は折れたままだったし、かわいた血がこびりついたままだった。手紙を読み、この刀をまのあたりにした日野の門人たちは、

「山南先生、とうとうやった」

と興奮した。なかには本気で、

「天然理心流が、天下を取った」

と吹聴した者もいるしまつで、彦五郎もそんな郷土の歓声に後押しされて、ぞんぶんに資金を送付した。

新選組はさらに強大な組織になった。

†

山南のけがは、回復した。

ひじの傷跡はのこったけれども、まげたり伸ばしたりしても痛みはないし、多少は重いものも持ちあげられるようになった。

一か月後には竹刀の素振りも再開した。山南自身もおどろくほどの順調さだったが、ひとつには、これは金が問題を解決したのだろう。会津藩主兼京都守護職・松平容保《まつだいらかたもり》より下賜《かし》された八両の恩賞金をぜんぶつぎこんで長崎帰りの蘭医・今井川曜斎《いまいがわようさい》にしばしば往診に来てもらったのが奏功したと思われるからだ。

「八両の左腕だ。後光がさすぞ」

近藤は、わがことのようによろこんだ。

総司ももちろんうれしかった。壬生《みぶ》の屯所の廊下などで山南と出会うと、

「どうです。ひとつ手合わせしますか」

面を打つふりをしたりしたが、山南ははっはっと笑って、

「いきなりお前じゃあ荷が勝ちすぎるよ。歳さんあたりで慣れてからにする」

歳さんとは、土方歳三。天然理心流における土方の階位は「中極位目録《ちゆうごくいもくろく》」という全六段階のうちの下から三番目にすぎなかったから、これはなるほど、現役復帰への踏み台としては恰好の相手かもしれなかった。

ところが。

岩城升屋事件から四か月後、文久四年（のち改元して元治元年）正月のこと。総司が所用

からもどり、屯所の門をくぐったところ、

「総司」

　門の内側で袖を引かれた。総司は、

「どうしたんです、土方さん。かくれんぼですか」

「今夜、体をあけておけ。話がある」

「島原へのお供なら、おことわりですよ。土方さんだけがいい夢みるんだ」

　冗談口をたたいた。土方は顔がいい。役者も顔まけと誰もが言う。島原へあそびに行くと仲居や舞妓《ぶぎ》はみな目の色を変えて土方へばかり話しかけるので、総司など、ひとりで酌をすることに慣れてしまったくらいだった。

「ばか」

　土方はひどく不愉快そうに言ったが、ふと思いなおしたという感じで、

「そうだな。島原へ行こう。近藤さんにも来てもらう。とにかく大事な話なんだ」

（おやおや）

　その日の暮れ方、三人は島原の角屋《すみや》へあがった。

　勝手知ったる揚屋である。座敷につくや、土方は女将《おかみ》へ、

「今宵は格別の用なのだ。妓《おんな》はいらぬ。酒と肴《さかな》だけ用意して、あとは放っておいてくれ。この会合のことは、ほかの隊士には決して洩らさぬよう。仲居たちにも言いふくめてくれ」

「へえ」

女将が出て行き、ほどなくして簡便な膳と酒がはこばれた。仲居がすべて出て行ってしまうと、土方は、総司を見、近藤を見つつ、

「山南さんのことだ。俺がときどき稽古の相手になっていることは、あんたたちも知ってるだろう」

「知っている」

近藤がうなずくと、

「弱くなった」

「え?」

「おなじ人物とは思われぬほど凡庸になった。太刀《たち》すじの速さこそ以前どおりだが、あの重み、こっちの全身へずしんと来るあの打ちこみの力が、まったく消えちまったんだ。かつて『山南が持つと竹の竹刀も鉄になる』と評したのは近藤さんだが、いま立ち合ったら、竹はやっぱり竹だと思うだろう」

「まさか」

近藤の、杯を口へもっていく手がとまった。剣というのは、速いだけなら曲芸師にもできる。

「ほんとうだ、近藤さん。若い連中もおなじ感想をもっている。実際、いまの山南さんは、

五手たてつづけに打ちこんでも六手目にぴしっと打ち返されちまうのがめずらしくない。以前なら総司にしかできなかった返しだが、いまは俺でも」

「ひょっとしたら、そいつは岩城升屋のときの傷が……」

「そう思う。やはり完治していないのだ」

「山南さん自身は？」

「いつも首をひねっているよ。本人としては、以前と変わらぬつもりらしい」

「だとしたら、もう永遠に治らぬかもしれぬ。それは、こまる」

「こまる」

土方と近藤は同時に腕を組み、むつかしい顔をした。山南敬助はこの時点で、新選組内部における、

総長

の地位についている。局長・近藤勇に次ぐ二番目の地位だ。その二番目が、やみあがりの今はまだしも、将来ずっとこんな状態なら隊士たちにあなどられる。統制上よろしくない。

……そういうことを、この一番目と三番目のふたりは、

(案じてるのかな)

総司は横から、そんなふうに観察した。土方の職名は「副長」である。剣の腕は大したことはないが、組織そのものへの統率力と責任感では総司など足もとにも及ばない。

総司は、

「なあんだ。その程度の話でしたか」

箸を置き、あっけらかんと声をあげた。

土方がぎょろりと目を向けて、

「まじめな話だ、総司」

「土方さんほどの人がこわい顔して切り出すから、どんな重大な事件かと思ったら。そんな問題、小さい小さい。時間が解決します」

「時間?」

「練習ですよ」

総司は、手でぱたぱたと自分の顔をあおぎながら、

「練習は人を裏切らない。一日千回三か月、計十万回もふりこめば山南さんは再起します。まじめな話です。さあさ、そろそろ妓たちを呼びましょう。このまま土方さんを帰したら、あとで恨みごとを言われるのは私ですからね」

ふたたび箸を取り、小芋の煮たのを口へほうった。いつもとおなじ味だった。

†

しかし山南敬助は、その後ふっつりと道場に顔を出さなくなったのだ。

一日千回どころか一回もしなかった。その上、日常の言動が、

（おかしい）

総司がそう気づいたのは、あの角屋での密談の翌月、二月に入ったころだった。

きっかけは、おりから上洛中の天然理心流門人・富沢忠右衛門《とみざわちゅうえもん》が屯所をたずねてきたことだった。

応対には、たまたま総司が出た。

「なんだ、富沢さん。また来たんですか」

「またとは何です、沖田先生。あんたはほんとに五月の鯉《こい》の吹きながしですねえ」

「いまは二月ですよ」

「なら行李《こうり》のなかで寝ておいでなさい。きょうは山南先生にお会いしたくて。山南先生の好物の嫁菜《よめな》のにぎりめしが、たまたま相国寺《しょうこくじ》の門前で売ってましたので」

富沢忠右衛門、四十歳。

ただの門人ではない。多摩日野宿周辺の、

「蓮光寺村《れんこうじむら》」

という村の名主を代々つとめる富沢家の当主だった。

蓮光寺村は、多摩でも一、二をあらそうほど裕福な村だった。いちおう天野《あまの》某なる旗本の

知行地ということになっているが、字《あざ》は四十七あり、取れ高は三百石をこえる。決められた年貢をおさめても余ることとおびただしかった。

そういう村の名主である忠右衛門は声望があり、財力もすさまじかった。

これは維新後の話になるが、明治天皇が多摩川の鮎《あゆ》漁を視察するため蓮光寺村に行幸《ぎょうこう》するときは、いつもこの忠右衛門の家が宿所になった。新選組にとっても日野宿の佐藤彦五郎とならぶ最重要の金親《かねおや》であり、近藤や土方も、忠右衛門が屯所に来ると、酒肴をととのえたり、島原へ連れて行ったりとまめに世話をやくのがつねだった。新選組もスポンサーにはかなわないのである。

総司は、

「わかりました」

気軽に立って、山南の部屋に行った。障子がぴったりと閉まっている。

「山南さん、富沢のおじさんが来ましたよ」

返事はない。かすかに衣《きぬ》ずれの音がするのは、たしかに室内にいるのだろう。

(ちぇっ)

「山南さん。あけますよ」

障子に手をかけ、横にすべらせようとした。すべらない。内側からつっかえ棒がしてあるらしい。

「ちょっと。山南さん」

がたがたと障子をゆらすと、部屋のなかから、山南のくぐもった声が、

「病気につき、会えぬと申せ」

総司はしかたなく、忠右衛門へそう伝えた。忠右衛門は、

「さようか、病気か」

ちょっと首をかしげたが、それ以上のことは言わず、総司とさしさわりのない話をして帰っていった。にぎりめしは総司の腹中におさまった。

その後、三日間。

山南は、自室にこもりっきりになった。

めしも食わず、誰にも会わず、本など読んでいたようだった。かと思うと、四日目の朝にとつぜん出てきて、

「うーん、いい天気だ」

着ながしで屯所周辺の農村をぶらぶら散歩しはじめた。散歩は次の日も、その次の日もつづけられた。農村では子供たちの相手をしばしばした。飴をやったり、軍談をしたり、剣術のまねごとをして遊んでやったり。

そのくせ屯所に帰ったら、道場へは足をはこばないのだ。大部屋へ行って新入りの隊士たちと雑談したり、めざしを焼いたり。剣術談議は決してしないし、ましてや隊務に関する話

となると、

「よせよせ。俺にはむつかしいことはわからんよ」

頭の上で手をふって、他愛ない話題にきりかえてしまうのだった。

――山南先生、顔つきが変わられた。

と、古株の隊士はうわさした。

――憑《つ》きものが落ちたというか、あれはまるで……

――好々爺《こうこうや》だ。

――ご隠居だ。

――そう、ご隠居だ。何やら縁側で猫でも抱いているような、そんな感じではないか。

新選組は、縁側ではない。

高度に統制された秋霜烈日《しゅうそうれつじつ》の警察組織である。

特にこの年の活動はすさまじかった。六月には三条小橋の西の旅籠・池田屋へふみこんで幕末最大の志士弾圧の執行者となったし、この弾圧の報復のため、一か月後に長州兵が京の街をとりかこんで御所に突入し、いわゆる蛤《はまぐり》御門《ごもん》の変を引き起こしたさいにも、新選組はあちこち奔走して長州の残党狩りをおこない、治安の維持につとめたのだった。

みな、命がけだった。

隊士たちは勇敢にたたかい、勝利し、あるいは敗れて命を落とした。負傷した者たちも応急処置をほどこしただけで戦場へ出て、それが原因でしばしば死んだ。

総司でさえも池田屋事件では戦闘中とつぜん喀血《かっけつ》してあやうく敵方の志士・広岡浪秀《ひろおかなみひで》に首を飛ばされそうになったくらいなのだ。そういう危難の日々にあっても、

――俺には、何の関係もない。

と言わんばかりに本を読み、散歩をし、子供たちの相手をしつづけたのは山南敬助ひとりだった。子供たちはよろこんだ。

しんせつ者《もの》は山南《さんなん》、さんなん。

などと節をつけて歌うようになった。何しろ隊中の大幹部だから、近藤や土方は、ちょっとこの男には腫《は》れものにさわるようなところがある。

――あんなやつが、総長か。

隊士たちは、ようやく白眼視するようになった。

聞こえよがしに当てこすりを言う者もあらわれた。すると山南は、機敏にも、

「降りよう」

近藤の部屋をおとずれ、さばさばとした表情で、

「拙者はもはや、総長の任に堪えぬ。免じてくれるとありがたい」

近藤は、勇断した。

山南を無役に落とした。

組頭にもせず、監察にもせず、文学師範のような形式的な地位すら用意しなかった。元治元年(一八六四)暮れのことだった。

†

年があけると、山南は失踪した。

近藤にこんな置き手紙をのこして。

自分はこれまで総長の位にあり、精勤奮勉してきたが、それにもかかわらず無役に落とされ、武士にあるまじき屈辱を受けた。おそらく私のたびかさなる進言がうとましくなり、もっぱら土方歳三のような俗物の甘言のみを聞き入れるようになったからであろう。

このような性根《しようね》のくさりきった局長とは尽忠報国の志をともにすることはできぬ故、離隊する。隊士諸君の武運をいのる。

元治二年(一八六五)二月二十一日の日付がある。一読するや、近藤は総司を呼び、手紙

をわたして、

「山南さんが乱心した。ただちに追え。馬を引け。どうしても連れもどせ」

声がうわずっている。さすがに動揺しているのだ。総司はちょっと考えてから、

「手向かいされたら？」

「やむを得ぬ」

近藤は声を落とし、しかし断固たる口調で、

「局長が許可する。斬り捨てろ」

†

総司には、馬はわからない。

が、ちょうど最近、その道の者が入隊したところだった。

備中足守藩《びっちゅうあしもり》出身の二十七歳、安富才助《やすとみさいすけ》。藩士時代には大坪流《おおつぼりゅう》馬術をまなんで名手だったことから屯所の馬の世話をまかされ、よく務めている。近藤などは、

「新参ながら、懈怠《けたい》がない。馬術師範にでもするか」

などと早くも言っているようだった。総司はその安富のところへ行って、

「安富さん。活《い》きのいいのを一頭」

「はっ」

栗毛の雄馬にまたがり、屯所を駆け出た。

京の街をどどっと西から東へ突っ切り、三条大橋をわたって、東海道を東走した。馬上で風を受けながら、総司は、

(乱心など、していない)

そのことを確信している。山南はむしろ正反対に、

(熟慮の上で、この挙をなした)

もとよりあの置き手紙はでたらめ千万、ただ形式的に近藤や土方を批判しただけ。しかしその批判をあえてしたのは、

「……山南さん、罪が着たいんだ」

罪とはもちろん、

一、士道に背くまじき事
一、局を脱するを許さず
一、勝手に金策いたすべからず
一、勝手に訴訟を取り扱うべからず
一、私《わたくし》の闘争を許さず

という局中法度《はっと》五か条のうちの第二条「局を脱するを許さず」だ。

脱隊禁止。違反したら切腹か斬首。それこそが山南ののぞむところだったのだ。もっとも近藤はみょうに鷹揚《おうよう》なところがあって、情状酌量の余地ありと見れば、平隊士でもわりあいあっさり脱隊をみとめてしまう。平隊士にしてそうならば、結党以来の大幹部である山南に対しては、

――黙認も、あり得る。

山南はそんなふうに恐れたからこそ、より確実に罪が着られるよう、あのような幹部批判の手紙をのこしたのだ。まちがいない。

「どこまでも、口実づくりの好きな人だ」

総司は、馬上でつばを吐いた。

ふりかえれば、そもそも総司が京に来るときも、山南はこれに似たことをした。総司が沖田家を気にせず上洛できる口実をつくるため、道場で八百長試合をしかけ、わざと総司に負けさせようとしたのだ。山南とは、そういう配慮をする人だった。演劇的な自己犠牲というか。

（と、なれば）

山南の行く先は、おおよそ察することができる。

つかまるために脱走したのだ、意外な場所ではあり得ない。まずは、

（仙台か、江戸）

仙台は山南の故郷であり、江戸は第二の故郷である。どちらにしても東海道を東へ向かうことになる。総司は、馬の腹を蹴った。

京を出ると、最初の宿は、近江国の大津だった。

京から三里（約一二キロ）。いくら何でも、

（もう少し先へは、行ってるかな）

そう思いつつ馬をおり、街道ぞいの旅籠を一軒ずつしらべた。あっさりと四軒目で、

「へえ。そういうお武家さんなら、うちにご逗留《とうりゅう》で」

陽《ひ》は高いが、もう部屋を取ったのだという。宿帳を見せてもらうと、山南敬助と本名が書いてあった。

馬をつなぎ、上がらせてもらう。

二階のいちばん奥の部屋に行く。

さらりと襖をひらくと、あけはなした障子戸のむこうに庭があり、庭のむこうに琵琶湖《びわこ》がある。きらきらと陽光のかけらが水面《みなも》をはねまわっていた。山南はその景色をながめつつ、机に向かい、のんびり茶などすすっている。

「山南さん」

声をかけると、山南はゆっくりと総司のほうへ首を向け、

「さすがだな。あと一刻《いっとき》はかかると思っていたが」

邪気のない口調だった。総司はどういう気のきいた返事もできず、

「隊規違反につき、召し捕りに参りました。ご同道願います」

あまりの気のきかなさに、涙が出そうになる。山南はすなおに茶碗を置き、立ちあがって、

「じゃあ、行こうか」

「いや、やっぱり」

「何だね」

「八百長をしましょう」

「八百長？」

腰を浮かした姿勢のまま、山南が、目をまるくした。総司は庭のほうを指さして、

「あの日のように立ち合おうじゃありませんか。今度はちゃんと負けてあげます」

「竹刀がないよ」

「これで」

総司は、刀の柄《つか》を手でたたいて、

「真剣でやりましょう。山南さんは死んじゃだめだ。私を斬って、仙台にお帰りなさい」

「おいおい」

山南はくすりと笑って、

「有為《ゆうい》の若者が、命を粗末にするんじゃない。どっちみち私には総司を斬る腕はないよ。八百長でも、返り討ちにあうのが落ちだ」

「腕がないなら、稽古すればいい。一日千回三か月。それだけの話じゃありませんか。あなたにはふぐりがないのか」

いつか山南に言われたことを、総司は山南に言い返した。皮肉や揶揄《やゆ》などではない。練習は人を裏切らない、それが総司の唯一の剣術観だった。

山南は、

——残酷な。

と、ぽつりと言ったようだった。

総司が思わず、

「え？」

と聞くと、山南はまた座布団にすわりなおして、

「お前はことし、いくつになった」

総司は突っ立ったまま、

「……二十四です」

「俺はもう三十三だ」

山南は、茶盆から急須を取り、総司のために茶をいれた。茶碗をひとつ机の反対側へ押し出して、

「まあ、すわれ」

と言ってから、

「俺もなあ、若いころはそう思っていたよ。練習は人を裏切らない。稽古しないのは怠け者だ。……そうじゃないんだな。人間にはあるんだ、どうしても、見えちまうときがさ」

「見えちまう？」

「ああ。自分はもうこれ以上は行けない、どんなに努力しても無駄だって、はっきり見えちまう瞬間だ。あきらめるしか方法がない」

山南はどたりと左腕を机上へ投げ出し、袖をまくった。ひじの外側に一文字《いちもんじ》の傷跡がある。さながら腕そのものを輪切りにしようとして中止したかのごとき、半月形の一文字だった。

「俺にとってのその瞬間は、歳さんと道場でやりあったときだった。何かちがう。打ちこめるはずが打ちこめない。ひじを曲げ伸ばししてみたら、肉のなかで、はりつめた一本の糸が切れてるような感覚があったんだ。これはだめだと俺は思った。この糸は、もう永遠につながらぬ」

総司はようやく正座して、両手で茶碗をつつみこんで、

「……おどろきましたか？」

「おどろいたどころの話じゃない。死のうと思ったよ。部屋にとじこもっていた三日間、俺はそのことばかり考えてた。日野の富沢忠右衛門さんには悪いことをしたが、とても物見遊《ものみゆ》山《さん》の客に会う気にはなれなかった。よろしく言っといてくれたかな」

「でも四日目に、出てこられましたよね」

「何だかなあ、きゅうに気が楽になったんだ」

山南の目じりが柔和になった。好々爺、と隊士たちに評される表情だった。

「長いあいだ暗い川の底をおよいでいて、ふと水面へ顔を出したような感じだった。俺は剣がだめになったんじゃない、剣なんか触れたこともない子供のころに戻ったんだ、そんなふうに思ったらな。無責任なように聞こえるかな」

「無責任です」

と総司がそっけなく応じたが、山南は聞こえないふりをして、

「子供になると、総司、世の中はうれしいことに満ちているよ。散歩ひとつしていても、花の色、風のにおい、すべてが胸をわくわくさせる。あれは発見だったなあ」

「その発見の最中に、世の中では池田屋事件がありました。蛤御門の変がありました」

「たくさんの同志が死にました、か」

「はい」

「お前は意気さかんだな。結構なことだ。ま、いずれわかる日が来るよ。健康な人間という

ものがいかに鈍感なものか。いかに残酷なものか。俺のように深傷《ふかで》を負うか、年とって体がきかなくなるかすれば、そのときこそお前も……」

「いずれ、じゃないな」

総司は目を伏せ、ぼそぼそと、

「いま、わかります」

山南は、口を半びらきにしたまま、ぽかんとした。片方の耳をつきだして、

「いま何と？」

「わかります、と申し上げました。山南さんのお気持ちが」

「ばかやろう！」

山南が、はじめて色をなした。

右手をのばし、トンと総司の胸を突き飛ばすと、おなじ手でおのれの左のひじを二発なぐって、

「気やすめは許さん。五体満足の貴様にどうして俺の気持ちがわかる。うわべだけの同情は、侮辱にひとしいぞ」

「うわべだけではありません」

「まだ言うか」

山南がとうとう腰を浮かし、刀の柄に手をかけたが、総司は動じず、深いため息をついて、

「私は労咳《ろうがい》です」

「ろ」

山南は、絶句した。

浮かした腰が、すとんと落ちた。

労咳は、いわゆる肺結核である。結核菌の感染による伝染病であることはこんにち広く知られているが、当時は原因不明だった。ドイツの細菌学者コッホが結核菌を発見し、病因をつきとめたのは一八八二年、この山南と総司の会話の十七年後のことである。

しかし罹患すれば確実に死ぬ、ということは知られていた。医療先進国のイギリスやドイツですら、

――白いペスト。

と呼ばれ恐れられているということは、総司も聞きかじっている。

「池田屋のとき血を吐きましてね。四条烏丸《からすま》の内科医・半井玄節《なからいげんせつ》先生のところへ行ってみたら、そう見立てられました。保《も》ってあと二、三年だそうです」

総司は、淡々とうちあけた。ほんとうなら、このことだけは、

(言いたくなかった)

剣士として、誰かに弱みを見せたくない。

それだけの話だと自分では思っている。ましてや隊士たちに、

——元気を出せ。

などと励まされるのは想像するのも嫌だった。総司は山南に賛成だった。うわべだけの同情は、たしかに侮辱にひとしいのだ。

「……隊内で、そのことは？」

山南が、遠慮がちに聞いた。総司はほほえんで、

「誰も知らないでしょう。私もぎりぎりまで黙っているつもりです。もっとも、土方さんは感づいているかもしれませんね。あの人は父上、母上、姉上をおなじ病でなくしてますから。どうも私を見る目がちがう」

「体はきくか？」

「ききません」

総司は、これだけははっきりと言った。

「以前とくらべれば、という意味ですが。私の場合は、どうやら速さに来るらしくて、微妙に、しかし確実に、打ちこみが遅くなっています。じき永倉さんあたりに負けるでしょう」

「私とおなじだな」

「そうですね」

山南は、庭のほうを見た。

総司も見た。白い鶺鴒《せきれい》が二羽、チチッ、チチッと鳴きながら、鶺鴒特有のすり足でちょこ

まか土の上を駆けまわっている。食うための虫でもさがしているのか。それとも駆けまわること自体をたのしんでいるのか。

鶺鴒たちは、相前後《あい》して飛んでいった。

山南はなお庭から目を離さなかったが、しばらくして、

「負けたな」

「え？」

総司のほうへ顔を向け、ふたたび柔和な目になって、

「またしても、私はお前に負けたようだ。お前はそういう体でも稽古をおこたらなかった。激闘の日々から逃げなかった。私のように部屋にこもったり、散歩をしたり、隊を脱走したりしなかった。最強の男だ」

「まだ病気が進んでない。それだけの話ですよ。あすには稽古をやめるかもしれない」

「それはそうだな」

山南は、気やすめを言わなかった。

事実、総司は、こののち一年半ばかり隊務に精勤したものの、その後は床に伏しがちになる。伏してからは、世間では薩長同盟、大政奉還、王政復古の大号令とあれよあれよと事態が進展したあげく、とうとう鳥羽伏見の戦いに至った。幕府軍と薩長軍の全面戦争が勃発したのだ。

新選組も、幕府方の一部隊として参戦した。

総司はもはや体がきかず、大坂城中にはこびこまれ、床についたまま、砲声の響きのみを耳にした。同志がたくさん死んでいった。

池田屋事件にも蛤御門の変にも参加しなかった、と山南敬助を詰問した総司は、結果として、それよりもはるかに重大な戦争へ参加しなかったことになる。

「総司」

山南は、きゅうに姿勢をただした。総司は、

「何です」

「たのみがある」

「はあ」

「お前しか考えられぬ。この山南敬助の、最後のわがままだ。聞いてくれるか」

頭をさげた。総司はただほほえんで、

「ええ」

と言った。たのみというのが何なのか、総司にはもうわかっている。

†

総司と山南は、ともに京の屯所へ帰った。

もう夜になっていたが、近藤はただちに行動を起こした。山南をかつての自室へ入らせ、みずから判決文をしたためてその部屋へ行き、

「山南敬助、法度にそむき脱走せし段、まことに不届きにつき、切腹もうしつける」

朗々と読みあげた。

山南は、型どおりに手をついて、

「ありがたき幸せにござる」

白いふとんが敷かれ、必要な道具がととのえられた。山南がゆったりとした白無垢《しろむく》に着がえ、ふとんに端座したときには、まわりには、

近藤勇

土方歳三

原田左之助

藤堂平助

といった試衛館以来の同志が正座している。井上、永倉のふたりが欠けているのは、たま

たま市中見まわりに出ていたせいだった。

「別れは、清《きよ》くしよう」

近藤がそう発案したので、山南は、ひとりひとりと水杯を交わすことになった。最後の藤堂平助に注《つ》がれた水をすんなり口へ入れてしまうと、

「さて」

杯を下げさせ、むぞうさに白無垢を腹までくつろげた。

正面の三方《さんぼう》から短刀を取った。短刀は、作法どおり九寸五分（約三〇センチ）。柄が外され、かわりに白い奉書紙が巻かれている。その奉書紙の部分を持ち、切っ先をちょんと腹の皮にあてると、

「用意はいいか、総司」

ふりむきもせず、しかし背後に声をかけた。

総司は、そこにいる。

刀を抜き、八双《はっそう》にかまえている。つとめて気配を消したつもりだったが、やはり察知したのだろう。

「ええ」

とみじかく返事すると、山南は、やはり前方を見すえたまま、

「うろたえるなよ、総司。俺がいいと言うまで手をくだすな」

もはや好々爺の口調ではない。おちついた、しかし傲然《ごうぜん》たる試衛館のころの口調だった。大津の宿ではしおらしくも「聞いてくれるか」などと総司に介錯《かいしゃく》をたのんだくせに、いざとなったらこの態度。総司はそっと苦笑いして、

(これぞ、山南さん)

山南はためらわず、

「むっ」

短刀を突き立てた。

左の脇腹に刺したのを、ゆっくりと右へ引いていく。

短刀はふかぶかと入っているが、かといって内臓がどっと飛び出すような醜態はない。うめきも洩らさない。姿勢もくずさない。この切腹は、異様にしずかな切腹になった。

総司は、待った。

待ちながら、

(いろいろあったな)

これまでのことを思い出した。

京に来てまもなく、会津藩本陣で上覧試合をおこなったこと。上覧試合だから八百長でよかったのに、総司と山南は、どこまでも本気だった。ふたりとも髷まで砂まみれになり、総司も七本のうち二本を取られた。あとで藩主・松平容保が側近に、

「天然理心流では、あれが演武の型なのか」

とまじめに問うたという。胸のすくような立ち合いだった。

あるいはまた、それ以前の試衛館時代。

よくふたりで旅をした。ふたりとも師範代だったから、江戸から日野へ、出稽古に行ったのだ。天気によっては二日も三日もかかることがあった。歩いているうちは暇だった。嫁菜のにぎりめしをふたつに割って食いながら、おたがい剣術談議ばかりしたものだ。

（また、食いたいなあ）

総司はふと、子供のようにそう思った。風のにおいが思い出された。

足もとで、

「総司。や、やれ」

かぼそい声がした。

山南の声だった。見おろすと、短刀は真一文字を描いたあげく右の脇腹へ達していた。うなじが雪のようにまっ白になってふるえている。さすがに限界なのだろう。

（また、食いたい）

刀をおろした。

ターン

という紙風船をわったような音がして、山南の首が前へ落ちた。

懐紙を出し、刀身をぬぐうと、総司はようやく顔をあげた。

はじめて気づいた。

全員、なみだで顔をぬらしている。近藤も、左之助も、あの冷酷な土方ですら。誰もみな、

（山南さんに、負い目があるんだ）

総司には、そのことがよくわかった。近藤は、大坂の岩城升屋のとき山南をむりな戦闘へ駆り出したという負い目がある。土方は、新選組第二位の立場をうばい取る結果になったという負い目がある。

ほかの連中はいちように……そう、山南敬助は、ともに江戸を出発した試衛館の八名のうち、はじめて欠けた男だった。同志を見すてた、ような気がしたのだろう。

総司ひとりが、泣かなかった。

悲しいとも思わなかった。後日、原田左之助が、

「総司はいちばん深いつきあいだったのに、涙ひとつこぼさなかった。偉いもんだ」

とほめてくれたけれども、そいつは、

（的外れだ）

総司は苦笑いした。総司はただ、山南と自分のふたりだけが川のこちら側にいる、あとはみんな向こう側にいる、そう思っただけだった。

†

翌日、葬式がおこなわれた。

簡素ながら、心のこもった式だった。

切腹を命じた近藤自身が弔辞を読んだ。近藤は山南の人となりを称揚し、その剣技の冴えを称揚し、さらには山南の最期に言いおよんで、

「浅野内匠頭《あさのたくみのかみ》でもああ美事《みごと》には果てないであろう」

と言った。忠臣蔵の英雄、浅野内匠頭は近藤のもっとも尊敬する歴史上の人物だったから、これは最高の讃辞にほかならなかった。

近くの村からは子供たちが集まり、棺をかこんだ。

十四、五人はいただろう。誰からともなく歌いだした。

しんせつ者は山南、さんなん。

歌声はいつまでも空にひびき、地の花をゆらした。壬生近辺では昭和のはじめまで聞かれた童歌《わらべうた》だという。

解説

縄田《なわた》一男《かずお》
（文芸評論家）

二〇一五年という年は、後から考えると、歴史・時代小説界にとって、一つの節目の年となるのではあるまいか。

一つは、火坂雅志《ひさかまさし》、宇江佐真理《うえざまり》、杉本章子《すぎもとあきこ》といったベテランが、志《こころざし》半ばにして次々と逝《い》った年であり、いま一つは、伊東潤《いとうじゅん》、富樫倫太郎《とがしりんたろう》、門井慶喜といった錚々《そうそう》たる気鋭が、時を同じくして〝司馬遼太郎《しばりょうたろう》越え〟を試みた年であったといえるからだ。

確かに司馬遼太郎は、斯界《しかい》における巨人である。

しかしながら、その史観に後進の作家たちが穴を穿《うが》たぬ限り、歴史・時代小説界に未来はない、といってもいい。

まずは伊東潤の『死んでたまるか』（文庫化に際し『維新と戦った男　大鳥圭介《おおとりけいすけ》』と改題）である。

本作の主人公は、改題した題名にある通り、司馬遼太郎の『燃えよ剣』で土方歳三《ひじかたとしぞう》の敵役的存在である大鳥圭介。彼は司馬作品で一言、土方のことを「あれは剣術屋だよ」と吐き捨てたため、文芸の世界では長いこと憎まれ役とされてきた。

伊東潤は、滅びの美学を貫いた土方に対して生き残る側を引き受けた大鳥圭介の、己の負の死生観を巧みな小説作法で正のそれへと転換、決してあきらめない姿を現代社会へ投影して描いてみせた。

この年は、ちょうど東日本大震災の四年後に当たっており、TVのニュースで、母親を見捨てざるを得なかった女生徒が、犠牲者たちの祭壇の前で、自分の心情を朗読するのを見て、私は思わずこれだ、と伊東作品の核に思い至らざるを得なかった。生き残ることを引き受ける辛さ——それが身にしみて伝わってきたのである。

そして次は、富樫倫太郎の『土方歳三』。これも仮想敵は『燃えよ剣』である。

恐らく作者は『燃えよ剣』の愛読者だったのではあるまいか。だが、自分が書く時は、違うものになっていなければならぬ——。

その結果、彼は、沖田《おきた》にこういわせているのである。

それは「土方さんは強いけど、だからといって、それが幸せかどうかはわからない気がしますね」というもので、司馬作品において——「人斬り以蔵《いぞう》」のような短篇は除く——主人公の幸不幸はどれほど問われてきたであろうか。

少なくとも、司馬が『燃えよ剣』の初刊本あとがきに「男の典型を一つずつ書いてゆきたい」と記した時点で、主人公ははじめから一個の英雄児として規定されており、前述の富樫倫太郎の問題提起の埒外《らちがい》にいた、といっていい。

作者の筆は、そこに一歩踏み込んでみせたのである。

さらにもう一冊――それが門井慶喜の本書『新選組颯爽録』なのである。この作品は、「小説宝石」の二〇一三年十月号から二〇一五年一月号にかけて連載され、同二〇一五年八月、光文社から刊行された。文庫化に当たっては、講談社から刊行された競作書き下ろしアンソロジー『決戦！　新選組』に発表された「戦いを避ける」が追加収録され、読者には嬉しい一巻となっている。

そしてもはや贅言《ぜいげん》を要するまでもなく、本書は、司馬遼太郎の『新選組血風録』（傍点筆者）に対する『颯爽録』なのである。

その巻頭の一作「戦いを避ける」は、近藤勇が池田屋《いけだや》に突入しながら、何故、不逞浪士たちを斬ろうとしなかったのか――。その謎がとけると、彼を覆い尽くすほどの諦観の正体が明らかになるという物語である。

次なる一作「馬術師範」は、冒頭にあるように、慶応《けいおう》元年、新選組の組織再編がおこなわれた際、馬術師範となった備中足守藩《びっちゅうあしもり》の出で、大坪《おおつぼ》流の馬術をよくした安富才助《やすとみさいすけ》が主人公である。

敢《あ》えて結論からいえば、近藤勇《こんどういさみ》は、伏見《ふしみ》街道で油小路《あぶらこうじ》の残党たちから銃撃された際、この才助から馬術の教授を受けていたため、落馬をせずに一命をとりとめたことになる。

しかしながら、これまで書かれてきた新選組に関する小説の中で、安富才助を主人公とした作品は本篇がはじめてであろう。作者はこの才助に、何かと彼を目の敵《かたき》とする阿部十郎《あべじゅうろう》という異相の隊士を配し、作品を一種の心理劇の域にまで高めている。

そして、本書を読むにあたっては、実は秘密の楽しみ方がある。

かつて海音寺潮五郎《かいおんじちょうごろう》は、史伝『西郷隆盛《さいごうたかもり》』を書くに当たって、「伝記というものは、ほれこんで、好きで好きでたまらない者が書くべきものと、私は信じています。そんな者には厳正に客観視することが出来ないから、よい伝記は書けないなどという人がありますが、人間にはほれこまなければわからない点があるのです」と記したことがある。

恐らく、門井慶喜も、新選組に惚れ込んでいるからこそ、本書を書いたのではあるまいか――。そうでなければ安富才助を主人公にした短篇なぞ、描くわけがない。

そして恐らく、『新選組血風録』や『燃えよ剣』も愛読書であったに違いない。さらにいえば、東映生え抜《とうえいはぬ》きのシナリオライター、結束信二《けっそくしんじ》が脚本を書いたそれらのTV化作品も熱心に観たのではあるまいか。

作者の生年からしてリアルタイムでは無理だが、『新選組血風録』も『燃えよ剣』も、ソフト化されている。そして、前者でナレーションをつとめたのが、土方歳三役の栗塚旭《くりづかあさひ》、後者は、原作にはない狂言廻し的人物、医師・裏通り先生を演じた左右田一平《そうだいっぺい》なのだが、本書の地の文を読んでいると、TV化作品のナレーションが甦ったかのような箇所が散見されるのだ。

たとえば「馬術師範」の次なる文章はどうであろうか——。

局長・近藤勇の存在感は、にわかに高まった。／（中略）あるいは近藤は、このときから、ひとかどの政治家になりあがった。彼は幕府高官とじかに会うことをゆるされるようになり、在京諸藩の代表者の前で演説することを求められるようになった。

このくだりを栗塚旭や左右田一平のナレーションで聞くことができたらどれだけ幸福なことであろうか（門井さん、もし私の想像が違っていたら御免なさい）。

そして次の一篇は、新選組、最初の粛清劇「芹沢鴨《せりざわかも》の暗殺」である。

まず冒頭から、新選組誕生の端緒となる浪士隊結成を「幕藩体制の自殺である」と、極めて的確な一言で示した史観に、この作者の端倪《たんげい》すべからざる点があるといえよう。

そして、近藤は政治家になるという、土方は新選組のフィクサーになるという、そして沖田はあくまでも剣士としての興味から、芹沢暗殺を決行するという筋立てもさることながら、ラストの、事実、演技ではなかったのだろう。近藤はこのとき、芹沢とともに、自分のなかの何か若い苦いものをも葬ったような気がした。

というくだりで、この暗殺を近藤勇の青春の終焉としている点が秀逸といえよう。

「密偵の天才」といえば、誰しも諸士調役監察・山崎烝《やまざきすすむ》を思い浮かべるだろうが、この作品の主人公は、「間者《かんじや》は、いやじゃ」と涙を流す、極めて人間臭い新選組の密偵・村山謙吉《むらやまけんきち》である。この作品はさまざまな仕掛けが施されているので詳述は避けるが、その村山は任務を遂行してゆく中で、「その処世、ほとんど曲芸じみている」ダブルスパイの存在を知る。しかしながら、作者は、この不器用極まりない男と〝密偵の天才〟を較《くら》べながら、では歴史に爪あとを残したのはどちらの方かと問いかけずにはいられない。切れ味鋭い展開が冴える一篇だ。

次はいよいよ、鬼の副長・土方歳三の登場だが、まず、「よわむし歳三」という題名に驚かされる。

この短篇で歳三は『燃えよ剣』と同様、組織づくりの天才として描かれているが、肝心なのは剣の方である。犬猿の仲だった原田左之助《はらださのすけ》は、あることをきっかけに、「剣を使うのは俺が上、人を使うのはあんたが上だ」と、それ以来、肝胆相照《かんたんあいて》らす仲となるが、作者は土方を描くのに、これまでおよそタブー的な要素であった一種の滑稽味を通して、捉えていく。が、それも中途までで、古高俊太郎《ふるたかしゅんたろう》牢問《ろうもん》のあたりから土方は鬼になる。が、いかなるめぐりあわせか、土方は、剣をふるう場所に恵まれない。それはそれで、己も組織の重要な歯車なのだと土方が納得することで、作品はさわやかな幕切れとなる。

「新選組の事務官」は、剣の腕前はからっきしだが、自分が死んでも後任の役に立つだろうと、事務一切を精魂《せいこん》こめて成し遂げた尾形俊太郎《おがたしゅんたろう》が主人公である。その俊太郎に近藤は、ある人物の斬殺を命じるが……。俊太郎がつけた日誌がその大義名分を可能とするが、果して彼の運命は⁉　『新選組血風録』に収録されているある作品を思い起こした方も多いだろう。

そして「ざんこく総司」は、山南敬助《さんなんけいすけ》の脱走と切腹を通し、彼を介錯した沖田総司《そうじ》の、

（的外れだ）／総司は苦笑いした。総司はただ、山南と自分のふたりだけが川のこちら側にいる、あとはみんな向こう側にいる、そう思っただけだった。

という心象風景を描いた秀作。その寒々とした思いが読者に切々と伝わってこよう。

以上七篇、本書は、『新選組血風録』に対するアンチテーゼというよりは、逆説的リスペクトといった方が良いかもしれない。

しかしながら、ただ一点、作者はいいたいのではないか。近藤が己の青春の終焉に涙し、土方が剣に対するコンプレックスを抱き、沖田と山南がある種の共犯関係にあろうとも、彼らは、〝颯爽〟と生き、そして死んでいったと――。

本書は正に新選組ものの新定番ともいうべき一巻といえよう。

そして読者は、先刻、御承知だろうが、作者は、『銀河鉄道の父』で第一五八回直木賞を受賞した。

かつて海音寺潮五郎は、太平洋戦争の敗北までが歴史小説。それ以後が現代小説といったことがあるが、門井慶喜にとっては、受賞作も歴史小説への一つの試みかもしれない。今後の活躍がますます期待される次第である。

【初出一覧】

戦いを避ける　「日刊ゲンダイ」　二〇一六年十二月六日〜二十九日
馬術師範　「小説宝石」　二〇一三年十月号
芹沢鴨の暗殺　「小説宝石」　二〇一三年十二月号
密偵の天才　「小説宝石」　二〇一四年三月号
よわむし歳三　「小説宝石」　二〇一四年六月号
新選組の事務官　「小説宝石」　二〇一四年九月号
ざんこく総司　「小説宝石」　二〇一五年一月号

※本書は、二〇一五年八月、光文社より刊行された作品を文庫化したものです。「戦いを避ける」は『決戦！　新選組』（二〇一七年五月、講談社刊）より、文庫化に際し転載しました。

光文社文庫

新《しん》選《せん》組《ぐみ》颯《さつ》爽《そう》録《ろく》

著　者　門《かど》　井《い》　慶《よし》　喜《のぶ》

2018年4月20日　初版1刷発行

発行者　鈴　木　広　和
印　刷　萩　原　印　刷
製　本　榎　本　製　本

発行所　株式会社　光　文　社
〒112-8011　東京都文京区音羽1-16-6
電話（03）5395-8149　編　集　部
8116　書籍販売部
8125　業　務　部

落丁本・乱丁本は業務部にご連絡くだされば、お取替えいたします。
ISBN978-4-334-77641-1　Printed in Japan

組版　萩原印刷